宋维　陈丹　刁洪／著

A Sociological Study of Picture Book Translation

社会学视域下绘本翻译研究

四川大学出版社
SICHUAN UNIVERSITY PRESS

图书在版编目（CIP）数据

社会学视域下绘本翻译研究 / 宋维，陈丹，刁洪著
. — 2 版 . — 成都：四川大学出版社，2024.1
（译学新论）
ISBN 978-7-5690-6629-6

Ⅰ . ①社… Ⅱ . ①宋… ②陈… ③刁… Ⅲ . ①儿童故
事－图画故事－文学翻译－研究 Ⅳ . ① I058

中国国家版本馆 CIP 数据核字 (2024) 第 051254 号

书　　名：社会学视域下绘本翻译研究
　　　　　Shehuixue Shiyu xia Huiben Fanyi Yanjiu
著　　者：宋 维 陈 丹 刁 洪
丛 书 名：译学新论

丛书策划：侯宏虹 刘 畅 余 芳
选题策划：张 晶 余 芳
责任编辑：余 芳
责任校对：敬雁飞
装帧设计：阿 林
责任印制：王 炜

出版发行：四川大学出版社有限责任公司
　　　　　地址：成都市一环路南一段 24 号（610065）
　　　　　电话：（028）85408311（发行部）、85400276（总编室）
　　　　　电子邮箱：scupress@vip.163.com
　　　　　网址：https://press.scu.edu.cn
印前制作：成都墨之创文化传播有限公司
印刷装订：四川省平轩印务有限公司

成品尺寸：170mm×240mm
印　　张：16
插　　页：2
字　　数：267 千字

版　　次：2019 年 6 月 第 1 版
　　　　　2024 年 4 月 第 2 版
印　　次：2024 年 4 月 第 1 次印刷
定　　价：88.00 元

本社图书如有印装质量问题，请联系发行部调换

扫码获取数字资源

四川大学出版社
微信公众号

前　言

数月日夜兼程，《社会学视域下绘本翻译研究》终于结稿了。

本书以绘本翻译为研究对象，对中国大陆及港台地区的绘本译介史及译介现状展开了较为全面和系统的研究。在研究方法上，本书以社会学研究方法为主，对绘本翻译活动中涉及的各参与方进行了详细的梳理，大量的翻译绘本出版统计数据为本书的研究提供了丰富的第一手材料；与此同时，本书也采用文本细读等传统的文学和翻译研究的方法，为绘本翻译中涉及文学性的相关问题提供充分的论述依据。

本书三位作者的具体分工如下：宋维负责全书的统筹，前言、第一章至第六章的撰写；陈丹负责第七章、第八章的撰写；刁洪负责第九章的撰写。整体来看，本书三位作者以绘本翻译为中心展开论述，宋维和陈丹均以大量的计量统计数据为分析和研究的基础，刁洪则以丰富的文献梳理和回顾为研究的基础。三位作者各自负责的章节既可视为独立的整体，又互为参照。在绘本的定义方面，宋维和陈丹均对"什么是绘本"这一问题做了较深入的探讨；而在绘本翻译研究的理论回顾部分，三位作者都有对莉塔·奥茵蒂娜（Riita Oittinen）著述的引用和阐释。

目　录

第一章

绘本发展史概略

1.1 "绘本"之名探源

"绘本"一词源自日语"えほん"（ehon）。虽然现代意义上的"绘本"一词和日本的风俗画"浮世绘"之"绘"有明显的渊源关系，但广义上的绘本作为一种绘画形态，伴随人类对书写和绘画工具的不断探索而生。世界不同的文化中都有绘本的早期形态。比如埃及以《死者之书》为代表的莎草纸本插图、印度以细密画的方式呈现的宗教抄本插图、欧洲中世纪的羊皮纸手抄本插画、中国东晋年间的《女史箴图》绢本都是绘本早期形态的集大成者。作为"picture books"的汉译，"绘本"一词在现代汉语中的出现要比"图画书"一词晚。随着亲子阅读理念在中国的被接受，"绘本"在狭义上的所指已局限为供儿童阅读的以图画方式叙事为主或图文交互的读物。儿童插画家这一职业也伴随"儿童被发现"而生。工业革命之后，西方现代主义开始勃兴，社会结构和思想观念的剧变引发人们对"儿童"和"儿童教育"的关注。凯·尼尔森（Kay Nielsen）、埃德蒙·杜拉克（Edmund Dulac）、亚瑟·拉克汉（Arthur Rackham）三人并称为20世纪初欧洲童话绘本三巨头，他们为《安徒生童话》《格林童话》等经典作品创作了大量插画。

中国有悠久的绘画史，早在"儿童"被新文化运动"发现"之前连环画就已是一种成熟的艺术形式，是民间对明清以来的俗文学作品进行直观视觉诠释的一种载体。然而，中国传统连环画风格、内容和色调单一，在电子游戏、彩色动画片、日本漫画等逐渐进入我国少年儿童娱乐和审美视野的20世纪80年代末，面临被冷落和淘汰的命运。虽然在文艺领域迎来百花齐放的80年代初，中国传统连环画曾经一度以"小人书"的形式风靡大江南北，成为中国"70后"甚至"80后"一段难忘的集体记忆，但也仅是昙花一现。中国传统绘画艺术，尤其是中国水墨卷轴画虽然极大地影响了当今"绘本"领域的巨头之一的日本的风俗画——浮世绘,但中国却无缘成为"绘本"话语的发起者之一。

"绘本"一词的内涵需要厘清。"绘本"虽然是以"picture books"的译名最早出现在读者的视野中,但绘本作品的文学形式本身并不是完全的舶来品。得益于隋唐印刷术的发明,中国版画艺术开始蓬勃发展。敦煌莫高窟保存的唐代刊印的《金刚般若波罗蜜经》的扉页就有插图。明清时期,版画艺术和中国古典文学、戏曲等艺术形式融合,出现了以《西厢记》《水浒传》《三国演义》等作品为蓝本的插画图书(沈其旺,2012:70)。而中国连环画的历史可以追溯到更久远的汉代。武梁祠[1]石刻壁画《出巡图》就是以连环画叙事艺术呈现历史生活场景的作品。另据曹新哲(2002)考证,中国的连环画史甚至可以追溯到春秋战国时期:"中国连环画的渊源可追溯到春秋战国时期的铜器画,这些画或鱼或龙或人物或花草,连续不断,绕成一圈,堪称连环画之滥觞。"(曹新哲,2002:56)如前文所述,世界各地发现的岩画遗迹是人类在漫长的文明探索史中"以图言说"记载历史的尝试,图像就是远古先民的"语言符号"。文字的发明使得图文结合或完全使用文字进行叙事成为可能。但是用图像进行叙事的方式并未完全被取代,我国南北石窟遗迹中保留至今的大量壁画作品,就是用图像进行叙事的绝好例证。

广义上的"picture books"不仅包括绘本,还包括所有图文结合或只用图片进行叙事的图书类型,比如漫画书。汉语中被狭义化的"绘本"和"漫画书"两个词有各自的画面和文字呈现方式。在日常语境中,人们似乎有一种错觉,认为"绘本"一词比"图画书"更时髦、更有品位。而在图书出版中,图画书是一个相对广义的概念,绘本是其中的一种类型。漫画书则是广义图画书的一种类型。但是与此同时,狭义上的绘本和漫画书在有些情形下是有重合的。将视线聚焦于图文融合这种读物类型的研究者又经常误用或滥用"图画书""绘本""漫画"这三个概念;在英文中,研究者也经常把"picture

---

1 武梁祠位于山东省济宁市嘉祥县,是我国东汉晚期一座著名的家族祠堂。其内部有大量完整精美的古代画像石,也是我国最具代表性的一处画像遗存。武梁祠画像石为武氏家族墓葬的双阙三个石祠的石刻装饰画,现保存刻石四十余块。

books""manga""comic books"混为一谈，从而导致三者在定义上的混淆。

在劳特利奇出版公司2018年出版的《翻译绘本》（Oittinen，et al.，2018）一书中，作者奥茵蒂娜在安德鲁（Bosch Andreu）2007年的著作《图画书定义》（*Towards a Definition of a Picture Book*）一书中提出的作为图书、文字与图像互动、连环画及美术的图画书的四个维度的图画书定义（picture books as a type of a book, as word-image interaction, as sequence, and as art）的基础上，补充了另外两条：作为表演素材的图画书及作为教育（化）手段的图画书（picture books as performance for the audience and picture books that have effect on the audience）。[1]（Oittinen，et al.，2018：15–16）

奥茵蒂娜认为，维基百科对图画书的定义比较清晰。"图画书结合了图像和文字叙述并以书的形式呈现出来，其受众主要是儿童。"（Oittinen，et al.，2018：18）

周子渊从松居直提出的图画书是"图×文"、带插图的书是"图+文"的定义出发，考证了现代意义上的绘本的源头。"严格意义上说，1658年世界上第一本带有插图的儿童书《世界图解》并不是绘本，只能算'带插图的书'，现代意义上的绘本是1902年出版的《比得兔的故事》。"（周子渊，2018：25）

顾铮认为，图书的内涵有三层：文字书、有图有文的书和单纯的图像集成的书（顾铮，2015：T14）。而当我们不以受众为考察对象去甄别图画书的类型时，"绘本"一词比"图画书"涵盖的范围窄，涵盖不了以摄影图片为主要素材的图册形式的图画书。因此，我们这样推论：在汉语的语境中，绘本指狭义上的图画书，英文"picture books"被译作"图画书"和"绘本"时二者并无明显区别。本书研究对象为狭义上的图画书即"绘本"，其外延包括以摄影图片为图像素材的儿童读物。

早在图画书作为一种儿童文学体裁被人们接受和熟知之前，"广告"就早已开始了对图文交融的尝试。中国古代商业酒肆的酒旗是最早出现的广告形式。在表现形式上"图"主要为酒旗所采用布料的花色图案或装饰，"文"则

---

1 本书译文除特别说明外，均为作者自译。

主要为字体各异的"酒"字。图文形式在类似酒旗这样的商业广告物品中的运用，源自人类远古时代文字发明之前的绘画冲动。这种冲动是人类情感和精神世界的本能抒发。远古人类对图像形式的偏爱催生了包括中国文明、古埃及文明、古巴比伦文明、古印度文明四大人类古文明的象形文字。人类四大古文明的象形文字均由图画演变而来，其图画符号具有强烈的表意功能。画面与文字的融合不仅催生了远古人类文明史上的象形文字，其强大的叙事与表意功能也成为现代文明不断发展的灵感源泉。

作为一种人类共情方式，绘画主要通过色彩与线条构成直观的视觉冲击，画面可引发联想和通感。而绘本作为一种在绘画基础上进行叙事的艺术，通常与文字结合表达情感、述说故事、疏解情绪。在现代社会，绘本是读者喜闻乐见的形式之一。

1.2 绘本、小人书与画本

"绘本是用图画与文字，共同叙述一个故事，表达特定情感、主题的读本，通过绘画和文字两种媒介，在不同向度上交织互动来说故事的一门艺术。"（王东波，2010：7）本书中的绘本指狭义的绘本，即以儿童读者为主要受众的文图穿插的插图作品。而广义的绘本涵盖的范围非常广，任何以图画为主要表现形式的文学作品都应被纳入绘本的范围。比如，我国台湾地区著名漫画家几米[1]创作的大量治愈系绘本作品，其简洁唯美的画风搭配略带感伤的文字，拥有庞大的读者群体。在中国的童书出版市场，绘本图书已全面覆盖低幼阶段的儿童在认知、心理、情感等各方面的需求。绘本类图书在少儿图书版权引进市场中的表现也非常抢眼。

---

1 几米，原名廖福彬，1958年生于台北。"几米"一名是他的英文名"Jimmy"的译名，其代表作品《森林里的秘密》《向左走·向右走》《地下铁》等，开创了成人绘本创作的新模式，作品淡淡的疏离叙事特征催生了成人绘本创作的一种审美风格。

绘本不仅仅属于孩子，也属于成人。对孩子来说，美好的图片与美好的文字，构建起他心中超越现实的王国。孩子心思单纯，相信它是真的。相信，使幻想成为内心的一种基调。即使慢慢长大，童年幻想的光芒褪却，这基调却依旧沉实，在胸口发出热量。这热量，代表爱，代表善，代表勇气，代表正直，代表信念，代表美。代表我们在世间曾经拥有过的但也是最容易被忘却的道理。道理有时很脆弱，经不起一丝丝损坏；有时很有力，可以支撑一个人由小到大日益混浊复杂的生活。道理与故意的、闪耀的、赞颂的、强烈的一切无关，它没有面具，也不加粉饰。道理总是与一些平凡的朴素的事物相互联系，比如季节、大自然、母亲、孩子……诚实的道理，不过是真实、纯洁和微小，不过是一个小故事里的几行诗句。[1]

童年、自然和母爱是儿童文学的永恒母题。在绘本领域，绘本作家和插画家的作品都可以被框定在这三个母题当中。童年期不仅是一段无忧无虑的时光，也是儿童对自己身体和生理现象进行认知的关键期。从某种意义上讲，排泄现象是日常语言和文学语言中的禁区，人们会用委婉的方式避免因使用这些"污秽"的词所造成的尴尬。日韩绘本在这些"令人尴尬的"领域所贡献出来的创新性思维是独树一帜的，"屎屁尿"等字眼以题目或关键词的形式赫然出现在绘本封面上。人们传统认知中无法登大雅之堂的话题与图片以科普的形式出现，形成一种独特的陌生化的、间离的审美效果。

"绘本的叙事风格，取决于画家的自身生活经验和思想模式。"（刘智勇，2017：17）绘本的风格反映了一个国家或地区的民族性格。德国绘本的冷峻沉郁、美国绘本的天马行空、英国绘本的丰富色调和线条感、意大利绘本的异想天开、荷兰绘本的自由奔放、日韩绘本的缜密与柔和都在某种程度上表征着这些国家的国民性特点。

儿童文学赞颂纯真之美，其内容和美好的童年时光、童年想象有关。绘本

1　引自当当网在售《有一天》"商品详情"中译者安妮宝贝所写的"前言"。

融合了图画和文字，这一独特的文学类型对儿童有着天然的吸引力，它触动人类最柔软、最敏感、最微妙的情感。它激荡起的不仅仅是儿童对色彩、画面、文字和美好世界的认知，也是成年人作为第一创作者和阅读者的那种对已逝童年时光的深深眷恋。

中国古典画本的文化影响力，在20世纪80年代"小人书"一度风靡时集中爆发了。"小人书"是以图像叙事为主、文字叙事为辅的独特文学体裁，是中国本土现代意义上"绘本"的真正雏形。虽然"小人书"只是昙花一现，其从诞生到衰败只有二十多年时间，然而"小人书"在中国儿童文学发展史上却有其独特的贡献和意义。一方面，"小人书"的创作与出版虽然受制于时代，以说教为主，但以连环画的方式呈现，迎合了儿童读者从画面的跳转中解读故事内容的独特审美需求；另一方面，在"小人书"发展历史中，图画与文字的搭配关系、页面布局与排版、插图设计与绘制等方面积累下来的宝贵经验，依然是中国本土"绘本"在儿童文学全球化语境下"讲述中国故事"的一笔宝贵财富。

"小人书"一词本身就蕴含其受众是"儿童"这一事实。从字面来看，小人书中的"小人"明确了主要受众为儿童。然而令人遗憾的是，小人书在中国的活跃期仅二十多年，被学界戏称为"速成化石"。据刘然考证，20世纪50年代至60年代，出版界迎来了小人书出版的热潮，仅1950年就出版小人书作品共计660余种，530余万册。1982年，小人书的市场依然火爆，全国出版该类作品2000多种，共计8.6亿册。然而在短暂的市场复苏之后，随着日漫等题材和画面更多元的引进版少儿读物进入中国读者的视野，中国的小人书市场式微。"1985年，小人书在出版社的仓库里堆积如山，无人问津。"（刘然，2006：2）由于题材和内容单一，偏写实风格的画面及单一的黑白色调，小人书逐渐走向衰败，这其实是偶然之中的必然。

20世纪80年代初期，中国本土儿童文学迎来了创作高潮。域外儿童文学的译介，尤其是以日本动漫为代表的引进版漫画作品开始流行，不断刷新读者对儿童文学作品的认知。1974至1989年为日本动漫产业的行业成熟期，松本零士、富野由悠季、河森正治、美树本晴彦、宫崎骏等一大批日本动漫大师的作品进入中国儿童的审美视野。尤其是被誉为"动画界的黑泽明[1]"的宫崎骏,其创作的作品在中国的影响力波及几代读者。

现代意义上的儿童图画书在我国的发展与国民受教育程度的普遍提升不无关联。受惠于高等教育走向大众化这一政策性红利,"80后"接受高等教育的机会大大增加。在高等教育普及的背景下,"80后"在2005年前后逐渐承担起养育孩子的责任,亲子阅读这一全新的抚育理念在"80后"城市群体中拥有深厚的群众基础。这就不难解释"我国图画书从2004年开始才进入快车道……在2008年形成图画书出版的'井喷'状态"(张玉洁,2011:13)。在图画书进入中国年轻父母的审美认知之前,图画书的译介也不温不火,普通民众对凯迪克奖等外国儿童读物的相关奖项也很陌生。随着亲子阅读儿童抚育理念在国内被大众接受,出版界首先嗅到了图画书出版的商机。在图画书引进版权市场一路高歌猛进的态势下,外国图画书译介迅速步入快车道,图画书领域的许多经典读物开始被大众所了解和熟知。

进入21世纪以来,"画本"一词的提法源于"长江少年儿童出版社于2011年1月推出的一种全新的儿童文学出版形态"。李利芳认为,以一套8本的《杨红樱画本科学童话系列》为雏形,后来陆续推出的曹文轩、刘先平和沈石溪等国内儿童文学优秀作家的"画本"作品,"标志着中国出版人童书出版理念的一个彻底的本位转型"(李利芳,2015:2)。与此同时,儿童文学界颇有成就的作家也对绘本这一儿童文学体裁进行尝试,如曹文轩等。

以"悲情叙事"见长的曹文轩创作的《一条大鱼向东游》便是一例。该绘本由曹文轩撰文,青年画家龚燕翎[2]绘图。该作品沿袭了曹文轩一贯的唯美风格,以一根被人遗落在大河中央的桥桩为叙事主线进行描写。这根成不了桥桩

---

1 黑泽明(1910—1998),日本著名电影导演。黑泽明的导演手法以极简著称,视觉形象生动,动作性弱,节奏较缓慢。他在电影作品中经常使用长镜头,色彩浓郁,极富东方绘画神韵。

2 龚燕翎(1973—   ),女,南京人,作品多见于各大儿童杂志。出版作品有《画画国历险记》《金色的窗户》《蚊子的声音》《借伞》《鹅妈妈与西瓜蛋》《变成小虫也要在一起》《一条大鱼向东游》《天衣无缝针》等。其中《一条大鱼向东游》入选2015年布拉提斯拉法插画展(中国地区),《天衣无缝针》入选2016年中国原创图画书法兰克福书展。

的桥桩，"尽管白天有鹭鸶飞来歇脚，夜里有渔夫来拴船，对岸还有一个牧羊少年朝它扔石头，可它依然不过是河中的一根命运不济的木头"（彭懿，2010：19）。

孤寂的木头常年立在大河中央，像是对人生的一种悲情隐喻。为鹭鸶、渔夫和牧羊少年默默奉献着自己微小力量的桥桩，最终幻化成一条自由游弋的大鱼。曹文轩的文字中透露出一种悲凉的壮美，而龚燕翎的配图则挖掘出了悲凉文字蕴含的温暖人心的力量。她"用一抹又一抹欢快而高昂的亮色重新诠释了这个伤感的故事……除了一两张被孤独的黑暗笼罩的画面之外，绝大部分的画面都被一种温暖的色彩照耀着，润泽着，暖色，成了这个故事的主旋律"（彭懿，2010：19）。

图画不仅是一种儿童心理共情，也是人类心理共情。儿童对图画有天然的亲近感。早在习得语言之前，他们就用画笔勾勒线条和图形，描绘他们对自己和世界的认识。无独有偶，早在文字出现之前的远古时期，人类就开始用图画来记叙历史，描绘生活场景，表达情感，解读自然，探索精神世界。从这个意义上讲，儿童偏爱图画和远古时期处在历史和文明童年期的人类先祖借助图画传递他们对世界的认知的方式不无关联。人类的儿童期和个人发展中的童年在历史长河中映照出彼此的影子，这不是一种巧合。

宁夏银川贺兰山东麓散布着数以万计的岩画作品，距今约3000至10000年。这些反映我国远古先民生活风貌的作品和银川世界岩画馆[1]中展出的世界其他国家及地区的岩画遗迹跨越时空相逢于广袤苍茫的贺兰山下，令人不禁惊叹不同地域的人类先祖在情感表达和自我认知方面的巨大共鸣。

在儿童的世界里，图画也同样没有国界，不受语言和文化的阻隔。人们在童年期对图画的热爱不仅是宣泄情感，更是一种生命的共鸣，这种共鸣又不局限于转瞬即逝的童年期。成年人的情感交流方式以语言为主，虽然图画不再是寄托和宣泄情感的主要媒介，但在图画营造的反映现实又超越现实的氛围中，

1　银川世界岩画馆位于宁夏银川贺兰山脚下，2008年建成投入使用，是中国首座大型岩画博物馆。该博物馆设世界岩画、中国岩画、贺兰山岩画等不同展厅，其收集和受捐的展品来自世界70多个国家的150多个地区。

我们会发笑、落泪或沉思。因此，儿童是热爱图画的，因为他们处在人生最纯真的时期；成人是热爱图画的，因为他们曾经拥有纯真的童年时期；人类是热爱图画的，因为图画是生命的共鸣，这种共鸣跨越一切阻隔，构建人类共同的精神家园。

1.3 欧美及日韩绘本发展史

英国是绘本创作与出版大国，一直引领着绘本创作与出版的发展方向，英国绘本"历史悠久，根基丰厚。无论再版书还是新版书，英国绘本界都有一批响当当的获奖作家和插画家"（藜芙荷，2007：12）。

美国绘本的影响力遍及全世界，其自由精神和奇幻的想象成为其在全世界儿童读者中所向披靡的不二法宝。美国是绘本创作与出版的主流国家，其号召力体现在三个方面："一是绘本市场非常成熟，作品数量庞大，风格多样，功能齐全，题材包罗万象，总体质量上乘。二是作家辈出，作者数量大，文化层次高，不少作家与画家终身从事童书创作……三是国际影响大，文化输出能力强，其原创版权输出到世界各地，并拥有国际知名的奖项。"（姜洪伟，2013：44）

法国早在第二次世界大战以前就有成熟的儿童绘本创作，战后曾经出台法律限制儿童文学及绘本作品的内容，以"保护青少年和儿童免受暴力恐怖以及战后心理创伤的影响"（管倚，2015：98）。20世纪60年代起法国教育界开始反思儿童文学作品及绘本作品在"说教"以外的意义，"绘本作家逐渐改变自己以往的风格，开始专注于孩子内心的真实想法和想象世界，哪怕这种想法和想象是负面的……关注儿童负面情绪的虚构故事可以出版，甚至优先考虑出版"（管倚，2015：98）。

从绘本评奖机制上来看，欧美地区汇集了90%以上的绘本大奖，这当然有英语作为全球通用语（lingua franca）的天然优势，也和欧美绘本的悠久历史有很大关系。彭懿在其著作《世界图画书：阅读与经典》的附录《国际知名权威推荐书目和重要奖项》中共收录73个世界主要绘本奖项，其中69项在欧美

地区，5项在日本。欧美地区的69项中，美国绘本占54项（彭懿，2018：280-281）。本书第六章中《〈神奇校车〉与引进绘本市场的"热闹"相逢》一节将以《神奇校车》的译介为例，通过勾勒美国绘本出版领域的概貌，分析美国的绘本出版市场，呈现欧美地区的绘本产出机制。

作为引领东亚地区绘本创作与出版风潮的日本绘本，其源头可追溯到一千多年前的《鸟兽戏画》。该画卷"以猴子，兔子，狐狸，青蛙及鸡犬为主人公，宣扬佛教思想。由于图文并茂，连不识字的儿童都看得懂，所以在当时受到贵族和武士阶层的欢迎和喜爱"（李颖清、谭旭东，2010：62）。平安时期至镰仓初期[1]，主要服务于贵族和武士阶层的绘本雏形出现，室町时期[2]（距今约700年）贴近大众阶层的《御伽草子》在民间传播，江户时期[3]（距今约400年）开始区分黑本和赤本的《奈良绘本》引领庶民文化，明治维新时期优秀绘本创作者和绘本作品大量涌现，在第二次世界大战日本战败之后绘本这一文学形式遭受重创，有待复兴。在这样的历史语境中绘本迎来了新的发展机遇。日本政府和教育界开始大量引进和翻译欧美绘本作品，许多出版社纷纷加入出版绘本的行列。"日本的绘本从20世纪50年代开始率先起步，有故事绘本、知识绘本、诗歌绘本等多种形式，经历70年代的崛起，目前日本已经成为绘本创作的大国。"（李颖清、谭旭东，2010：62）

韩国的绘本起步较晚，创作与出版均萌芽于1988年汉城奥运会前后，但经过几十年的发展，韩国已成为当今世界图画书版图中不容忽视的一支力量，韩国的图画书作家悄然成为意大利博洛尼亚国际童书插画展的常客。

日本和韩国同属东亚汉字文化圈。在保留文化传统方面，日本和韩国的做法值得我们借鉴。虽然深受汉文化影响，但日韩均拥有自己的民族语言。不过汉语仍然作为一种文化遗产在日韩文化界保有其独特的地位，日韩两国均在基础教育阶段开设汉语课程。在传统风俗方面，日韩两国保留中国自汉代以来的一些节庆礼仪，如农历七月初七的传统"乞巧节"。在日韩两国，

1　约公元794—1185年。

2　公元1336—1573年。

3　公元1603—1867年。

农历七月初七人们磕头祈福，祝愿女孩子心灵手巧。可见，日韩在文化传统上受中国影响很大。

在绘本创作方面，日韩两国是整个亚洲地区当仁不让的强国。值得我们深思的是，日韩绘本在构思与创作方面具有国际化的"儿童视野"，并没有在汉字文化圈的传统审美中兜圈子。浮世绘作为日本的独特绘画艺术形式，融合了中国唐代的佛教绘画、山水画与宫廷画的风格。但是日本儿童绘本作品在画面上并没有明显的浮世绘特征，其色彩与人物构型透露出一种充盈饱满的儿童审美视角。

韩国绘本的情况也与此类似，在风俗、礼仪及文化心理等不同层面，韩国承袭儒家社会的精神样貌。韩国古典绘画颇受中国传统绘画风格的影响，但没有日本浮世绘那么大的名气。在东亚绘本领域中，韩国绘本具备和日本绘本一样的国际视野和世界影响力，在英语国家有一定的影响。其在绘本出版的创作、策划、组织方面已经形成了较为完整和成熟的体系。

在形式上大胆探索的日韩绘本以制作精良取胜。奇妙的创作构思甚至将绘本多模态的属性拓展到了味觉和嗅觉层面。以辽宁少年儿童出版社引进的日本绘本《成长的味道·香味互动绘本》（7册）为例。该套由绘本作家木村裕一、柳则幸子、江川智穗、福田岩绪和儿童插画家西内俊雄合作推出，中文版由著名儿童文学翻译家彭懿翻译。插画中出现的水果和食物，均在印刷时添加了香料，在绘本文字部分有相应的提示，如"摸一摸篮子里的草莓，闻闻是什么味道？""摩擦篮子里的饼干会闻到香甜味哦！"在当当网该套绘本的"产品特色"的下拉页面中，对绘本附带的"香味"这一特色进行了特别说明："用国际环保香料做出特殊的香味""新奇的嗅觉探索将成为孩子难忘的记忆""纯天然安全香料，孩子放心触摸闻味道"。为进一步突出该套绘本使用的香氛的安全性，"产品特色"中专门提及了ATC[1]检测："本套书使用的香

1　ATC是冠准检测机构的英文首字母缩略，即"Accurate Technology Co., Ltd."。据冠准官网显示，该机构成立于2000年，是国内成立最早的第三方检测实验室，是中国检验、鉴定、测试和认证服务的开拓者和领跑者。该机构同时也获得包括德国TUV、美国UL、加拿大IC、捷克EZU在内的多家国际认证机构的授权。

料已通过权威机构ATC检测，并通过中国质量认证中心和日用化学品中安全技术认证，达到了安全级别，可放心使用。"与此同时，对香氛可能产生的不良反应和相关问题也有非常委婉的"免责说明"："虽然香料高于安全基准值，但它不是食物，请不要让孩子舔食。如果使用中出现了过敏症状，请立即就医。油墨中的香料分子挥发产生香味，香味会随着时间的推移逐渐变淡直至消失。"

虽然在绘本中使用香氛并非日韩绘本的独创，但日韩两国在绘本创作和出版领域的确是先锋。和汽车制造技术、照相机、智能手机技术一样，虽然这几项在人类文明史上具有划时代意义的发明均不是日韩首创，但是日韩两国在绘本创作与出版两个领域凭借其独树一帜的工匠精神，将技术突破与人文关怀的结合发挥到了极致。

在另一套由韩国儿童文学作家允熙景、郭善珠、金兰珠、姜敏景、金泳等和法国插画家朗西·黎巴勒、德国插画家道丽娜·苔斯曼、意大利插画家安娜·罗友娜·凯瑟琳、俄罗斯插画家艾琳娜·塔琪丽娜、意大利插画家安娜·乔戴娅希联袂完成的9册绘本作品《从小爱旅游·世界风俗地理绘本》堪称绘本创作跨国界合作的典范。该套绘本将人文与科普结合在一起，呈现了《塞纳河畔的晚宴》（法国）、《汉斯爸爸有办法》（德国）、《足球先生的假期》（意大利）、《夏子小店复活记》（土耳其）、《拉妮的排灯节》（印度）、《贪吃小狐狸玩转寿司宴》（日本）、《一份特别的礼物》（越南）、《香橙棒球队的庆功派对》（美国）、《藏在玉米城的回忆》（墨西哥）这9幅异彩纷呈的历史地理画卷，9个不同国家的风俗与文化跃然纸上。

客观地讲，本土绘本近些年来也在内容、形式及营销方面取得了一些进步，但和欧美及日韩绘本的大手笔、高水准创作出版相比，未免还有差距。目前国内在缺乏职业绘本从业者的大背景下，少数有成就和才华的绘本作家和绘本画家无法担起提升中国绘本创作与出版格局的大任。绘本创作的职业化道路是一条必由之路，但就目前国内对儿童文学专业人才培养的重视程度来看，本土绘本创作与出版需要一路披荆斩棘方能拨云见日，毕竟专业人才的培养还有很长的路要走。

1.4 中国绘本发展史

中国本土绘本的形式可以追溯到明清时期的古典小说话本。《水浒传》《红楼梦》等古典中国章回小说在民间传播的过程中均出现过大量的简本，以适应识字程度有限的市民阶层对文化生活的需求。简本借助图画的叙事功能，在简化文字的同时，将大量插图融入文字，逐渐形成了中国古典小说画本这一独特的通俗文学形式。

据涂秀虹2018年考证，在现存的《水浒传》各简本中，"建阳余氏双峰堂万历甲午（1594年）刊本《水浒志传评林》是能确定出版时间的最早的一种，且最为完整……评林本的版式是上评中图下文，共1243幅图。每幅图基本都有两边标题……1243幅插图和标题连贯而下，在明代也可谓是小说传播之壮举……对于当时文化水平不高的阅读者来说，评林本起到了今天连环画的作用"（谢海潮，2018：10）。

明清时代的古典画本虽然可以被视为中国绘本的源头，然而以满足市井文化生活需求而生的这些简本，也仅仅是在古典小说繁本基础上的一种再创作。无论从受众定位，还是从文本和图画的叙事内容来看，明清古典画本和现代意义上的以儿童读者为最主要受众的"绘本"有着天壤之别。古典画本的风行距中国"儿童被发现"相隔近三百年。作为俗文学和市井文学的古典画本对儿童的蒙学教育长期局限在读经的框架之内，既无法登上大雅之堂，也不可能演变为儿童读者服务的作品。

欧美和日韩绘本均在20世纪完成了从萌芽、发展到壮大的全过程，而此时中国绘本虽然有近十年俄罗斯儿童文学译介吹来的缕缕春风，相对较多的说教在某种程度上蒙蔽了儿童文学应有的纯真与美好。中国从2000年前后开始译介国外图画书作品，2003年民间人士在香港发起了"丰子恺儿童图画书奖"。六年之后的2009年，第一届"丰子恺儿童图画书奖"颁奖仪式在香港举办，这是中国绘本领域的标志性事件。中国的绘本创作与出版迎来发展契机，逐渐从完全引进国外绘本向培育本土优秀绘本作家、推广本土优秀绘本作品转型。从历史积淀上来说，中国绘本无法和欧美及日韩译本相提并论。

  自20世纪80年代起，文图配合的创作形式蔚然成风，以蔡志忠[1]、敖幼祥[2]、萧言中[3]、朱德庸[4]为代表的台湾绘本作家受日本漫画风格的影响较大，其夸张的图文配合与页面被格子区隔开来的跳跃感营造出独特的审美张力恰恰迎合了儿童思维对多变、意外的期待，对儿童读者有着天然的吸引力。几米的绘本作品代表了截然不同的一种审美情趣，其创作风格充满自然主义和都市感，细腻的文字和柔和的画面完美地融合在一起，营造出一种独特的温暖人心的力量。朱德庸绘本和几米绘本的走红真正引发了人们对绘本现象的关注。"一系列都市成人绘本的火爆，引发了众多出版社纷纷加入绘本出版市场。一两年间，众多出版社引进了许多优秀的欧美国家绘本、日本绘本等，如英国波特的《彼得兔的故事》、美国著名绘本作家希尔弗斯坦的《爱心树》、日本绘本大师佐野洋子的《活了一百万次的猫》等。"（王东波，2010：16）

  在快节奏的现代社会中，人们唯有奋力向前，才不会被设定好角色的社会游戏淘汰出局，绘本让疲惫奔忙的人们从现实生活的烦忧和困境中暂时抽离出来，在与色彩、画面的心灵对话中，寻求与绘本的共鸣。

  以几米和朱德庸为代表的台湾绘本作家的作品在中国大陆掀起绘本热时，智能手机的时代尚未来临，互联网技术在普通民众的生活中也尚未普及，成人纸质绘本恰逢其时，在纸媒时代的黄昏和智能手机与互联网时代的黎明到来之前取得了巨大的商业成功。时至今日，朱德庸和几米的作品虽然影响力不减，但是成人绘本的创作与出版已经成为明日黄花。而儿童绘本却在"绘本热"掀

---

  1 蔡志忠，1948年生于台湾彰化，1971年进入台湾光启社任美术设计，1983年起开始创作四格漫画。其代表作《庄子说》《老子说》《列子说》《光头神探》《大醉侠》等在30多个国家用不同语种版本出版，销量逾3000万册。

  2 敖幼祥，1956年生于台北，曾荣登2011年第六届中国作家富豪榜子榜单"漫画作家富豪榜"第5位。其漫画作品《乌龙院》在中国内地、香港及台湾拥有庞大的读者群，是许多人童年时光的珍贵回忆。

  3 萧言中，1965年生于台湾南投县。代表作为《童话短路全集》，是台湾并不多见的单格漫画家。

  4 朱德庸，1960年生于台北，代表作有《双响炮》《涩女郎》。其作品《醋溜族》创下台湾漫画连载时长之最，曾荣登2011年第六届中国作家富豪榜子榜单"漫画作家富豪榜"榜首。朱德庸、蔡志忠、敖幼祥、萧言中被称为"台湾漫画界四大才子"。

起的浪潮中成为21世纪中国童书领域最引人瞩目的一匹黑马。

蔡志忠、敖幼祥、萧言中等人的绘本作品拥有大量儿童读者，也同样受到成年读者的喜爱；朱德庸和几米的绘本作品的受众定位则明显为成人读者。现代意义上的绘本的确是因儿童而生，却不局限于儿童读者。绘本图文交融形式的成熟为台湾的儿童绘本奠定了坚实的发展基础，形成了台湾儿童绘本独特的审美基调和叙事风格。

"当代台湾绘本作品描绘人事，不仅有绘画观察细致、感受敏锐之长，而且善于用简短的文字表达微妙的心理感觉，传达单纯用绘画不能表达的感受。"（李诠林，2012：A04）纸媒时代的黄昏虽然给绘本出版行业，尤其是成人读者定位的绘本作品的出版与传播带来了巨大的挑战，但与此同时，电子阅读媒介的普及也为新的绘本形式的出现创造了新的发展契机。以微信和QQ为代表的社交媒体在中国拥有庞大的用户群体，政府部门、企事业单位、高校和其他研究机构纷纷开设公众号，以图文并茂的方式向公众提供阅读和参考的电子图文信息。绘本作为纸媒时代图文交融阅读形式的主要载体，在社交自媒体平台和手机应用软件不断纵深的背景下，也凸显出其巨大的商业价值和潜力。

图文时代的来临迎合了现代社会对快餐化、碎片化阅读方式的需求。图片为主、文字为辅的叙事方式整体呈现出一种娱乐化的轻松阅读格调，而画面的迅速转换又能满足人们对视觉刺激的需求。王东波（2010）从受众心理和阅读取向两个方面阐述了读图时代人们对浅层的、不用追问所以然的流行文化的热衷。人们倾向于"选择休闲娱乐，追求视觉愉悦……选择容易接受无须思考的接受方式，将视觉感官的享受处于最重要的地位"，受众功利化的阅读心理导致他们的阅读取向不自觉地向轻松读物靠近，"人们更愿意选择浅层的阅读材料，对很多事情的关注只是浅层的、暂时的、间接的……图片和图像受到人们的欢迎，感性的欲求代替了理性的需要"（王东波，2010：45-46）。

在传统纸媒出版市场式微的背景下，绘本作品成为各大出版社竞相争夺的对象。"绘本"作为一种全新的阅读形式和体验开始流行，以《涩女郎》《双响炮》《醋溜族》为代表的朱德庸的"都市漫画系列"1999年出版，以《听幾米唱歌》《向左走·向右走》《地下铁》为代表的几米绘本2002年之后被引进，朱德庸和几米掀起的绘本热让出版界迅速捕捉到了儿童绘本市场的巨大商机。

在教育尚未普及的时代，绘本曾是传播知识的一种媒介，不仅在欧美如此，在东亚国家也是如此。"现代意义上的绘本诞生于19世纪后半叶的欧美，随着教育的普及，凯迪克、格林威、波特等早期的杰出代表逐渐把绘本的形式集中体现在儿童教育和儿童文学上。"（李颖清、谭旭东，2010：62）

和"妇女被发现"一样，"儿童被发现"是人类文明发展史上的重大人文命题。在晚清以降的西学东渐浪潮中，"儿童"在中国被发现了，现代意义上的儿童文学通过译介第一次进入中国人的文化和审美视野。以《爱的教育》《童年的秘密》为代表的一大批探索儿童心理与儿童教育的人文著作也开始得到中国文人的关注。深深植根于儒家文化的读经"蒙学"在西方人文教育思潮的影响中开始一步步走向沉寂，沿袭一千三百余年的科举制度随着清王朝的覆灭也画上了句号。在中国社会从封建王朝向现代民主社会的转型中，翻译的贡献功不可没。中国儿童文学借助翻译的东风开始萌芽和起步；中国现代意义上的儿童文学诞生一个多世纪以后，中国绘本借助译介的力量萌芽了。

在绘本这一阅读形式得到儿童教育界和出版业的重视之前，用图画形式启发儿童对自然现象和现实世界的认知早已成为各国文化的一种共识。儿童对图画的喜爱是天然的，人类的祖先早在远古时代就将视觉刺激再加工以后变成高度抽象或粗粝直白的岩画。自现代教育理念勃兴以来，人们不断探索和革新儿童教育的方法，认知心理科学方面的进展为人们从绘画这一古老的人类技艺中寻找儿童教育的路径提供了客观的可能性。"图像叙事之所以能够成为少儿绘本的集中表达，其关键在于绘本图像讲故事顺应孩子的认知规律，尊重孩子的人格，契合儿童心理发展、儿童教育发展、儿童社会发展的规律，在图像与文字的交织中向不同维度扩散，在图说的在场与不在场、可名与可悦、语图一体、以图言说的互动过程中上升为讲故事的一门艺术。"（周子渊，2018：25）

黄若涛在其博士学位论文《绘本书的传播功能研究》中，从叙述的主体、图片与文字的关系、图片间的关系和图片的独立性四个向度对绘本与插图书的区别作出了说明：绘本书的图画具有主体叙述功能，文字对图片起引导或暗示的作用，图片内容具有连贯性和情节性，图片具有完全的独立性；与之形成对比的是，插图书中具有主体叙述功能的则是文字，图片对文字的意义是装饰性的辅助作用，图片孤立、零散地存在，图片不具有独立性（黄若涛，2006：28）。

从这个意义上讲，始于中国明清时代的古典小说画本只能被定义为插图书，而20世纪50年代至80年代风靡一时的"小人书"则可以被划归在绘本的范畴内。然而，从"小人书"在中国的出版史中不难看出，图画虽然作为一种叙事主体在"小人书"中与文字相对独立，但其叙事内容的局限性却很大。上海人民美术出版社出版的《三国演义》（1958）、《山乡巨变》（1961）、《铁道游击队》（1978）在叙事内容上均停留在成人审美的维度上。20世纪初西学译介浪潮中有关儿童心理和儿童教育的人文主义思想逐渐传入中国，"五四"以后的中国饱受内忧外患侵扰，这些思潮并未形成影响中国本土儿童文学发展和成长的力量，而是逐渐沉寂。因此，盛行于20世纪50年代至80年代的"小人书"并不是一种儿童文学创作与出版思潮的代表，而是特殊政治时期贫瘠的文化世界中人们的精神慰藉和消遣。在物质匮乏、精神世界困顿的生活日常中，人们无暇关注儿童的精神世界。

在我国古代的商业广告和中华人民共和国成立初期的政治宣传画中，也可以看到绘本的雏形。广告作为商业社会的衍生物，是依托文学表现形式而存在的一种图文表征。自宋代起，绘画和文字便结合在一起服务于商业活动。现收藏于故宫博物院的商业海报《眼药酸》，就是宋代杂剧《眼药酸》的宣传单，相当于现在的演出海报。20世纪30年代，香港、上海、武汉等地到处可见张贴在建筑物外墙上的巨幅演出海报或商业广告。中华人民共和国成立以后至"文化大革命"前后，海报所扮演的商业功能让位于政治宣教功能。"宣传画"（propaganda poster）这一艺术形式风靡大江南北，一时间许多艺术家都投身到政治宣传画的创作当中。

"文化大革命"结束以后，社会各行各业在改革开放中迎来发展契机。中国设计师的作品越来越引人注目，海报内容和形式也逐渐走向多元。排版和印刷技术的革新引发了图文表现形式在色彩搭配、文字布局、视觉效果等方面的

不断探索。早在清光绪年间,中国民间"历画"印制蔚然成风。"每个时代的图像作品都是时代政治、伦理、宗教、哲学等因素的载体。时代的意识形态观念会赋予一个时代的图像一种同质的文化意义,这种文化意义从一个时代的观念史中抽象出来,又印证到那个时代的艺术作品中。"(郑二利,2012:35)

"宣传画(propaganda poster),就是指为配合政治宣传出版的招贴画(poster),它以图像与口号配合为其主要的形式(也可以没有口号)。宣传画带有两个特性:一、政治宣传性;二、复制性。"(鲁宁,2017:7)"1949年11月27日,《人民日报》第四版刊登了中央人民政府文化部发布的《关于开展新年画工作的指示》(下文简称《指示》),作为一场美术运动的'新年画运动'就此兴起。"(鲁宁,2017:24)中国传统年画技艺中的构图、布局与着色技巧和苏联政治宣传画表现手法中激昂亢奋的基调融合在一起,逐渐形成了中国自20世纪40年代初一直延续至70年代末的政治元素浓郁的宣传画风格,与这40年间宣传画画家的不断探索与积累并行的是儿童连环画创作的热潮,以及以革命、爱国、阶段斗争等为主要表现题材的小人书市场的萌芽与发展。

1938年10月成立的鲁迅艺术文学院(简称"鲁艺")本着培养抗战艺术工作者的需要,激励一大批青年艺术家进行美术创作。"他们不断总结经验,结合新兴版画和当地的传统年画,以套色木刻、着色木刻和套色石印等多种手法,创作出一种属于大众的和为工农兵服务的新的宣传画风格——新年画风格。"(苏米、方李,2009:149)我们在这些中国最早期的政治招贴画中可以捕捉到苏联招贴画的影子。

不难看出,苏联绘画艺术形式和意识形态思潮均对中国自"鲁艺"时期以来直至"文化大革命"末期的政治宣传画的创作产生了深远的影响。中国政治宣传画的创作风潮自抗日战争前后肇始至80年代初渐渐平静,代表了一个时代的政治意识形态、审美倾向与价值观念。红色和黑色的主色调营造出粗粝直白的画面感,给观者带来强烈的视觉冲击。现藏于俄罗斯国家历史博物馆的《光荣属于胜利者红军》(1919)和《你参加志愿军了吗?》(1919)两部作品的主题、场景和人物设置等诸多方面和《热烈欢呼世界进入毛泽东思想新时代》(1969)等作品有共同之处。

"从某种意义上说，毛泽东时代是一个政治宣传画的时代。这个时期，无产阶级不仅仅是政治文艺服务的对象，同时也是文艺的主人，在宣传画的创作、传播、接受鉴赏的整个过程中，他们都亲自参与其中，而由此带来的正是革命文艺的集体欢腾。"（吴轶博，2007：19）文明在交流中碰撞出来的艺术灵感，虽然貌似单向度的文化输入，但它具有明显的本土化特征，易被本国的人民群众所接受。

现代意义上的绘本在中国的大规模译介，只有不到20年的时间。但绘本和其他任何文化"舶来品"一样，不仅拓宽了中国人的生活视野，丰富了大众的审美维度，也成了本土文化勃兴的有力推手。绘本翻译活动直接推动了中国绘本的萌芽和发展，也是中国绘本作家可资借鉴的灵感源泉。

1.5 欧美绘本翻译概览

在中国绘本翻译领域，欧美作为中国绘本引进的主要来源地，集聚了相当大体量的世界大奖作品和一流绘本作家，其中英语国家绘本作家占绝大部分。中国作为世界上拥有最多英语学习者的国家，对英语国家的文学译介体量大、涵盖面广。英语原版作品在整个绘本引进领域占有很大的优势，不仅因为欧美主要的绘本大奖都是由英语国家所主导，而且英语绘本具备的双语阅读可能性在中国这样一个英语学习大国有着巨大的吸引力。因此，欧美绘本翻译领域汇集了大量的出版机构、译者、出版人、亲子阅读推广者。用法语、西班牙语等语言创作的绘本作品先进入英语绘本市场，获得大奖后再被译介到汉语的例子不胜枚举。有些原作是非通用语种的绘本（如意大利语、葡萄牙语、德语、瑞典语、捷克语等）也通常是在英译本的基础上被转译成汉语的。因此，欧美绘本译者群体虽然主要以英语为工作语言，但从事的全职行业的背景却呈现出多元化的特征。他们的职业多为童书编辑、童书作家、童书推广人、外语专业背景的大学教师、自由译者，而这些身份很多时候又是重叠的。

整体来看，欧美绘本整体上呈现出如下几个特点。

第一，主流少儿出版机构网罗了大量的欧美获奖作品和主要欧美绘本作家

的作品，包括安徽少年儿童出版社（合肥）、二十一世纪出版社（南昌）、江苏凤凰少年儿童出版社（江西）、接力出版社（南宁）、明天出版社（济南）、浙江少年儿童出版社（杭州）、中国少年儿童新闻出版总社（北京）、长江少年儿童出版集团（武汉）、童趣出版有限公司（北京）、四川少年儿童出版社（成都）、湖南少年儿童出版社（长沙）、新蕾出版社（天津）、少年儿童出版社（上海）、南海出版公司（海口）、福建少年儿童出版社（福州）、新疆青少年出版社（乌鲁木齐）、天天出版社（北京）、电子工业出版社（北京）、新世纪出版社（广州）、希望出版社（太原）。从出版地来看，北京是绘本引进和出版高地，在这20家引进绘本最多的出版机构中，北京一地就有4家；除了北京，入围前20的出版机构所在地还有天津、太原和乌鲁木齐，但中国北方的出版机构在绘本引进和出版方面的表现明显弱于南方，这和中国的经济重心在长江以南地区有很大的关系。

第二，从引进绘本的译出语国家来看，美国和英国是被译介到中国最多的国家，也是获世界绘本大奖和其他童书大奖最集中的两个国家。首先，欧洲绘本的引进呈现出面广、译出语多元化的特点。虽然英语绘本依然是欧洲绘本引进的主流，但法语、德语、西班牙语、意大利语、荷兰语，北欧诸国语种和中东欧国家官方语言的绘本也都有译介。从绘本引进的国别来看，中国绘本引进的触角已经伸向了任何有优秀绘本作品产出的欧洲国家。以澳大利亚和新西兰为代表的英联邦国家的绘本虽然没有欧洲本土绘本那么大的译介规模，但也有相当数量的作品被译成汉语。其次，和美国同处在北美大陆的加拿大因其深厚的欧洲渊源，也有一定数量的作品被译介到中国来。

第三，欧美绘本在绘本阅读推广体系中占比很大，这和童书及绘本阅读的推广人普遍具有英语学习背景有很大关系。当然，童书及绘本阅读推广人中有相当一部分能熟练运用英语，其中不乏一流的儿童文学作家和学者。他们本人就是很多欧美绘本作品的译者。

早教绘本在引进门类中也占相当大的比重。儿童认知心理日益受到关注，主要以卡通动物形象出现的幼儿情感与情绪培养类绘本，为幼儿家长和相关幼教机构提供了非常有价值的教育素材。以电子工业出版社译介的儿童情感教育绘本《我的感觉》系列绘本为例。该套书聚焦于儿童期常见的七种情绪，分为《我好害怕》《我好难过》《我觉得自己很棒》《我好嫉妒》《我好生气》《我会关心别人》《我想念你》七册。该套绘本的序言开门见山地评价《我的感觉》是一套有用、有趣和有内涵的情绪教育丛书。

1.6 日韩绘本翻译概览

受教育文化的影响，日韩两国在学科类绘本的创作方面几乎涵盖了科学类学科课程，尤以韩国为甚。不过，日本文学在世界上的影响力要远远超过韩国，因此中国引进的日本绘本在题材上呈现多元性的同时，具有明显的文学性特征。中国和日本文学早在清朝末年儿童文学在中国萌芽时就有互动。

日本的绘本创作领域名家云集，宫西达也、深见春夫等绘本作家的影响力是世界性的。相形之下，韩国绘本的文学性就要逊色很多。在科普、学科教育、性教育及安全教育等应试文化和科学育儿相关的领域，韩国绘本占比较大。这和21世纪"韩流""韩剧"等流行文化在中国的传播也有很大的关系。中国引进的科学学科类绘本大部分来自日韩两国，译自韩国的数学类绘本较多。

韩国的数学学科类绘本以数学启蒙和思维培养为主要营销点，各大少儿出版社均出版有不同名目的数学类绘本套装书。除了自成体系的纯数学学科绘本，也有一部分绘本将数学和物理、化学、生物、地理等学科做成套装书出版。海豚出版社出版的《爆米花数学童话：数的世界》系列、安徽少年儿童出版社的《阶梯数学》系列、中国城市出版社的《冒险岛数学奇遇记》系列、《幻想数学大战》系列和《微笑数学》系列、中信出版社的《千万别恨数学》系列、九州出版社的《有趣的数学旅行》和《奇迹幼儿数学》、江苏科学技术出版社的《数学魔法王》和《好玩的数学》、长春出版社的《数学绘本》、电子工业出版社的《数学家开的店：原来数学可以这样学》、湖北少年儿童出版社的《你好！数学》、浙江教育出版社的《我的第一本数学启蒙书》、浙江少年儿童出版社的《数学大将》系列、化学工业出版社的《好玩的数学绘本》是近些年来我国引进的较为畅销的数学学科类绘本。

在数学绘本以外，以物理、化学学科知识为主要知识线索的绘本也占一定比例。例如，人民邮电出版社的《追不上的物理书》和《会变色的化学书》套装、人民武警出版社的《科学How so? ——物理奇趣堡》和《科学How so? ——化学魔法城》、电子工业出版社的《数学家开的店：原来物理、地理可以这样学》和《数学家开的店：原来化学、生物可以这样学》、北京联合出版公司的《我是化学王》、九州出版社的《读·品·悟开心学习系列：生物原来可以这样学》和《读·品·悟开心学习系列：化学原来可以这样学》、人民邮电出版社的《追不上的物理书》系列、湖南少年儿童出版社的《从小爱科学·神奇的化学》和《从小爱物理·有趣的物理》、南海出版公司的《Yes! 我是考第一的秘籍》这些有明显应试倾向的读物代表了韩国科学学科类绘本的主流。

在科普方面，引进的韩国绘本的数量巨大，以自然现象与规律、科学百科知识为主要内容的绘本种类非常丰富。比如延边大学出版社出版的《幽默漫画科普故事》系列，九州出版社的《自然科学童话》系列，北京联合出版公司的《最美的自然图鉴——昆虫》，浙江少年儿童出版社的《香蕉火箭科学绘本》系列，天津人民美术出版社的《小恐龙杜里科学大冒险》系列，二十一世纪出版社的《我的第一本科学漫画书：儿童百问百答》系列，新星出版社的《男孩的科学冒险书》系列，文化艺术出版社的《透过地图看世界》系列，天津教育出版社的《探索·发现生物小百科》系列，电子工业出版社的《聪聪科学绘本》系列、《聪聪爱科学》系列、《小牛顿科学大世界》系列和《小牛顿实验室》《老师也问不倒我：好奇心科学问问问》《漫画玩转科学》《新生命科学绘本》《不一样的大自然科学绘本》《科学如此生动：少儿百科全书》《小朋友最想知道的100个为什么》《神奇趣味知识营：跟科学家一起探秘》《我是科学漫画迷》《科学我知道》《微生物的那些事儿》，浙江教育出版社的《蒲公英科学绘本》系列，海燕出版社的《"嘟嘟"科学图画书》系列，江苏科学技术出版社的《和科学一起玩·动植物卷》和《小学生第一套学习漫画百科：原来如此》，漓江出版社的《少年法布尔的昆虫冒险记》，北方妇女儿童出版社的《身边的科普认知绘本》系列和《科学好好玩》系列，东方出版社的《冒险去，鲁滨孙！世界探险之旅》系列，中国铁道出版社的《好奇心大课堂》系列，现代出版社的《出发！知识探险队》系列，人民邮电出版社的《青少年科学探险漫画》、《慢慢老去的生物书》系列，中信出版社的《科学小达人》系列、《我超喜欢的趣味科学书》系列、《世界上最稀奇古怪的动物+植物：带上地图去学习》系列和《阶梯科学》《改变世界的科学》《嘿！红精灵，什么是细胞》《便便里面学问大》《假如没有能量》，重庆出版社的《好奇心与儿童百科》系列、《妙趣科学轻松看》和《孩子们最好奇的问与答》系列，上海人民美术出版社的《小海绵科学启蒙绘本》系列，广西科学技术出版社的《DISCOVERY科学小探索》，星球地图出版社的《有梦想的科学家》系列，吉林科学技术出版社的《植物王国大冒险》，北京理工大学出版社的《小天才的科学世界》，湖北少年儿童出版社的《玩科学！我的科学实验室宝盒》系列，新蕾出版社的《小学生最想知道的神秘地球故事》《小学生最想知道的全新环境故事》和《小牛顿爱探险科普绘本》系列，北京日报出版社的《好奇科学》系列，人民武警出版社的《科学How so?——动物作战/植物总动员/人体大探究/尖端科学/宇宙探秘记》。

性教育与安全教育方面，韩国绘本和欧美绘本一起填补了我国在这方面的空白：二十一世纪出版社的《我想知道我自己》、现代出版社的《安全绘本套装》、东方出版社的《女孩，你该知道的事》、浙江教育出版社的《安全教育童话绘本》系列和《健康与性教育童话》绘本、科学普及出版社的《悠闲社区系列：儿童安全与健康教育亲子绘本》、九州出版社的《亲子安全绘本》、河北少年儿童出版社的《安全自救图画书》系列、湖北少年儿童出版社的《我爱我的身体》系列，都是这一领域的代表之作。

和"视觉发现"引发的跟风出版一样，与引进版绘本中和应试相关的题材甚至题名完全重合的本土绘本通常会在引进版出版后迅速诞生。这些模仿版的绘本大多利用著名作家的名头进行营销。例如，北京少年儿童出版社引进的韩国绘本《上学就看》热卖后，国内迅速出版了同名《上学就看》系列。该套题名"高仿版"绘本的编者中，王一梅、孙幼军、金波等著名儿童文学作家的名字赫然在列。

东亚文化圈以汉字、汉语言和汉文化为纽带，文化圈内的各国在语言文学

审美上容易产生情感共鸣。我国东晋诗人陶渊明的《桃花源记》在日本影响甚广，时至今日仍然是入选日本高中《国语综合》教材的经典汉语古诗文之一。被誉为"日本绘本之父"的松居直坦言，年幼时他的父亲在每年3月就会在家里挂起桃花盛开的山水画。机缘巧合，在1995年的北京书展上，经唐亚明[1]介绍，松居直认识了时任湖南少年儿童出版社社长张天明，并应邀到湖南武陵桃花源，被恍若《桃花源记》中的别有洞天的美丽景致深深吸引。后来他邀请蔡皋[2]绘图，自己回日本配文，唐亚明将日语翻译成汉语。中日两个版本的《桃花源的故事》就此诞生了。

1.7 其他国家和地区的绘本译介

除了欧美和日韩各国，其他国家和地区的绘本作品也有零星引进。这部分作品大都改编自民间神话传说。以2015年吉林出版集团有限公司推出的"万国儿童文学经典文库"为例。该系列引进了非主流绘本国家的民间故事。缅甸的《龟女》、卡塔尔的《聪明的法官》、沙特阿拉伯的《阿拉丁神灯》、斯里兰卡的《奇怪的帽子》、尼泊尔的《聪明的猴子》、马其顿的《会生钱的金币》、突尼斯的《辛伯达航海记》、阿曼的《流浪汉的故事》、亚美尼亚的《生金币的毛驴》、津巴布韦的《奥尼霍娃奇遇记》、阿尔巴尼亚的《玻璃山的故事》、布隆迪的《羚羊才是罪魁祸首》、叙利亚的《三个苹果的故事》、孟加拉国的《王子的故事》、列支敦士登的《数不清的萝卜》、贝宁的《富商的鞋子》、埃塞俄比亚的《小王子寻鸟记》、斯洛伐克的《十二月神》、约旦的《狐狸和狼的故事》、吉尔吉斯斯坦的《伊塞克湖的传说》、赞比亚的《七只魔鸟》、吉布提的《海底旅行记》、伊拉克的《国王奇遇记》、多哥的《小公鸡旅行记》、朝鲜的《愚蠢的富翁》、埃及的《飞翔的木马》、圣马力诺的

1　唐亚明（1953—　　），曾先后在早稻田大学文学部、东京大学文学院求学，后就职于福音馆书店，是活跃在日本文学出版界的资深华人出版人。
2　蔡皋（1946—　　），湖南长沙人，我国著名绘本画家，曾供职于湖南少年儿童出版社。

《罗马守卫者》、黎巴嫩的《女仆国王》、巴勒斯坦的《渔翁的故事》、马达加斯加的《银姑娘》、莫桑比克的《真假王子》、马耳他的《魔宫》、马拉维的《老鹰复仇记》、老挝的《占芭树王子》、塔吉克斯坦的《苹果树妹妹》、布基纳法索的《商人和鞋匠》、阿拉伯联合酋长国的《小王子奇遇记》、巴林的《八个噩梦》、利比亚的《大臣的女儿》、尼日尔的《小女儿娜莎》、刚果的《绿鸟》、苏丹的《卖盐的小女孩儿》、南斯拉夫的《拉比齐出走记》等都是引自非主流绘本国家的绘本作品。

　　从绘本译出国所处地理位置来看，中国目前引进的绘本作品已涵盖了亚洲、欧洲、非洲、北美洲、南美洲、大洋洲50多个国家。其中包括北美洲的美国、加拿大，南美洲的阿根廷、智利、巴西、委内瑞拉，欧洲的瑞典、芬兰、丹麦、挪威、冰岛、英国、爱尔兰、法国、德国、瑞士、比利时、荷兰、西班牙、葡萄牙、俄罗斯、意大利、希腊、波兰、乌克兰、立陶宛、爱沙尼亚、摩尔多瓦、斯洛文尼亚、保加利亚、克罗地亚、罗马尼亚、捷克、匈牙利、奥地利，大洋洲的澳大利亚、新西兰，亚洲的日本、韩国、蒙古、土耳其、伊朗、以色列、新加坡、马来西亚、泰国、菲律宾、印度，非洲的尼日尔、刚果、苏丹、南非等国家。

第二章

绘本翻译审美

2.1 绘本、漫画与图文消费

漫画书（comic books）虽然也有图画叙事主体的特征，但其在表现形式上主要以对白、画外音等直接引语式的辅助性文字为主，结合格状分隔的画面展开叙事。一个个格状画面或对话框呈现出的跳跃性所制造出的阅读紧张感，往往给人带来短时的阅读快感，却无法形成持久而引人深思的审美张力。"讽刺和幽默构成了漫画最基本的属性，漫画艺术就是讽刺和幽默的艺术，也是逆向思维的艺术。"（黄若涛，2006：30）与主打抒情、说理、认知和启发的叙事路线的绘本相比，漫画更为重要的叙事功能则是休闲和娱乐。虽然漫画从形式上来看与儿童认知心理共情，但国内教育界对漫画的批评声一直不绝于耳，其主要原因在于有些漫画书内容空洞、粗鄙、过度调侃，甚至还有暴力和色情因素。

在这方面，漫画书和"无厘头"港片有相似之处。它们包袱不断，悬念重重，引人发笑，但缺乏精神内涵。在某种程度上，低俗青少年漫画书的泛滥代表了背离传统价值观的"审丑观"的蔓延。云南教育出版社出版的《阿衰on line》系列校园漫画图书就代表了这样一种扭曲的审美取向。"……过度夸张的方式处理人物和场景……虽然可能符合其创作特点和风格，但在具体的漫画中给学生的也许是一种比较极端的处理问题的方式……给孩子的健康发展带来一些消极的影响，以不严肃的态度游戏学习、游戏生活"，使得学生的"情感、态度和价值观的形成和发展误入一个不健康的轨道"（张志刚，2011：60）。

对于有着是非辨别能力、能区别现实与虚拟世界、有完全责任能力的成年人来说，漫画无疑是一种合理的情绪宣泄途径。极度夸张、扭曲和变形的画面

和语言是现实世界荒诞、无奈与苦恼的表征。而暴力元素和"荤段子"在漫画中的普遍存在则是成年人生活中不良情绪的投射。在多元价值观并存的成人世界中，充斥着暴力、色情等元素的漫画作品有悖于社会主流价值观念，游离在伦理与法律的边缘地带，也挑战着文明社会的公序良俗，但这些处在灰色文化地带的作品和其他文化现象一样，在任何社会都是一种文化现象。

然而，儿童的世界应该是一方纯真之境和美好之境，保护儿童远离暴力、色情和犯罪是文明社会对儿童的应尽之责，也是社会道德的底线。互联网信息时代，移动数据技术在智能手机终端已全面普及，以"Rage Comic"为代表的漫画作品在全世界互联网和智能手机保有率不断攀升的社会语境中走红，并不意外。据陈海峰（2014）考证，"Rage Comic"最早出现在美国的"4chan"[1]网站上。某网友用"windows"画板绘制的四格漫画，讲述了其在如厕时被马桶溅湿屁股的可笑经历。而"rage"一词所蕴含的暴力意味与源自日漫的"暴走"一词不谋而合。"暴走漫画"也因此成为极富自嘲、戏谑精神的网络文化产品，其"无节操""无底线"的叙事风格恰恰迎合了青年人在自媒体平台追求的某种舆论自由精神。

2008年，中国网民注册"暴走漫画"（baozou.com）网站，"姚明囧表情、成龙抱头表情以及其他暴走元素很快席卷中国互联网……"。这些表情包"面部比例严重失调、勾勒粗暴、毫无美感的面部线条图画，给人以丑陋、下流、犯贱的感觉"（陈海峰，2014：24）。"我的小伙伴都惊呆了"这些脏话谐音或无厘头搞笑的网络流行语通过暴走漫画的形式演化出各种各样的表情包，在自媒体平台传播，成为网络叙事文化的一种表征。

以暴走漫画为代表的网络文化从某种意义上而言是一种灰色文化，它以"形式的感官刺激功能、游戏功能和娱乐功能，不断地削弱主导文化中的道德理性、审美价值、思想深度、终极关怀等内涵"。以《阿衰on line》为代表的低龄漫画类出版物有着各种明显的"暴走漫画"的表征，对处在价值观形成、知识结构搭建和心理认知萌芽阶段的儿童而言，以暴走漫画为代表的这类漫画

1　"4chan"是流行于美国和欧洲的一个大型网络讨论社区，不设签名文件和头像等个人资料，言论自由度较高。

出版物是"有毒的"。这些作品过度宣扬的自嘲与不以为然的生活态度"将青少年塑造成具有玩世不恭、过度消费、行为不检点、缺乏理想等个性特征或反社会人格,以致最终脱离社会主导文化,走上违法犯罪的道路"(董士昙,2000:65)。

风靡青少年群体的漫画文化虽然不都是以"暴走漫画"类略带"黄暴"的形式出现,但"暴走漫画"所引领的一种不加选择的"吐槽"文化确实应引起我们的警惕。真、善、美的力量,是"槽点满满"的任何"荤段子"带来的"博你一乐"所无法企及的。"肆无忌惮的谈论性器官、性行为,以及无伦理底线的搞笑,对未成年人的成长将会不可避免的产生负面效应。"(陈海峰,2014:26)

一个社会的文明程度,可参照其对多元文化和亚文化群体的包容和接纳程度;与此同时,文明社会的不断向前发展取决于这个社会的主流价值观是否引领民众追求正义和进步,是否具有引领青少年积极向上的文化力量。作为后现代社会多元文化共生的表征,漫画形式的表意功能和审美意义与传统的文学艺术形式并无二致。漫画直观诠释人生百态和社会现象,是后现代社会"图文"之争的缩影。

和"绘本"一样,"漫画"也是一个外来词。然而受日本漫画影响甚大的中国漫画,其源头是中国传统水墨画。20世纪左翼美术兴起之后享有盛名的漫画家丰子恺和廖冰兄创作的绝大部分漫画作品都是用毛笔绘制的。自民国开始出现"漫画"这一艺术表现形式以来,漫画作品在相当长的一段时间都以讽喻社会现实为主。而漫画真正成为为儿童和青少年受众所青睐的一种文学艺术形式,还应归功于日本漫画。

在第二次世界大战中战败之后,日本逐渐迎来经济的繁荣。日本漫画在前期积累和借鉴美国动画片产业成果的基础上逐渐形成独树一帜的风格,引领东亚地区漫画业发展的潮流。迪士尼动画公司早期推出的动画作品《白雪公主》和《小鹿斑比》在日本引起巨大反响,并深刻影响了日本第一批漫画家。1947年,手冢治虫的漫画作品《新宝岛》出版,该作品将电影创作中的构图技巧和蒙太奇手法运用到漫画画面的呈现中,日本迎来了漫画时代。《漫画少年》

《少年JUMP》等漫画杂志相继出现，成就了包括手冢治虫、藤子·F.不二雄、赤冢不二夫、石森章太郎等一大批日本漫画大师。他们在这些漫画杂志连载自己的原创漫画作品，《铁臂阿童木》《哆啦A梦》这样一批60年代风靡日本的漫画作品为日本漫画在70年代的不断向前发展奠定了坚实的基础。60年代"日漫"一炮走红之后的每一个十年，日本漫画都产生了极具代表性的作品，70年代的少女漫画《蓝宝石王子》、80年代的《七龙珠》及90年代初的《灌篮高手》就是这些作品中的杰出之作。

美国漫画和日本漫画分别代表着西方和东方文化的不同审美趣味。美国的漫画文化是一种超人文化，蝙蝠侠、钢铁侠、美国队长等广泛传播的漫画人物都被塑造为超级英雄的形象；而日本的漫画文化则是一种热血文化，以友谊和奋斗为主题。在欧洲，美国漫画文化的影响甚巨，法国本土漫画家在美国漫画的影响下开始创作本土漫画，在采用气泡对话框的形式之后，"法国漫画在欧洲开始占主导地位"（王建华，2015：225）。在亚洲地区，同属东亚汉字文化圈的日本漫画有巨大的影响力，直接推动了我国漫画的诞生。

日本漫画在东亚地区独占鳌头，美国漫画则代表着欧美地区漫画发展的最高水准。美国的移民文化造就了美国漫画英雄主义的整体风貌。1938年6月在《动作漫画》创刊号上，第一位超级英雄——超人横空出世，从此改写了美国漫画史。DC（Detective Comics）漫画公司旗下拥有超人、蝙蝠侠、神奇女侠、闪电侠、绿灯侠、海王、钢骨、沙赞、火星猎人、绿箭侠、鹰侠、火风暴、原子侠、黑霹雳、蓝甲虫、命运博士、康斯坦丁、扎塔娜等超级英雄，以及正义联盟、绿灯军团、美国正义协会、少年泰坦、黑暗正义联盟、自杀小队、超级英雄军团等超级英雄团队。

而另一家和DC齐名的美国漫画公司漫威漫画公司（Marvel Comics）自1939年4月在《电影连环画周刊》创刊号上创造出变种人超级英雄纳摩以来，推出包括蜘蛛侠、金刚狼、美国队长、钢铁侠、雷神托尔、绿巨人、惊奇队长、死侍、蚁人、黑豹、奇异博士、卢克·凯奇、铁拳、恶灵骑士、刀锋战士等超级英雄在内的5000个漫画英雄及复仇者联盟、X战警、神奇四侠、银河护卫队等超级英雄团队。

　　随着社会多元化程度的加深，社会价值观也同样走向多元，中国漫画在"日漫"和美式漫画的双重影响下逐渐减弱了政治讽喻的功能，演变成青少年动漫亚文化群体阅读和休闲娱乐游戏的一种文化载体，网游、动画片和线下的角色扮演（cosplay）等动漫产业的蓬勃发展，将漫画从诞生之初的静态图文形式带入多模态交融的呈现模式。

　　"日漫"和美国漫画产业历经几十年的积累和发展，在3D时代迎来了新的发展契机。动画片制作从2D向3D的迈进，主要归功于计算机图像学（computer graphic）在民用行业的运用。"上世纪80年代初，从航天、医学和军事等领域走下神坛的计算机图形图像学，渗透到传统影视产业。"（李杨，2012：9）借力于计算机图像学领域的技术在2D时代需要卡通形象设计、导演分镜头脚本、原画设计和背景设计、动画制作、描线上色、胶片拍摄、配音及音乐音效合成、出片等一系列生产流程环节完成的动画片制作流程成功实现了3D化。"无纸化、数字化"场景下的3D动画片动作，省去了手绘图画、描线等过程，以3D建模的方式实现全流程的动画设计、制作和输出。美国以3D设计主导的制作流程和创作思维，成为20世纪90年代后动画片市场最有影响力的国家。

　　当代动画片市场在全球的影响力堪与苹果公司在全球掀起的智能手机风暴相提并论。1977年，卢卡斯影业（Lucas Film）凭借《星球大战》（*Star Wars*）一举成名。1979年，卢卡斯影业成立了电脑动画部。1986年，世界上第一家3D动画公司——皮克斯动画工作室（Pixar Animation Studios）在美国成立，而以1000万美元从卢卡斯影业手里收购了其电脑动画部的，正是影响21世纪数码时代的传奇式人物史蒂夫·乔布斯（Steve Jobs）。皮克斯成为一家独立的3D动画片制作公司。1991年，皮克斯与迪士尼公司合作，皮克斯负责制作，迪士尼负责版权和发行。1995年，世界动画片史上的划时代之作《玩具总动员》（*Toy Story*）问世，3D动画片正式成为引领世界动画片潮流的风向标。皮克斯在3D特技效果方面的突破影响了整个世界电影业的发展格局。"其（皮克斯）力主开发的Renderman电脑辅助作业系统以其所创造的逼真效果和传统电影无法企及的剧情呈现手段，成为当时制作电影特效的新标准配置。"（李杨，2012：9）

皮克斯也因1995年的《玩具总动员》获得的轰动性效应斩获奥斯卡特殊成就奖、最佳原著剧本提名、最佳音乐或喜剧片配乐提名、最佳歌曲提名等多项大奖。"世界电影制作史上第一部电脑动画电影长片《玩具总动员》在全球票房超过3亿5000万美金，开创动画电影新纪元；世界上第一部宽银幕动画电影《虫虫危机》、《玩具总动员2》、史上最卖座动画电影《海底总动员》、获得第一座奥斯卡最佳动画长片奖的《超人总动员》等，都使业界坚信'拍摄电脑动画电影是保证电影票房的不二法门'。"（李杨，2012：10）

漫画掀起的纸媒视觉风暴在2D和3D动画技术的跟进下逐渐演变成一场视、听及其他感官感受不断融合的娱乐盛宴。"3D动画技术不仅替代了传统手绘动画的工艺流程，而且彻底颠覆了其内容形式与审美特征，3D技术基础的CG动画电影成为中国一类主要的动画产业门类。"（李杨，2012：11）动漫的受众显然主要定位在青少年，但是动漫掀起的波澜却在移动互联网时代波及每一个人。表情包这一互联网社交媒体中仅次于语言和图片（传统意义上的图片）的沟通工具，成为图文时代人们追求更快捷沟通的一个缩影，其自带的戏谑、调侃和幽默所表征的，是后现代语境中人们对自我价值和社会存在感的追问和反思。

QQ表情、兔斯基、阿狸、金馆长、哆啦A梦、蜡笔小新、火影忍者、小猪佩奇等或原创或移植拼接于动漫形象的各种表情包形成了一套独特的沟通话语体系，其更新和传播速度之快令人叹为观止。互联网和移动数据技术的结合加速了信息沟通方式的多元化，智能手机支持下的QQ、微信、微博等社交媒体如虎添翼。文字、图像、图文结合、语音、视频融合交织的沟通模式还在进一步向多维度、多元化和多模态不断演进，文字、声音和图像所各自具备的功能和意义不断走向融合。在读图时代，文字意义被消解的同时，也被赋予了全新的意义。

广告业是图文结合的传统商业领域，早在电子信息技术到来之前，广告业素来就以图文结合的方式呈现商品的基本信息和样貌。餐厅、酒馆、剧场等消费场所的招牌、户外张贴悬挂的广告牌、刊登在报纸杂志上的各类产品的广告信息均以图文并茂的方式呈现。现代科技成果在商业领域的不断渗透，使得人们生活在一个无处不在的广告世界里。

地铁站、公交车站、街道灯箱、电梯间、餐厅、商场等公共场所无不充斥着商业广告。而这些广告呈现的方式，最为常见的是图文结合的方式。在某种程度上，人们已经被动进入了一个以图文方式获取知识和信息的时代。绘本及绘本阅读形式在这样的社会文化语境中受到青睐，是偶然之中的必然。快节奏的现代生活中，人们的阅读方式普遍呈现出一种碎片化的趋势，厚重的、纯文字的读物享有的生存空间在学术和其他专业领域之外受到挤压，绘本式阅读正好满足了现代人碎片化阅读的需要。

2.2 绘本翻译中审美格式塔的重构

一部成功的绘本作品不仅在文字上要出色，而且在画面和色彩上也要有吸引力。在原创绘本作品中，如果文字和图画作者不是同一人且文字作品在先，那么图画作者对文字要有很好的领悟能力，因为给文字配插画是一种诠释性的创作。绘本画家为既定文字作品创作的插图，既是绘本的一部分，也可以被视作完全独立的绘画叙事作品。如果插图作品在先，那么文字作品作为一种对插画的诠释性创作，也同样可以被视为独立的故事或童话。

"图画书包含文字、插图，以及整体设计；它是一种人为制品与商品，社会、文化与历史的记录；最重要的，它是孩子的一种经验……图像与文字的相互依存、左右两页的同时陈列，以及翻页的戏剧效果。图画书本身即有着无限可能。"（Bader，1976：1）图画书和有插图的图书不同，图画书图文交融的模式中，图文是相辅相成的，在完全的"无字书"中，图画本身就是一本图画书承载意义的部分；有插图的图书是以图画辅助文字，图画在有插图的图书中不可能是主角，否则就有喧宾夺主之嫌。王林（2017）在《我的图画书论》一书中译版的序言中总结了"日本图画书之父"松居直提出的"图画书"和"有插图的书"之区别："图画书=文×图，有插图的书=文+图。"（松居直，2017：ii）

图画书是复合意义的，是格式塔性质的。图画和文字的交融形成了一种独

特的共生关系，图文结合呈现给阅读者的感官体验绝非两者相加，而是大于两者之和。一部绘本就是一个审美格式塔，"图"和"文"的不可拆分性，一方面说明了绘本作品的意义作为一个整体是"图"和"文"结合在一起所赋予的；另一方面，绘本的"图"是作品的灵魂所在，绘本中出现的文字只是对图画的某一种解读而已，一部绘本作品的叙事焦点在画面上，而不在文字上。而图画的叙事性，对尚不识字的儿童而言，是同样有明确的意义的。"绘本的译者应该意识到音调、语调、语速、停顿等潜在的表达，在翻译中要尽最大可能考虑大声朗读时读者的感受，这样才能保证儿童读者享受绘本阅读这一过程。"（Oittinen et al.，2018：69）

"对格式塔最简明直观的描述莫过于格式塔图形：单独分隔开的图形如果不和其他部分被视作一个整体，格式塔图形则无法被看到。格式塔学派的心理学家通过对视知觉的错综复杂的现象的观察发现，图像的知觉并不是图像的各个独立部分的简单罗列，而是具有整体的特性。"（宋维，2018：94）

很多绘本的诞生得益于某种机缘巧合，图画与文字难分先后。松居直和蔡皋合作完成的《桃花源的故事》就是一例。在武陵桃花源一起采风之后，松居直回到日本进行文字创作，蔡皋则在长沙完成图画部分的创作。这部跨越国界和语言的合作作品不仅是两位大师文化交流和思想碰撞的结晶，也是儿童视角和审美维度上的一种默契和共情。除去图文同属一位作者的原创绘本作品，大多数绘本为两位或多位儿童文学作家和插画家合作而成。他们在创作中的磨合、取舍和让步在呈现给读者的绘本作品中是隐没的，读者读到的是一本图文融合的作品。但是作为译者，则要从"带图的文本"或"配有文字的画册"等维度审视绘本的创作过程，揣测创作者通过文字和画面想要表现的意图，而不只是单向度地关注从原语到目的语的转换。

普通读者无须关注图与文单独存在的意义。译者是读者，又不是普通的读者。译者需要从普通读者的身份中抽离出来，审视绘本作品的图文叙事思路：文字对图画或图画对文字的哪些未尽之处做了代偿。从这个意义上讲，绘本翻译者不仅需要有处理语言文字的匠心，还需要有审视图画内容的慧眼。

作为图画阅读者的读者、作为文本阅读者的读者、作为译者的读者，甚至作为幼儿父母的读者在译者身份上重叠，构建出一套多维度的译者身份系统。作为图画阅读者的读者关注的重心在画面上，幼儿读者是图画阅读者；作为文本阅读者的读者关注的重心在文字上，他们审视绘本画面和文字是否匹配与契合，会较频繁地对照画面，寻找二者的阐释关系；作为译者的读者关心蕴含在绘本画面和文字中的文化符号在目的语中的合理转换方式，归化或异化翻译处理方法是他们在阅读绘本的过程中思考的问题；既是幼儿父母又是读者的译者除了对翻译基本策略的考量之外，更重视绘本经翻译后是否具备适合朗读的特点，这个群体的译者不仅是"亲子阅读"理念的践行者和绘本阅读的推广者，更是绘本翻译领域不可小视的"民间力量"。

"作为多模态属性的读物，绘本翻译本身对译者提出了画面和文字两个层面的掌控能力……译者需要读懂画面中所蕴含的意向，并领悟这些意向如何与文字间形成互动关系。"（Oittinen et al.，2018：86）在文字层面，绘本作品以口语化的短句为主，较少有复杂的句式和修辞结构，相较于其他文学作品类型，是相对容易掌控的翻译文本。然而绘本大量的图像信息与文字之间存在的复合关系在原文本中是一体的。因此，翻译不仅仅是文字的转换，绘本译者的翻译认知负荷主要落在画面意向的准确传递上。

如果我们将一本绘本视为一个审美格式塔，那么该格式塔中的文字和画面共同呈现出一个完整的审美对象。单独的文字或画面部分产生的审美效果均小于图文结合在一起的审美效果。而翻译文本对原文本审美格式塔的呈现，则完全通过文字部分的翻译来实现。因此，绘本译者需要时时有匠心，处处有慧眼，方能将原文本中画面与文字形成的幽微共情在译本中较完整地呈现出来，而不造成审美对象在内容层面上的流失和变形。

东西方文化有巨大的审美心理差异，绘本作品图文交融的属性包含特定文化的语言理性逻辑和图画色彩的感性表达。人们在语言表述习惯、色彩运用与构图、故事架构与结局等诸多层面都表现出不同的审美偏好与期待。因此，一部外国绘本作品所包含的异质文化元素要远远超过一本传统的以文字为主的儿童文学作品。在绘本译本中，语言的异质性依靠翻译去化解，画面的异质性则完全不用翻译，它所激发的是一种跨文化的审美通感。对图画的审美通感是世

界不同地区的人类先民不断摸索、积累和习得下来的一笔精神财富。因此，在绘本翻译中，被语言差异所阻隔的绘本文字经翻译后应靠近原作的精神内核，而且还要和原作的图画叙事契合。

对绘本创作者而言，坚守和敬畏内心的那一方净土是一种情怀。无论是绘本文字的创作者还是插画家，没有和儿童世界的共鸣就无法创作出人们喜爱的作品。有些著名的插画家是绘图和文字创作齐头并进的，但也有许多优秀的绘本作品是文字创作者和插画家合作推出的。这类绘本作品，图画与文字呈现出完整而流畅的审美格式塔；经由两人或多人合作需达成一种默契，才能保证整部作品在语言和画面风格上没有明显的审美差异。长期在一起进行图文合作的插画家和绘本文字创作者，会将这种合作模式内化为一种稳定的创作倾向与基调。本书第五章第五节《文字与图画间的亲情牵系》论述的就是这种审美默契。

和文字叙事的线性特征不同，图画呈现出的是一种非线性特征。但是一本完整的图画书呈现给读者的却带有明显的线性特征。因此，绘本译者不仅要关注原文本中文字的叙事特征，还要把握好画面营造出的叙事性。一部优秀的绘本作品的画面叙事，一定是完整、流畅的，其营造出的画面感堪比一部优秀的电影。"插画家往往会通过调整视角和场景、特景和远景等手法，增加画面的变化，激发读者翻页的愿望。插画家会通过巧妙地设计图画顺序和画面布局来实现图画叙事的连贯性。"（马图卡著，王志庚译，2017：155）因此，绘本创作中的画面呈现，不是只给文字配上插图那么简单。

绘本中的图画本身有一套完整的表意和叙事结构，和文字相比，对画面的解读存在更多维度上的可能性。和电影叙事中台词或字幕的功能类似，绘本中的文字本身也有一套完整的表意和叙事结构。画面和文字的叙事线索可以是并行的，也可以是重合的，这取决于作品的内容和题材。从叙事效果上审视，文字和画面并没有孰轻孰重之分。没有文字的绘本可以讲述一个完整的故事，反之亦然。但是文字和画面融合在一起带给读者的审美感受，是一个作为整体的审美格式塔，既包含图画审美的间离效果，又有文字审美的直截了当。

图画书中图文结合的叙事方式大致分为三类，即图文对称、图文互补和图文互斥（马图卡著，王志庚译，2017：170）。图文对称和图文互补的绘本叙事便于译者理解和处理，而图文互斥的叙事方式需要译者认真体味图文的矛盾对立关系。《母鸡萝丝去散步》（*Rosie's Walk*）就是这样一部作品。该绘本的文字部分极少，画面叙事像是一个拉长的电影镜头。在这个"被追逐"的故事中，被追逐者母鸡萝丝不知道它的身后有一只饥肠辘辘的狐狸：母鸡萝丝出门散步，一路上狐狸鬼鬼祟祟地跟在她后面。萝丝走过田野，经过池塘，越过稻草堆，跨过磨坊，穿过围篱，钻过蜜蜂房，最后萝丝毫发无损地准时安全回到家里吃晚餐，完全没有察觉到狐狸的跟踪。作者佩特·哈群斯（S. P. Hutchins）在该绘本的画面叙事方式上，可谓煞费苦心。

为了延长读者阅读画面时在单页停留的时间，减少翻页带来的审美中断，该书的内页尺寸采用了罕见的20.3厘米×25.5厘米的横长尺寸。除了萝丝归家的画面是单页之外，其他所有画面均是跨页——13个左右横长场景生动表现了母鸡萝丝饭后散步时的悠然心情，全然不知身后有狐狸追逐，而且狐狸一路上不断遭遇意外。从绘本的巧妙构思来看，作者在纸本上达成的画面效果堪称流动的电影画面。《母鸡萝丝去散步》堪比儿童默剧《小羊肖恩》（*Shaun the Sheep*），长镜头叙事模式还原了儿童心理。在《梦游》（*Sleep Walking*）这一集中，肖恩在一个深夜梦游到了主人家里。小羊们好奇肖恩的行为，跟随其后。为了保护肖恩，小羊们没有离开，紧紧跟在后面。画面镜头由肖恩在梦游途中跨过的一道道险关串联起来，情节紧张，让人捧腹。

《母鸡萝丝去散步》是国外绘本的典型：画面占比很大，文字部分极少。该类绘本不是"无字绘本"，极少量的文字依然需要从原语翻译成目的语。在该类绘本中，由于画面叙事呈现出的巨大审美张力，文字部分通常没有与画面对称或互补的内容，而是有较多的留白。在该绘本的14个画面中，只有32个单词，文字隔页出现，既留出了一些想象的空间，又给文字抖出"包袱"留出了时间。

　　佩特·哈群斯是一个真正吃透了幼儿心理的人，她把这个无声的故事变成了一个笑声不断的故事，她甚至还给孩子们设计好了笑的时间，

一共有七次！不信你看，当钉耙砸扁狐狸的鼻子时，你会笑！当狐狸一头栽进池塘里时，你会笑！当狐狸扎进干草垛里时，你会笑！当狐狸被面粉埋住时，你会笑！当狐狸摔到手推车里时，你会笑！当手推车载着狐狸撞翻蜂箱、狐狸被蜜蜂追得抱头鼠窜时，你更会笑了，而且一笑就是两次！[1]

从表面上看，这类绘本最容易翻译，非常简单。但事实并非如此。比如书中的主角萝丝。尽管萝丝只在绘本封面和内文首页各出现一次，但作为故事主角，她散步的路线是读者关注的。萝丝这只母鸡的形象，是符合汉语的语言习惯和幼儿的认知规律的。汉语口语中习惯在宠物、虚构的人物或动物形象前面加上表示其属性或特征的呼语，汉语版本的"小羊肖恩""小猪佩奇""蜡笔小新""樱桃小丸子""小屁孩日记"中出现的动物角色"小羊""小猪""小新""小丸子""小屁孩"等都呈现出非常明显的汉语口语化特征，更易给儿童读者留下深刻印象。

比照这些作品的原文版本，不难发现这些作品中的原文角色均只用名字呈现。虽然这类只有极少量文字的绘本作品在翻译中不宜拖沓，应保留原文版本的简洁风格，但适当的阐释是非常有价值的。明天出版社出版的《母鸡萝丝去散步》正文部分只有44个字，除了在"萝丝"这个词上所做的补充之外，整体翻译句式毫无拖沓之感。这部诞生于1968年的绘本作品，不仅是佩特·哈群斯的处女作，也是一部在全世界都有影响力的经典绘本作品。

值得注意的是，这本经典绘本作品的中文版竟然没有标注译者的姓名。在图书出版物中，译者的身份经常被忽视。"在译著中，译者的名字要么置于作者之下，要么置于作者之后，要么不出现在封面中，'犹抱琵琶半遮面'……在文学评论中批评家可以对译者的名字和功绩只字不提，在大学的外国文学课程里，教师的一切讲评都是围绕外国作家和作品本身，翻译家根本不会涉及。"（周红民、程敏，2012：19）当然，除了个体译者之名被隐没外，译者

1　参见当当网在售《母鸡萝丝去散步》"媒体评论"中彭懿对该书的介绍。

群体的身份被隐没的现象同样值得关注。本书第五章第二节《绘本翻译中隐没的译者群体——以"千太阳现象"为例》将对这一问题进行详细阐述。

2.3 绘本翻译中的图文关系

早在1992年，美国学者托马斯·马歇尔提出了"图像转向"（pictorial turn）的概念，这预示着"读图时代"的到来。随着互联网信息技术的不断变革和突破，图像转向已经渗透到社会生活的各个层面。翻译的社会学研究处在文化研究与语言学研究的交汇地带。本书的研究视点不仅聚集于绘本翻译的外部因素，毕竟绘本翻译还是以语言之间的转换问题为核心。在文学研究的视野中，儿童文学处于边缘地带；在翻译研究的视野中，儿童文学翻译也同样处在边缘地带；而传统的儿童文学翻译研究，则把视线聚焦于以文字为主要表述载体的儿童文学作品的翻译研究之上。

图画源自生活体验，从现实生活中抽象而来。"儿童在涂颜色的时候，往往会沉迷于颜色中。他们并不是真正在画画，而是在玩颜色。"（马库斯著，阿甲等译，2017：264）图画书作为儿童喜闻乐见的一种阅读形式，其表现出的文字层面的浅显却不代表其创作难度低、作品的内涵少；恰恰相反，用浅显的语言表达深意非常考验作家驾驭语言的水准。如果我们将构思精妙、层次错落、语言繁复的文学作品比作一部多声部复调作品，那么一本好的图画书作品就是一首优美的小夜曲，我们不能拿复调作品跟小夜曲比较，它们有各自的审美价值判定标准。

《小黑点 小白点》在叙事风格上和李欧·李奥尼[1]（Leo Lionni）的《小黄和小蓝》（*Little Blue and Little Yellow*）有类似的地方，极简画面中有大量留白，少量的文字点缀其间，营造出独特的视觉感受，形成"少就是多"的巨大

---

1 李欧·李奥尼（1910—1999），美国儿童文学作家、画家，出生于荷兰阿姆斯特丹。南海出版公司引进的其代表作《一寸虫》（杨茂秀译）、《小黑鱼》（彭懿译）、《田鼠阿佛》（阿甲译）、《亚历山大和发条老鼠》（阿甲译）分别于1961年、1964年、1968年、1970年四次荣获凯迪克大奖。

审美张力。"这是一本很简单的图画书。这也是一本很复杂的图画书。这是一本形式特别的图画书。这也是一本内涵丰富的图画书。这是一本可以与孩子互动游戏的图画书。这也是一本可以与孩子深入讨论的图画书。这是一本具有教育功能的图画书。这也是一本寓无限于有形的图画书。"[1]"在开始真正翻译之前,译者应该认真研究原文的节奏,并大声朗读以准确把握故事的整体语调特征和韵律感。"(Oittinen et al.,2018:71)

这类图画书的翻译,译入语文字需高度凝练,对译者翻译能力要求较高。引进出版这种非常规叙事类型绘本的出版社也应具备相当水准,以保证出版质量。《小黄和小蓝》的译者是著名绘本翻译家彭懿,由明天出版社出版;《小黑点 小白点》由方素珍翻译,由人民美术出版社出版。

然而,普通读者通常认为严肃的文学作品需要翻译家去驾驭,比如莎士比亚或巴尔扎克的译者绝不可能由业余译者完成,《哈利·波特》这类以文字为主的儿童文学作品的译者也同样应是具有丰富儿童文学翻译经验的翻译家。但是,人们对绘本翻译则不会有这样的期待和要求,这本身就是对绘本翻译工作的轻视。

视儿童文学为"小儿科"的偏见在绘本翻译领域表现更甚,似乎只要一部绘本作品足够好,足够有名气,谁去翻译它都不是一件重要的事情。在当当网等网络销售渠道的绘本书的图书介绍及营销广告中,译者一般不会被特别提及。除非某个绘本的译者的确是著名翻译家,出于促销目的,会将翻译家的身份凸显出来。比如哈格里夫斯创作的 *Mr. Men & Little Miss* 系列,首译王馨悦版本停止发行之后,任溶溶译本则将任溶溶"著名翻译家"的头衔印制在套装《奇先生妙小姐》包装盒的醒目位置,并在该产品的图书详情中对译者资历进行详细描述。

在绘本翻译中,译者之名呈现出一种明显的隐匿状态。既没有人关心译者是谁,也没有太多人认为绘本翻译需要专业的翻译素养,视儿童文学翻译是"小儿科"的偏见表现得淋漓尽致。绘本或图画书并不是我们通常认为的较

---

1 参见微口网转发的人民美术出版社公众号的文章《2016年最神奇的绘本:〈小黑点 小白点〉》。

"浅显"的那种读物，"图画书，尤其是后现代的图画书或者最复杂的一类图画书，并非线性的叙述结构，不是按时间顺序发展故事情节，并不只是有单一的叙述声音……"（Oittinen et al.，2018：22）。

一本优秀的绘本作品是可供欣赏的，也一定是可以大声朗诵的。视觉和听觉感受共同营造出来的审美张力是单独的文字或图片无法呈现的。绘本的这一特点对绘本翻译提出了极高的要求，原文本中图文交融的配合关系在译文本中是否得以呈现，需要在译出语中以"诵读"（reading aloud）的方式加以验视和揣摩。绘画是无声的艺术，是人类的一种通感，无须翻译和过多解释。绘本作品中呈现出的画面在翻译中看似是不用做任何转换的，然而文字与图画在一部绘本作品中是共生关系。文字和图画是阐释该作品的不同表征形式，脱离文字或脱离图画都无法呈现该作品的全貌。因此，在绘本翻译中，图画信息呈现给译者的是一种"可视化的语境"，译者在其他形式的翻译活动和绘本翻译活动中会经历同样的认知心理过程。

在图书数字化时代，绘本作品本身具备的多模态属性给翻译带来了挑战，尤其是绘本图书中的"数字化互动娱乐产品"（digital interactive entertainment products）。这些图书产品"是一种催化剂，改变着儿童文学研究的内容，也开启了儿童文学领域新的研究可能"（Oittinen et al.，2018：44）。

绘本的朗读性和可读性（readability）紧密相关。一本书的设计、纸质、语言风格是一本书是否具有可读性的评判标准。对绘本作品而言，其朗读性特征格外引人注目。文本中的"重复、句式结构、分段模式、节奏韵律、标点"等不同元素的合理结合，使得绘本的文本内容"从朗读者的嘴里流淌出来"（roll off the aloud-reader's tongues）（Oittinen et al.，2018：72）

2.4 文图互文与读图时代的大众审美

"当时代进入比较稳定、开放、多元的社会时期，人们的精神生活日益丰富，那种重大而统一的时代主题往往就拢不住民族的精神走向，于是价值多元、共生共存的状态就会出现。文化工作和文学创造都反映了时代的一部分主题，却不能达到一种共名状态，我们把这样的状态称作'无名'。无名不是没有主题，而是有多种主题并存。"（陈思和，1996：11）

另类韩国绘本《屎屁尿》就是一例。无独有偶，韩国著名儿童文学作家白明植[1]的《有味道的书》，将大便、尿、屁、汗、嗝等生理代谢过程或现象以"科普+童话"的方式加以呈现，让人捧腹的故事和"脑洞大开"的插图完美结合在一起满足了儿童的好奇心。同时这套书也以幽默的方式回答了儿童对生理代谢现象的疑问。日本医生藤田纮一郎[2]与插画家上野直大联袂推出的《呀！便便》，与插画家寄藤文平合作推出的《大便书》曾获得多项出版大奖。以《有味道的书》为代表的科普类绘本虽然也和儿童的心智培养有关，但其内容主要聚焦在对生理问题的解答上。另一类以生理代谢现象为切入点的绘本，其主题是心理疏导和人格培养。

日本儿童绘本作家平田明子和插画家高畠纯创作的《毛喳喳的小药丸》聚焦儿童期令人匪夷所思的偷偷"吃鼻屎"的经历，将儿童耻于和别人讲述的经历以故事的方式呈现出来。不同于成年人从卫生习惯培养的角度对"吃鼻屎"类似的行为居高临下的批评，该绘本以诙谐轻松的画面和文字消解了儿童对这种偷偷摸摸的毛病的罪恶感。对处在自我生理认知阶段的幼儿和少儿来说，生理现象伴生的心理困扰将影响他们自信心的建立和完善人格体系的养成。东西方存在不同的禁忌与避讳的文化符号，尤其是涉及性别、宗教和意识形态等问题时。

在儿童的世界里，禁忌是一个很模糊的概念，成年人也会选择性地原谅儿童对禁忌的违反，"童言无忌"就是这个意思。抠鼻屎这样在成年人世界中非常平常的，也是非常私密的行为，一旦被他人窥见会非常难堪。只有儿童可以旁若无人、正大光明地做出这种行为而不必遭到成人的责难。再比如，裸露幼儿隐私部位在中国文化中是合情合理的，社会公众视之为一种传统，也是照顾

1　白明植，韩国著名绘本作家。其作品曾获得中央广告大奖、首尔插画奖、少年韩国日报插画奖、少年韩国日报出版企划奖等重量级奖项。
2　藤田纮一郎，曾供职于东京大学医学系，东京医科齿科大学名誉教授，主要研究领域为寄生虫病，在日本国内享有"寄生虫博士"的美誉。

儿童的一种方便之举，尤其是在炎热的中国南方的夏季。在中国文化中，男童裸露隐私部位通常不会被视为不雅，在有些情况下甚至会被视作一种表达优越感的方式，尤其是在重男轻女思想非常严重的一些地区。

绘本和声效、动画结合在一起，迎合了网生一代儿童在视觉和听觉等感官刺激方面的需求。现代意义上的绘本为服务儿童而诞生，却启发了以绘本形式为蓝本的商业营销模式，商业功能也因此成为绘本在教育和娱乐功能之外衍生出的另一项重要的社会功能。文字与图像的互相借鉴与杂糅呈现出明显的超文本性和互文性的特点。

2017年5月初"刷爆朋友圈"的"百雀羚神广告"《一九三一》堪称杂合了经典影视剧中服饰、建筑、生活与人物场景的一幅新媒体《清明上河图》，全景式呈现了上世纪30年代上海的生活风貌。它配合民国谍战的剧情，解读了上海开埠以来"海派西餐"、"照相馆"、"旗袍"等时尚文化，也涵盖了民国工资、食品物价、四大百货公司的建立等历史信息[1]。创作者"局部气候调查组"[2]以长图叙事的方式[3]结合3D建模和手绘技术让公众感叹于他们讲故事的"脑洞"之大。画面中不断出现的似曾相识的人物装束、地标和生活场景就是一出高超的拼接与戏仿。超文本的互文性特质马上遭到网友"吐槽"，声称该广告"抄袭剧照"、"移花接木"，这从一个侧面也印证了互文性在文学艺术领域的普遍性。（宋维，2018：175-176）

并不是所有的图画书都采用插画家绘制的插图，还有一些图画书直接采用

1　详见澎湃新闻记者黄松2017年5月11日在澎湃新闻网主页"艺术评论"专栏的文章《一则民国风俗创意广告受捧的背后，藏着一个"博物学"小组》。
2　"局部气候"新浪官方微博显示，该小组成员毕业于清华大学，职业简介为"长篇叙事师"。
3　"局部气候调查组"第一部在业内引起广泛关注的作品《一起下潜，海底一万米》采用长图叙事的方式进行科普讲解，之后推出的长图科普作品《你咋不上天，和太阳肩并肩》更加明晰了"局部气候调查组"在创作形式上对长图叙事模式的挖掘和探索。

照片等完全写实的摄影作品作为插图，而这种类型的图画书随着数字出版印刷技术的革新，也为传统图画书提供了一种可资借鉴的创作和设计模式。然而也有评论家认为"照片作为一种直接指向实物的插画媒介，不适合激发孩子的想象力"（马库斯著，阿甲等译，2017：93）。国内著名的儿童文学作家、翻译家彭懿以巴夭人[1]的真实生活场景为创作灵感的图画书《巴夭人的孩子》2016年出版时，曾引起巨大轰动，被称为"中国第一部纪实摄影童书"（姜方，2016：10）。彭懿的《巴夭人的孩子》是儿童图书创作与出版的一种尝试和突破。不同于一般的旅游摄影和纪实性摄影作品图集，《巴夭人的孩子》提供了一种儿童叙事视角，画面营造出来的乌托邦式的纯净世界和巴夭孩子释放出来的天性相映成趣，给阅读者带来不同寻常的阅读体验和视觉冲击。彭懿在有了创作该书的灵感之后，到马来西亚东部的仙本那完成了大量的拍摄任务。无独有偶，早在彭懿的《巴夭人的孩子》出版之前，蒲蒲兰就引进了相当数量的摄影绘本作品。比如《蓝色海洋中的海豚们》《你好！熊猫兄弟》《喜欢暖暖的猴子》《黑背信天翁与风是好朋友》《帝企鹅的一家》，以及"奇幻系列"摄影绘本作品《奇幻之旅——森林探险》《奇幻之旅——门后的秘密》《奇幻之旅——街道寻宝》《奇幻之旅——夜幕惊奇》。

"彭懿从浩如烟海的427GB照片中选出了三十张左右的照片，并拿出了当年读理科的劲头，钻研大部头的数码修片和排版教程，自己在电脑上编出了《巴夭人的孩子》图画书初稿。"（周喆，2016：16）和传统图画书的儿童视角一样，彭懿的这本书首印量为8万册，堪称原创图画书"天量"的摄影图画书作品。"《巴夭人的孩子》借助文字赋予影像以连续的时间，创造出叙事的结构与节奏，运用蒙太奇使影像与影像自然连接，从压力到放松，从拘束到自由，文字什么都不必说，被剪辑的影像说明一切。"（姜方，2016：10）

读图时代的纸质书，确实面临着阅读者无法冷静面对纯文字读物的尴尬。除非是纯学术、纯理论性质的科学纸质书或严肃文学读物因受众的特殊性实在

1　巴夭人，又译巴瑶人，出自印尼语"Bajau"，意为"海上之民"。他们是漂泊在海上的神秘民族，经常被称为"海上的吉卜赛人"。巴夭人世世代代生活在菲律宾、马来西亚和印度尼西亚之间的珊瑚礁三角区。

没有必要图文并茂，其他图书大都是图文融合类，以减轻纯文字带给读者的阅读心理负荷。绘本这一载体自21世纪初在中国流行开来，可以说生逢其时。首先，高等教育的普及推动儿童教育观念的更新，人们愿意在教育形式上采纳更符合国际潮流和儿童认知规律的方法；其次，读图时代与互联网信息时代的来临彻底改变了大众的图书消费模式，当当网、亚马逊等国内外图书销售平台对绘本阅读的推介和普及功不可没。

"与成年人相比，儿童感知世界的方式决定了他们对'实体'具有更强的依赖性。实体书店所具有的'实体'可以给儿童消费者带来丰富的品牌体验与人文关怀。"（许衍凤，2014：46）虽然各种电子阅读渠道或媒介如智能手机应用和平板等将绘本作品多模态的属性拓展到声效和动画的维度，但是传统绘本翻阅时儿童体会到的具体"触感"是无与伦比的阅读体验。虽然有各种电子阅读媒介的不断渗透和介入，学校教育中纸质书的功用和中心位置仍然不可撼动。从学龄前简单的识字教育开始，纸质教材的学习占据了学习者绝大部分时间，而学校图书馆作为各级学校重视和鼓励知识累积的实体场所，其中大量藏书是纸质图书。

第三章

绘本翻译的兴起及影响

3.1 绘本翻译中的译者伦理

"翻译（translation）是语言活动的一个重要组成部分，是指把一种语言或语言变体的内容变为另一种语言或语言变体的过程或结果，或者说把一种语言材料构成的文本用另一种语言准确而完整地再现出来。"（穆雷、方梦之，1997：167）相较于其他文学翻译类型，绘本翻译中的编译现象更为突出。一方面，由于绘本的主要阅读受众是儿童，儿童读者虽然易于被明显区别于本族文化的陌生化场景、故事内容和叙事特征所吸引，但他们在语言表述方式上偏爱本土化的表达；另一方面，绘本翻译作品作为翻译文学的一部分，和翻译文学本身所具有的"国籍的模糊性、双重性甚至游移性"（张南峰，2005：59）等特征有关。只要不是完全直译的文字，都隐含编译的成分。绘本译者打开一本他国的绘本作品，首先要面对的是该绘本作品的题目，凭借题目凸显绘本内容是译者翻译伦理的微妙体现，也直接反映出译者角色在异质文化处理上的灵活性和智慧。

勒菲弗尔认为："翻译是对原文的改写。所有的改写，不管目的如何，都反映了特定社会中的某种意识形态和诗学以某种方式对原文的操纵。"（Lefévère，1992：vii）翻译就是某种意义上的"改写"这一论断在绘本翻译中体现得淋漓尽致。"变译是译者据读者的特殊需求采用扩充、取舍、浓缩、阐释、补充、合并、改造等变通手段摄取原作中心内容或部分内容的翻译活动。"（黄忠廉，1999：80）

在绘本翻译中，有些现实的翻译问题涉及原文本中的"不可译性"。这种"不可译性"并不完全体现在字词层面无对应词的问题上。奥茵蒂娜（2018）

在翻译图画书的过程中记录下自己的心得并将其撰写成论文，该文以"译者日记"为名收录在劳特利奇出版公司2018年出版的《绘本翻译》一书中。这篇文章详细谈到了作者本人将儒勒·拜斯（Jules Bass）创作于1999年的图画书《一本给孩子的烹饪书》（*A Cookbook for Kids*）翻译成芬兰语的过程中的一些实际困难和作者的处理方法。"尽管意大利烹饪方法在芬兰很受欢迎，有些空心粉的类型依然在芬兰很难找到。在这些情况下，我选择将其翻译成替代食材，让孩子们的烹饪变得更简单……有时我甚至会增添对食物'健康性'的评论，比如建议使用有机土豆而不是普通土豆。"（Oittinen et al.，2018：173）

有一个奥茵蒂娜在烹饪过程中掌握油温的例子，原文本是这样描述的："Don't let the oil get so hot that it smokes, or your fritters will turn black. Add extra oil to the pan for the second batch."原文有一些调侃的意味，奥茵蒂娜认为和安全相比，幽默在这种文本中是次要的，"和原文相比，我的翻译更简洁，更少有幽默感，我认为提供一个好的解决方案要比调侃热油冒烟更重要"。她在芬兰语中的这部分转译成英语之后的版本是："Be very careful with oil. Add extra oil to the pan everytime you fry a new batch."（Oittinen et al.，2018：173）

作为引导儿童进行实际操作的手工图画书，译者在翻译中的增益与其说是一种翻译伦理，还不如说是一种道义上的社会伦理。在手工图画书的翻译中，出于对儿童读者的爱护，译者在儿童读物内容的呈现上在原文本没有相应安全警示的前提下，将可能存在的安全风险在译文本中特别标注出来，就是一种道义上的社会伦理。对儿童读物，译者不仅仅需要对文本内容负责，还要规避文本中因某种疏忽带来的潜在风险。

在翻译进入文化研究的视野之前，翻译研究一直在关于原文与译文是否"对等"的问题上兜圈子。黄忠廉（1999）援引刘靖之所秉持的传统翻译观："译者没有资格去编译、节译、改写、选择，因为译者稍不留神就可能造成断章取义、误译、错译、漏译原著的恶果，贻害极大。"（黄忠廉，1999：81）这是一种在翻译学界盛行的翻译观。按照传统翻译观对翻译本质规定性的界定，林纾的翻译则不是翻译，《参考消息》中绝大部分编译和节译的文章都不是翻译，儿童文学翻译中大量的改编作品也不是翻译。

不同于规定性翻译研究中不敢对原文本越雷池半步的观点，描述性翻译研究将翻译活动置于一个开放的社会文化视野当中，文化学派的翻译研究者所关注的"译本产生的政治、文化、经济环境、社会惯例、译者、译入语读者的期待、翻译的委托人、原文本类型、原作者意图"（谭晓丽，2008：56）等因素使得翻译研究的研究视野和范式都有了很大的进步。

"从翻译文化的视野看，人们已习惯于感性和理性地认识全译，一千多年的翻译研究表明我们只关心翻译正体的探究，缺乏关于翻译变体的阐发。"（黄忠廉，1999：81）一本绘本有可能是由同一名创作者完成，也有可能是两位甚至多位创作者协作完成。而一本绘本（单册）的翻译则通常由一位译者完成。他在翻译中需要认真解读原作中的图文关系，并在译文中较完整地呈现出来。文化差异造成了不可译性，如果是纯文字的文本翻译，脚注或其他方式的注释就可以解决这个问题。对于以儿童为主要受众的绘本翻译，注释阻碍阅读进程，损害阅读体验。绘本本身所具备的朗读性会因频繁的注释或过多的阐释大打折扣。

因此，如何处理绘本中出现的不可译问题，是考验译者的地方。和以文字为主的儿童文学作品翻译相比，绘本翻译更应讲求简洁性。"不同于以往单一模态语篇的意义生成方式，多模态语篇的意义是由语篇中不同的模态之间通过相互作用，相互协作，共同生成。作为多模态语篇中的最常见的符号编码体系，即图片与文本，它们在多模态语篇的意义生成过程中各自扮演着不同的角色。"（刘成科，2014：147）

3.2 绘本翻译活动兴起的时代背景和绘本翻译的特点

"如果没有'文化转向'的话，就不会有'社会学转向'……在'文化转向'的新视角中，翻译过程中的一个重要特征却没有得到广泛关注，即：翻译行为是一种社会实践，译者以及翻译过程中的其他参与者作为社会成员参与翻译过程。"（张汨、米凯拉·沃尔夫，2017：47）自翻译的文化转向以来，翻译研究的版图不断扩大，也为翻译的社会学转向奠定了基础。翻译的文化研究

和翻译的社会学研究并没有特别明晰的边界，但翻译的社会学所关注的翻译过程中隐含的各种权力关系、译作及译者在社会中的角色、翻译活动中的伦理等问题依靠社会学研究方法进入翻译研究的视野。译者伦理反映着时代文化风气的走向，在文化"共名"的时代，文学内容在主题上呈现出高度的一致性，而在"无名"时代，宏大叙事的内容减少，不拘一格的文化空气为文学创作的百家争鸣创造了契机。

回顾1898年以来的中国文学史，不难发现"无名"与"共名"的阶段交替出现。1898年戊戌变法到1911年辛亥革命爆发这一时期，中国文学处在共名时期，"改良维新、救亡、革命"为共名的主题；1911年至1916年《新青年》创办这一时期，中国文学处在无名时期；1917年到1927年五四文学时期，中国文学在新文化运动的浪潮中迎来了现代文学的第一个十年和共名时期，"启蒙、民主与科学、白话文"为共名的主题；之后的1927年至1937年，军阀割据，守旧势力卷土重来，新文化运动掀起的民主、科学与救亡的宏大叙事主题逐渐沉寂，中国文学进入了下一个十年的无名时期；1937年抗战全面爆发直至1989年，中国文学处在长达五十多年的共名期，以"抗战、社会主义、文革、改革开放"为不同阶段的共名主题。1990年至今，中国文学再次进入无名阶段（陈思和，2001：25-26）。历史的车轮留下的文学车辙中，"无名"与"共名"交替出现，映照出不同时代的人文格局和文学眼光。

20世纪90年代以来，改革开放的程度日渐加深，解决了温饱问题的普通民众从对国家命运的担忧中逐渐走出来，开始关注自我价值与个人诉求。文学是反映现实生活与时代风貌的载体，共名的宏大叙事让人兴奋，无名的自由抒发启发人们思考；共名中始终凝聚着权威的声音，是不容挑战的正确，是集体的狂欢；而无名中闪耀着的是智慧的光芒，是对人性幽微之处的观照，是多声部复调之美。

中国当代儿童文学的繁荣和儿童文学译介的新高潮恰逢中国文学史上最近的一个无名时代。早于中国几十年就拥有成熟创作与出版体系的欧美及日韩绘本，在世纪之交这样一个中国文学的无名期进入中国人的审美视野，是一种偶然，也是一种必然。说"偶然"是因为类似绘本这一形式的"小人书"早在20

世纪五六十年代就已经风靡中国，它并不是一种新生事物；说"必然"是因为中国人的养育观念随着生活水平的提高越来越讲求精细化与个性化，绘本读物中多元审美元素的存在满足了新一代父母对教育儿童的美好想象。"在信息时代阅读多元化、快餐化、碎片化的大背景下，文学作为文学的属性遭到消解，对文本内容字斟句酌的阅读在快节奏的现代生活中成为一种奢侈。人们更偏重于追逐阅读中的休闲娱乐性，图片为主文字为辅的阅读方式已经颠覆了以往纸媒时代传统的阅读方式。轻实质、重形式、好攀比的消费心理和浮夸、急躁又焦虑的消费文化使得儿童文学翻译作品也有沦为'快消品'的趋势。"（宋维，2018：200-201）

在图书选择面较窄的时代，人们追捧经典，经典的地位也不断得到强化；而在图书消费（尤其是少儿图书读物）沦为"快消品"的语境下，经典的地位不断被消解，人们在极丰富的阅读选择中无须把目光只聚集在经典读物上。此外，快节奏的现代生活中，人们更在意图书产品的印刷与装帧效果带来的视觉等感官体验，一本内容普通的读物可以借力于高品质的包装赢得消费者的青睐。在"眼球经济"时代，形式和外在观感对于产品的意义不言而喻，经典文学作品的经典译本在图书市场竞争对手众多，普通译者翻译的经典翻译作品，其营销的重点自然就放在附带的价值上。

以《柳林风声》为例。*Wind in the Willows* 的翻译版本至少有7个：任溶溶、杨静远、孙法理、赵武平、李永毅、张炽恒、马阳等人的译本均算得上经典译本。除了著名儿童文学翻译家任溶溶的译本，"这些译本的译者有著名翻译家（杨静远[1]、孙法理[2]），从事儿童文学研究的大学教授（李永毅[3]），在出版社

1 　杨静远（1923—2015），已故翻译家，中国社会科学院外国文学研究所编审。代表译作有《马克思传》《哈丽特·塔布曼》《夏洛蒂·勃朗特书信》《勃朗特一家的故事》《勃朗特姐妹全集》等。

2 　孙法理（1927—　），翻译家，西南师范大学（现西南大学）退休教授，代表作有《苔丝》《双城记》《马丁·伊甸》等。

3 　李永毅（1975—　），重庆大学教授，博士生导师，代表译著有《马基雅维里》《贺拉斯诗选拉中对照详注本》。

供职的高级编辑（赵武平[1]），自由译者（张炽恒[2]），儿童文学和翻译爱好者（马阳[3]），涵盖了从事儿童文学翻译工作的译者的主要职业类型"（宋维，2018：107-108）。其他一些不知名译者的翻译版本索性根本不出现译者信息或刻意淡化译者信息。比如上海人民美术出版社2007年版、二十一世纪出版社2009年版、北京教育出版社2012年版、人民邮电出版社2013年版、吉林美术出版社2016年版、北方妇女儿童出版社2018年版等。值得注意的是，这些译者详细信息并不可考的在售译本普遍存在错译、漏译甚至抄袭的问题，但是在装帧设计方面，这些译本都不输于翻译质量过硬的名家译本。

形式大于内容也许是后现代社会的通病，少儿图书更重视色彩搭配和装帧效果，绘本图书在这方面表现更甚。视觉观感主导下的图书消费模式在少儿图书领域非常普遍。

中国的主流翻译批评依然局限在对传统文学作品的分析与评价上，包括儿童文学作品在内的其他翻译文本不是翻译批评所关注的主要对象。许多从事翻译批评的理论家也是著名的翻译家。以《中国翻译》为例，据微信公众号"讯燚信息"2018年5月14日的文章《那些年在〈中国翻译〉期刊上发表的文章》文献计量统计结果，曹明伦以27篇文章高居《中国翻译》近十年来署名作者榜首，而曹明伦本人是在文学翻译和翻译批评方面颇有建树的学者。曹明伦的大量翻译批评的文章都以自己在文学翻译方面累积的经验为基础。

我们可以将播音员一字不差的播报稿件定义为朗读，也可以将纪录片解说员按照台本进行的同期声定义为朗读，但影视剧配音所携带的大量的与文字图像相匹配的角色诠释，则是符际翻译的一种类型。如果我们否认配音是一种翻译行为，那么从图像到文字的转换也不能被定义为翻译。

在翻译研究向其学科领域不断"借力"中，广义的翻译已经从本质主义的

1　赵武平（1968—　），英语专业出身，曾任教师、记者、编辑等职，目前任上海译文出版社副社长，代表译著有《斯蒂芬·斯皮尔伯格》等。

2　张炽恒（1963—2019），自由撰稿人，外国文学译者，上海翻译家协会会员，译有《布莱克诗集》《泰戈尔诗选》《水孩子》《焦点略偏》《埃斯库罗斯悲剧全集》等。

3　马阳（1984—　），业余译者，职业不详。

语际转换延伸到了多维度的跨文化交际活动。某一学派的本质主义的翻译本质观所聚焦的，通常只是在该学科维度中翻译是什么的问题。语言学派认为翻译是一种语际转换，文艺学派认为翻译是一种再创造，文化学派认为翻译是操纵和改写，阐释学派认为翻译是一种阐释，解构学派认为翻译是一种延异与散播，后殖民学派和女性主义则认为翻译是一种政治行为（谭晓丽，2008：57）。"翻译，就是让交际在进行中跨越那些不可逾越的障碍：语言障碍、不了解的编码（形码）、聋哑障碍（手语翻译）。"（葛岱克，2011：5）

在数字化阅读时代来临之前，绘本作品就已具备鲜明的多模态属性。绘本作品是将文字（the verbal）、图像（the visual）和声音（the aural）结合在一起的一种独特的文学表现形式（Oittinen et al.，2018：51）。其中的"声音"这一点主要凸显了绘本受众为儿童的这一功能性，绘本作品蕴含着朗读性的特质。

绘本译者不仅要有良好的语言功底，还要有视觉和听觉方面的双重审美洞察力。绘本作品图文结合的特点使得文字和图画共同构成静态的表意表征，而绘本朗读性的特点又使得文字和画面有了第三重表征——声音。这也将绘本（传统纸质绘本）的动态表征性凸显了出来。和成人文学作品的翻译相比，儿童文学翻译受到的轻视源自人们对儿童及儿童文学作品的无知。成年人在智力上和心理上的优越感使得人们习惯把和儿童有关的认知领域视为"小儿科"。

从这个意义上而言，和以文字为主的其他儿童文学作品相比，绘本翻译门槛显得更低，似乎是略懂一些外语的人借助辞典就可以完成的任务。近十多年来引进版权绘本市场的一路高歌猛进也造成了绘本翻译泥沙俱下的乱象。各家出版社竞相争抢经典绘本资源，以各种名目推出国外绘本翻译作品；网络售书平台通过营销手段不断强化绘本在儿童教育方面的功能；读者，尤其是家长读者在这种喧哗中追捧国外绘本，热衷于各种亲子阅读的理念，对各种外国绘本大奖和经典绘本系列图书如数家珍，并寄希望于依靠绘本培养孩子的认知能力，唯恐落后。引进版权绘本市场的火爆局面与绘本翻译研究的冷清形成鲜明的对比。绘本翻译既不在翻译研究的主流视线之内，也缺乏翻译教学与研究相关领域的关注。

即使在文学创作和翻译需要不断向某种"共名"和宏大叙事靠近的时代，

绘本创作者和翻译者也可以在一片纯真之境中默默耕耘。用"赤子之心"这四个字来描述从事儿童文学的创作者和翻译者再恰当不过了。从事儿童文学工作的人时常游移在"共名"的边缘地带，并以"无名"的姿态开展为儿童和对童年的书写。

"童言无忌"这个成语描述尚处在幼年期的儿童天真、随性的心理特质。在儿童的日常世界里，他们的话语和情感表达时常突破成年人设定的标准和疆界，成年人常常惊讶于身边某个孩童"童言无忌"的表达，对儿童世界的纯真烂漫和无拘无束有着无尽的怀念。儿童文学作品中的天马行空是成年人书写儿童心理时的一种情感投射，是对纯真、自由和幻想的追忆和赞颂。

"童言无忌"也因此借成年人创作者和翻译者之笔，成为儿童文学作品的鲜明特质。儿童世界的"无忌"所表达的是一种语言和情感宣泄不受道德谴责的意味。这种"无忌"是相对的，儿童文学作为人类精神的一座纯真花园向来也是"有忌的"。情色内容是所有儿童文学作品应该屏蔽的内容。

然而，对情色内容的屏蔽并不意味着绘本作品和广义上的儿童文学是绝对的纯真之境。"刻意把生活美化得无比纯净和美丽，对那些正要跨入成人阶段的青少年不太适宜。我们不应用作品为青少年构筑虚幻和虚假的世界，要有选择地把生活的真实面貌告诉青少年读者……把作品写得像过滤的蒸馏水，也会败坏读者的阅读兴趣，使儿童文学作品遭到读者的冷落和唾弃。"（沈石溪，2016：26-27）

3.3 绘本翻译中的点睛之笔——绘本题目翻译

在不同的文学艺术表现形式当中，题目如同眼睛是该作品的灵魂所在，在电影、戏剧和主要以纸质形式呈现的文学作品中都是如此。绘本标题不仅激发读者对绘本故事内容的想象，而且在视觉上和图画互相映衬。一部让儿童读者爱不释手的绘本作品，在题目和图画的映衬关系上必定具有独特的吸引力。试看*Bunny Suicides*，*Rosie's Walk*，*I SPY*这三本绘本原文是英语、在引进中译版之后有着不俗销量的绘本的中译本译名，不难发现绘本译者在题目处理上都成功地把握了绘本内容和图画的匹配关系。

现代汉语从古老的中国象形文字演化而来，在表意逻辑上有一套有异于字母语言的独立体系。译者没有将这几部作品按字面译作"兔子的自杀""萝丝的散步""我窥探"，而是译作"找死的兔子""母鸡萝丝去散步""视觉大发现"。汉语作为意合语言的独特表意结构突破了英语较为严谨的语法和结构修饰关系，"找死的兔子"和"母鸡萝丝去散步"这样的题目本身就会让成年读者莞尔一笑。"视觉大发现"这一题目则和封面的独特摄影效果相映成趣，该译名的翻译方法也被同类图书竞相采纳。"找死的兔子"和"母鸡萝丝"这样略带夸张和戏谑的描述渲染出强烈的画面感，"大发现"激发起的好奇心则直指这类认知类图画书的核心内容。

再以流传甚广的绘本作品《大卫之星》（Erika's Story）为例。该绘本讲述的是出生在第二次世界大战期间的小女孩埃丽卡的故事，"埃丽卡"是一个典型的犹太女性的名字。埃丽卡的父母是居住在德国的一对犹太夫妇，她出生后两三个月，她的父母就被纳粹军队驱离家园，送往设有毒气室的德国南部纳粹集中营。在汽车驶往集中营途经一处村庄时，埃丽卡的母亲设法将她抛出窗外。她心存一线希望，那就是埃丽卡会掉在柔软的草地上，被好心的村民捡走并收养。这本绘本受到日本纪实文学作家、图画书阅读指导专家柳田邦男钟爱。他在《在荒漠中遇见一本图画书》一书中这样写道："这本书从德国兵把犹太人推上货车、货车行驶在铁路上开始，翔实记录了拥挤的车厢，掉落在草地上、包裹在粉红色包巾里的婴儿，这些毫不矫饰的画面静静地传递出故事的基调。"（柳田邦男著，唐一宁、王国馨译，2018：79）

柳田邦男作为该绘本日文版的译者，将绘本题目译作"埃丽卡：奇迹的生命"，将原绘本题目中所隐含的故事内容具体化。"母亲在赴死的路上，把生命扔给了我"，这部绘本作品的灵魂和基调在柳田邦男日文版的题目中得到了一定的诠释。和日文版不同的是，这部作品的汉译版题目"大卫之星"凸显了绘本内容的犹太人生活背景。大卫星即犹太教中的六角星图案，它在犹太人的宗教信仰中的地位非比寻常。大卫星和基督教中的十字架一样，和圣灵降临、祝愿祈福等美好的愿望联系在一起，是人们宗教情感寄托的象征，古代的犹太

文字也将大卫星描述为护身符的图案。

该绘本由美国绘本作家鲁斯·范德齐和意大利插画家罗伯特·英诺森提联袂创作，中译本的译者是在中国内地绘本翻译领域享有盛誉的彭懿、杨玲玲夫妇。优秀的译者能准确地体察一部作品的题目在本族语文化中给读者带来的心理想象，对原语中的书名和绘本内容的关系进行综合考量，并最终选择是对题目做字对字的翻译还是从内容中重新提炼一个译名。绘本的创作者和翻译者如果心里没有对儿童的同理心，那么作品所呈现出的样貌则无法打动儿童读者。

同处东亚汉字文化圈的日本，在文化心理和语言表达上与我们相近。柳田邦男在将比利时绘本作家罗伦丝·布赫基农（Laurence Bourguignon）的作品 *Old Elephant* 翻译成日文时，将题目译作"不要紧的，象老爹"。他在《感动大人的图画书》中回忆了当时翻译这部绘本时反复斟酌题目的体会。"不要紧的，这句话是在我想象象老爹和老鼠妹妹的内心思绪时，从脑子里蹦出来的，当时我就泪流满面了。我随即决定把这本书的书名 *Old Elephant* 翻译成《不要紧的，象老爹》。"（柳田邦男著，王志庚译，2018：50）

和中译版的《象老爹》相比，柳田邦男在题目中所增加的"不要紧的"这部分是译者在阅读绘本中深受感动而产生的强烈的情绪表达。增译部分是译者伦理的升华，在目标语文化中所能引发的共鸣是直译为"老象"无法达成的。当然，汉译本的译者漪然将绘本的原题名 *Old Elephant* 译作《象老爹》，相信她在翻译这部绘本时内心也一样经历过和柳田邦男一样的激荡，才能译出"老爹"这样温情脉脉的文字。绘本译者被原本打动，是译出一部优秀绘本作品的重要前提。"当初从编辑那里读到这本书的英文版时，我就被象老爹的温柔和老鼠妹妹的单纯可爱所感染，于是便立即答应：'我愿意来翻译这部作品！'"（柳田邦男著，王志庚译，2018：48）诚然，绘本翻译和其他类型的儿童文学翻译一样，被赋予教化儿童、净化儿童心灵的作用。在文学作品的翻译中，译者伦理受政治环境、意识形态等权力因素的制约尤为明显。

绘本翻译中的标题翻译看似无足轻重，却直接关系该绘本在目的语文化中的适恰性。形式上的"忠实"和"对等"是绘本翻译中处理标题时最不重要的考量手段。事实上，不光绘本翻译的标题如此，文学翻译史上不计其数的文学经典著作的标题翻译都和原语标题有着较大的偏离。玛格丽特·米切尔的小说 *Gone with the Wind* 在中国可谓妇孺皆知，该书的译名《飘》和《乱世佳人》传播极广，虽然有学者批评这两种译法都"偏离了原作的精神内核"（虞建华，2008：72），但原作标题本身是否一定要反映作品的"精神内核"这一问题也是值得商榷的。

倘若我们问《哈利·波特》的作者 J. K. 罗琳，为什么这部洋洋洒洒几百万字的小说只以"哈利·波特"这个人名来命名，罗琳本人恐怕也很难做出"哈利·波特这个人名就是全书的精神内核所在"的回答。笔者认为，标题作为唤起读者阅读兴趣的提示物，其价值主要在其吁请功能上。至于标题是否能直观反映作品的内容则见仁见智。毕竟文学作品不是操作指南之类的说明性文本，给人留下想象的空间恰恰是文学之美所在。一部作品的诞生具有偶然性，这部作品的标题也有多种可能性。原作的作者给作品拟定的标题有可能一锤定音，也有可能几经修改。如果罔顾包括标题在内的文学作品生成过程中的偶然因素，讨论标题翻译中的"对等"和"忠实"问题只能陷入本质主义的窠臼。文学创作是建构性的，文学翻译亦如此。

绘本翻译中的标题翻译是一部绘本的点睛之笔，标题常和封面形成明显的照应关系。虽然图片唤起的是跨越文化和语言的心理共情，但不可否认，文化差异下的不同受众群体对同一图片的心理感受有微妙区别。原语绘本中标题与封面的照应关系与目的语绘本中需要实现的吁请功能并无二致，因此在绘本的标题翻译中，将图文照应关系成功地表征出来尤为重要。如全书绘图部分以极简的火柴人形象呈现出来的 *Diary of a Wimpy Kid* 一书，其汉语标题为"小屁孩日记"，丢三落四、懦弱胆小、邋里邋遢、经常闯祸的儿童形象跃然纸上，看似直白突兀的翻译却有效实现了吁请功能。

傅莉莉（2016）罗列的绘本翻译中实现了吁请功能的标题无一例外都是贴近目的语文化的翻译。*Swimmy* 译作《小黑鱼》，*Mr. Gumpy's Outing* 译作《和甘伯伯去游河》，*Fancy Nancy* 译作《小俊妞希希》，*Kitten's First Full Moon* 译作《小猫咪追月亮》，*Mix, Mix, Mix* 译作《鲍伯做美食》，*Diary of Worm* 译作《蚯蚓日记》，*Miss Rumphius* 译作《花婆婆》，*Rosie's Walk* 译作《母鸡萝丝去

散步》，*Flotsam*译作《海底的秘密》，*Curious George*译作《好奇猴乔治》，*Olivia*译作《小猪奥利维亚》都是很好的例子。我们不难从这些绘本翻译的标题中感受到一百多年前林纾先生翻译《巴黎茶花女遗事》和《黑奴吁天录》等作品时的良苦用心。"当进入目的语后，如果原标题不能实现上述作用和功能，就需照应图像进行再阐释和再创造。"（傅莉莉，2016：65）

3.4 全民读图时代语境中的动态绘本——动画片的翻译

从多模态视角来看，绘本是一种二维形式的多模态表征，是静态的；而动画片则是一种多维度表征，是动态的。2015年，中央电视台引进《小猪佩奇》的播放版权后，在少儿频道首播。在小猪佩奇（Peppa Pig）进入中国观众视野之后的相当长一段时间，佩奇这只长得像粉色吹风机的小猪，仅仅是被观看动画片的小朋友及家长偶尔提起的一个动画片角色。彼时的《小猪佩奇》，在迪士尼经典动画片和国产动画片数量都拥有巨大国内市场的背景下，只是在相当小众圈子里传播的一部普普通通的动画片。重视亲子阅读和早期教育的中国家长发现该动画片的内容可帮助孩子学习英语后，原版动画片《小猪佩奇》逐渐被人们所了解。不同于配音版动画片中人物角色的中规中矩，英语原版《小猪佩奇》中每一集的片头、片尾以及故事对白中佩奇家庭的每个成员都带有标签式的猪哼哼声，让人忍俊不禁。不仅是儿童观众，成年观众也非常容易在观看该动画片时自动切换至"同期声配音"模式。

佩奇的意外"走红"令拿到其中国授权代理资格的香港山成集团（PPW Group）始料未及。《小猪佩奇》的核心受众，是3至6岁的小朋友及其家长。这既是创作者对《小猪佩奇》的受众预期，也是其中国授权代理商营销定位的受众。《小猪佩奇》整体的叙事基调是积极向上的家庭价值观，充满爱意和温情的亲子关系是《小猪佩奇》最大的"卖点"，也是构建故事中层出不穷的"笑点"甚至"泪点"的主要凭借。"CNN的报道里甚至试图用英文解释'get your Peppa Pig tatt, shout out to your frat'（即'小猪佩奇身上纹，掌声送给社会人'）……或许这是一种年轻人表达反叛和酷的特殊方式。"[1]

推出《小猪佩奇》是英国E-One（Entertainment One）公司。作为成立于1973年的一家老牌发行公司，其主营业务包括电影发行、电视和音乐制作、家庭节目编排、销售和授权及数字内容等服务。小猪佩奇形象由英国人阿斯特利·贝加·戴维斯（Astley Baker Davis）创作，并与英国E-One携手发行，同名动画片*Peppa Pig*于2004年5月31日在英国E1Kids（Entertainment One Kids）首播后，迄今已在全球180多个国家播放，至今已推出5季。[2] *Peppa Pig*每集约5分钟，充分考虑到剧情的完整性，并且总在适当的地方抖出"包袱"，既洋溢着脉脉温情，又富有童趣。

从人物形象设置来看，佩奇的朋友都以其他哺乳动物的形象呈现出来：兔子、绵羊、猫、狗、矮马、斑马、大象、狐狸、长颈鹿、狼、山羊、熊、鼹鼠、驴等组成了佩奇的"朋友圈"。英文原版动画片剧集中佩奇一家人的标志性猪哼哼声让人印象深刻。作为陪衬的其他动物形象虽然不是每一集的主角，却也都以各自的方式表现出它们的动物属性和声音特点。从这一点来看，《小猪佩奇》在细节上下足了功夫，经常以其极微妙的表情和肢体语言来表现角色性格。

在《小猪佩奇》中译版中，标志性的佩奇一家人的猪哼哼声全部消失了，原语对白中恰到好处的哼哼声烘托出来的人物性格也因此变得苍白。当然，在不对《小猪佩奇》原版和汉语译制版进行比较的情况下，《小猪佩奇》也不算一部太平庸的译制动画片；但是比较之后不难发现，英文原版动画片的画面和语言营造出的富有跳跃感的人物形象在译制版中变得平淡了许多。

中国译制片起步于20世纪四五十年代，七八十年代曾盛极一时。人民群众对文化生活的向往给译制片带来了生机，一大批脍炙人口的译制片应运而生。然而译制片在经历了七八十年代的鼎盛之后逐渐走下坡路。尤其是以英语为来源的影视作品，随着中国英语教育的普及，民众英语水平的提高，观看带中文

---

1 参见搜狐网《小猪佩奇在华这样走红 英国公司：绝不是我们想要的》一文，2018-05-05。
2 参见Wikipedia网站词条"Peppa Pig"。

字幕的原语影片渐成风尚，以成年人为主要受众的配音影视作品的巨大吸引力已不复存在。

在人们的文化生活、审美倾向和价值体系都走向多元化的语境下，译制片走向没落是一种历史必然。有业内学者对此表示担忧和惋惜，译制片曾经是"许许多多的人必到影院观看、甚至反复观赏的影片。影片中的对白、音乐，人们耳熟能详，就连电台播放的译制片录音剪辑，都为人们所喜闻乐见。这些译制片使观众获得了视（原片）、听（译制配音）的双重享受"（李立宏，2010：127-128）。

在世界经济与文化深度互联的时代语境下，传统译制片已成为明日黄花。"令人悲叹的是，而今在多数国人眼中，译制片似乎已成'鸡肋'，人们投向它越来越多的是鄙夷、厌恶或是茫然的目光。"（李立宏，2010：127-128）传统译制片走向衰落，是一个不争的事实。普通民众在不通晓外语的情况下，那种带有外国腔调的审美间离感是一种非常有吸引力的"洋味儿"，而现如今民众对外国语言的了解与学习途径日渐多元化，传统配音作品中凭借有异于汉语发音特点的语调所营造出来的"洋味儿"不再具有间离审美的独特魅力，反而给人一种过时的、落伍的和做作的感受。笔者认为，李立宏（2010）所言对译制片的"鄙夷""厌恶""茫然"有些言过其实，即便对于传统译制片而言，那种独特的配音方法和配音风格不为年轻观众喜欢，但确实不至于受到他们的"鄙视"和"厌恶"，或者让他们感到"茫然"。虽然传统译制片引发的关注随着文化产品的不断丰富逐渐被消解，但在以儿童群体为主要受众定位的动画片市场，优秀的配音作品和原声作品一样受到人们的追捧。

以迪士尼动画片为例。每逢一部新片上映，在各大电影院线的观影场次表上，配音带中文字幕所占比重远远大于英语原声影片。一部原版动画影片的脚本可能是绘本，同样，一本原版绘本的脚本可能是一部影片。由于动画片本身所具有的声音、人物画面与动态场景融合在一起的多模态特征，一旦一部成功的译制片开始流行，其衍生的周边产品会迅速抢占儿童消费市场。而在所有的衍生产品中，最不讨喜的恰恰是原版绘本或翻译版绘本。

再以《蜡笔小新》为例。这部以"好色"的五岁小男孩野原新之助（以下简称小新）的日常生活为线索的"成人动画片"（贾图壁、张景胜，2003；姜焕琴，2005）在国内引发的争议和其受追捧的程度一样多。和《小猪佩奇》不同，《蜡笔小新》的脚本是漫画书，使其在中国走红的版本是经漫画书改编，由台湾配音演员蒋笃慧¹参与配音的版本。《蜡笔小新》的漫画在日本的少儿杂志上连载开始于1990年，之后《蜡笔小新》的动画片诞生，台湾配音版《蜡笔小新》随即迅速跟进。2002年，《蜡笔小新》的漫画书在中国内地首发，之后开始有了经删节处理之后的内地版动画片《蜡笔小新》。

对于绝大部分"70后""80后""新粉"来说，他们首次观看蜡笔小新的时间均在20世纪90年代末，彼时刚好是互联网走向普及和大众化的前夜，盗版光盘影视作品一度风靡，港台的许多影视剧集就是通过盗版光盘的形式变成了年轻人消遣和娱乐的地下文化产品。《蜡笔小新》中小新略带色情挑逗语言的对白对成年人来说也许回味无穷，但家长却对此表示忧心忡忡。以五岁小朋友的形象出现在漫画上和动画片中的小新形象，其实是假借小新之口，投射日本中年人所面临的人生困局。"小新做尽了一切一个成年男子想做而不能做的事，因为只有五岁，所以所做的一切都可以得到原谅。小新的举止言谈都很好笑，但在好笑之余让人们能隐隐感觉到日本成年人的无奈和悲哀。成年人在小新身上看到了自己的卑微、丑陋、自私和虚假。"（贾图壁、张景胜，2003：006）

在一片争议声中，《蜡笔小新》迎来新一代受众群体。喜欢《蜡笔小新》的儿童观众以男孩子为主。与其说他们喜欢这部作品，倒不如说他们喜欢那种天性得到释放的感觉，小新拟成人化的调侃口吻迎合了他们内心向往的一种话语风格：他们想假装成熟或有那么一点点"社会做派"，这一点在《小猪佩奇》中同样得到了印证。经自媒体等平台炒作之后被赋予"社会人"特征的佩奇角色恰恰戳中男孩子们的痛点。他们摆脱父母在言语和行为等方面管束的渴望在"社会人"这样的调侃中得以满足，心理投射在现实中找到了对象。《蜡笔小新》和《小猪佩奇》诞生和流行的时代语境迥然不同。《蜡笔小新》代表

1　蒋笃慧（1970—2019），女，台湾著名配音演员，动画片配音代表作品有《火影忍者》《名侦探柯南》《蜡笔小新》。

的是互联网普及化之前亚文化群体的一种非主流文化追求，而《小猪佩奇》代表的则是互联网时代自媒体的无厘头娱乐和消遣倾向。《蜡笔小新》和《小猪佩奇》引发的收视热度和其衍生产品的火爆，甚至令许多采用更精良技术制作的迪士尼动画都相形见绌。

和配音制作非常精良的动画片版相比，《小猪佩奇》绘本版的翻译水准参差不齐。乔治是佩奇的弟弟，是一个对各种恐龙故事、恐龙形象及恐龙玩偶疯狂着迷的小男孩。乔治尚处在吐字不清晰的年龄阶段，原版动画片中出现有关乔治和恐龙的画面，乔治一律将"dinosaur"读作"dine-saw"，其天真童稚一目了然。安徽少年儿童出版社出版的《小猪佩奇》第一辑（10册）由该套绘本的责任编辑苗辉翻译，他在所有出现"dine-saw"的地方都译作"恐——龙"。笔者认为这是非常牵强又偷懒的做法，原文中通过"dine-saw"就可一目了然地看到辅音"n"和元音"o"组成的这个音节被乔治整体漏读了，将其处理成"恐——龙"太草率。该绘本第二辑（10册）由圣孙鹏翻译，他将乔治因吐字不清误读的"dine-saw"处理成了"恐农"，并在"农"后面用括号标注了"龙"字，在形式和内容两方面都兼顾到了乔治的独特语言习惯，是有价值的"改写"，也是有价值的"创造性叛逆"。

作为二维动画时代的动画片产品，《小猪佩奇》在三维动画技术日臻成熟的语境下"意外走红"，有其必然性。虽然有学者用互联网营销场景解读佩奇在中国"爆红"的原因，"动画先电视台后网络平台播出，打好儿童基础；之后社交平台话题炒热吸引成年人注意；再有儿童向家庭'安利'和短视频平台话题炒作双管齐下，完成最终的引爆；火起来之后迅速进行合作授权变现"（李劼，2018：B01）。但《小猪佩奇》在进入中国市场之前就有非常广泛的"群众基础"是不容忽略的一个事实。"小猪佩奇每年能创造10亿美元的全球零售额，拥有800多个全球授权商，连耐克、优衣库都要找小猪佩奇推联名款。"（李劼，2018：B01）而中国庞大的儿童消费市场将佩奇打造成了名副其实的"带货女王"。"小猪佩奇2017年上半年在中国的授权和商品销售收入，同比增幅超过了700%。"（李劼，2018：B01）

《小猪佩奇》代表了绘本产生的另一种来源，即由原本的动画片改编而成，成为其衍生产品中最常见的一种形式表征。绘本翻译的多模态属性在这类绘本上体现得更为明显。一方面，原语绘本所凭借的动画片的声音、字幕和动态画面在变成图文融合的文本形式之后，阅读者（幼儿的父母或幼儿）通过朗读的方式将这些多媒体动态形式以声音的动态形式表达出来；另一方面，译制版《小猪佩奇》也同样刻画出了"佩奇""乔治""猪爸爸""猪妈妈""兔子小姐"等一系列多媒体动态形象，这些形象和翻译版绘本中以静态形式出现的图文内容形成一种独特的比照关系。

《小猪佩奇》的内容主要聚焦于家庭日常生活并以小朋友熟悉的题材进行叙事，比如一起玩耍做游戏、骑自行车、踩泥坑、游泳、看望爷爷奶奶或表兄弟姐妹等。《小猪佩奇》的剧情"非常真实地还原了属于孩子的生活——学完一节芭蕾舞的快乐、找不到玩具恐龙的难过、被姐姐冷落的委屈，都可以成为一集动画的内容……对于孩子而言，这些故事是他们能真正理解的故事，而对于大人来说，《小猪佩奇》像是一个窗口，透过它，所有人都能看到自己的童年"（张熠如，2018：24）。

《小猪佩奇》作为一部最初以剧集形式呈现出来的儿童动画片，其剧情发展和人物性格呈现不仅依靠原作者的创作水平、动画制作者的巧妙构思，还需要优秀的配音演员为角色赋予生命力。哈利·伯得（Harley Bird）5岁起开始为英文原版佩奇配音，目前她已经16岁了，从懵懵懂懂的年纪开始为这一角色配音到如今的花季少女，这十余年间她对角色的把握越来越到位。刚开始为佩奇配音的哈利·伯得还不怎么认字，配音时需要其他工作人员辅助，解决剧本中她不认识或不会读的单词。与佩奇结缘的哈利·伯得已经将这一角色带入自己的现实生活，她与父母居住在英国赫特福德郡特林附近的农场里，养了两只小猪，一只叫佩奇，另一只叫乔治。

雅各布森（Jakobson）在1959年发表了《论翻译的语言学问题》（"On Linguistic Aspect of Translation"）一文，将翻译划分为语内翻译（intralingual translation）、语际翻译（interlingual translation）和符际翻译（intersemiotics translation）三大类。其中符际翻译指用非文字符号来解释文字符号或反之亦然（Jakobson，2000：114），符际翻译是符号学和翻译研究跨学科交融的产物，

而雅各布森提出符际翻译的概念，得益于皮尔斯（Peirce）关于符号三分法的划分方法，即符号可感知的部分为"再现体"（sign，通常简称"符号"），其所再现的事物为对象（object），符号作用于解释者（即受众）所引发的思想是符号的解释项（interpretant）（皮尔斯，2014：31-49）。

　　从符号学的视角审视，给动画片配音也是一种翻译行为，它是将相对静态的文字符号转化为声音符号。配音者在文字符号基础上翻译出来的声音符号与该动画片的画面、动画片字幕结合在一起，共同形成了声音、画面与字幕相互渗透的视听表征系统。不同于传统的语际和符际翻译，动画片翻译中的配音者所承担的"翻译"任务要完全忠于台词文本，还要在台词之外形成一整套完整的话语风格体系。观众对佩奇的配音者从5岁到16岁长达十余年的年龄跨度表现出来的惊讶，无异于人们感慨为日本动画片《蜡笔小新》中文版中小新配音的是一位女士时的那种惊讶，这种惊讶恰恰就是配音的魅力所在。

　　译制版《小猪佩奇》中佩奇的配音者陈奕雯在为佩奇配音之前在圈内就小有名气。其配音作品包括在2015年红极一时的仙侠剧《花千骨》，她是女主角花千骨的配音者。陈奕雯在一篇访谈中提及的"录制过程中，我去认真看了英国原版的《小猪佩奇》，发现那是真正的小朋友配的，声音沙沙哑哑的，非常有特点，无论是从声线还是年龄，我们都相差很大"[1]其实是一种误读。如果说《小猪佩奇》早期的剧集还是小朋友的本色声音，那么第四季和第五季无论如何都不是小朋友的声音呈现的样貌了。姑且作为配音的同行都难以辨别配音者声音所传递出来的年龄和性别等信息，普通观众更难以在一个成功的配音角色上匹配与之可能产生关联的社会个体特征。这种迷惑性是配音作为一种特殊的符际翻译类型的特质。

　　动画片产品的主要受众为儿童。绝大部分动画片并不会在成年人的世界中掀起太大波澜，《小猪佩奇》这部译制动画片颠覆了人们对动画片受众的刻板认知。"社会人"这个原本属于社会学研究领域中与"经济人"相对而生的概念，是指个体通过一系列的社会化过程，参与社会生活、履行社会角

1　参见海航集团航机杂志《云端》（*High Above*）2018年6月刊《小猪佩奇的配音者——陈奕雯》一文。

色、逐渐自我认知并获得社会成员的资格。《小猪佩奇》中"社会人"一词则带着明显的戏谑和调侃的意味，迎合了后现代文化语境中文字游戏所带来的狂欢心理。"社会人"一词包含自我放弃与自我否定，但同时又蕴含了草根阶级无法掌控自己生活和命运的一种无奈。既唾弃主流价值，又时刻准备好握手言欢便是"社会人"所刻画出的一种看似矛盾实则非常"接地气"的生活哲学。

从这个意义上而言，《小猪佩奇》中的佩奇实在和"社会人"扯不上太大关系。佩奇是一个生活在爸爸妈妈关爱中的小女孩，她性格活泼，有责任感，有爱心，有担当。佩奇和佩奇的弟弟乔治在动画片中经常有露齿笑并发出"猪哼哼"的习惯，是网络文化中经常被描述为很"魔性"的那种笑声。如果非要给佩奇贴上"社会人"的标签，那么佩奇和乔治的笑声也许可以被解读为"很社会"的一个特征。类似于"哥就是个社会人，小猪佩奇身上纹"这样的流行语在网络与自媒体平台中不断被人们调侃，是对这一动画角色的过度消费。

然而，很多对这一动画角色非常熟悉的观众也对这样的流行语感到云里雾里。当民众将某一个符号视为一种流行的、迎合潮流的、可以被消费的对象时，至于那个"所以然"是什么，反而显得不那么重要了。有着一定教育背景的中产阶级群体对"杀马特"群体有毫无遮掩的轻视和嘲讽，当这些受教育程度相对有限的小镇或农村青年穿着印有各种有拼写错误甚至猥亵语言的奇装异服时，他们所消费的是字母带给他们的视觉冲击和异质文化的感觉，而完全不在乎这些字母组合携带的具体信息是什么。从这个意义上来看，人们"消费"小猪佩奇，为"社会人"这样一个标签所津津乐道，和所谓"杀马特"们消费"脏T恤"没什么本质的区别。

3.5 动画片翻译背后的"字幕组"

何为漫画翻译，扎内廷（Zanettin，2018）所著《漫画翻译综述》（*Comics in Translation: An Overview*）一书将此概括为两种类型：一种是指不同漫画符号系统之间的相互转换，比如将漫画转换到书面文学、电影（包括动画）、绘

画、音乐、歌曲、雕刻、哑剧等符号系统；第二种是指漫画所涉及的所有符号类型的转换，译本在原漫画书的基础上从文字、图画、编辑、排版到印刷等各个方面内容和形式上的双重改编（Zanettin，2018：1–32）。

"字幕组……尽管在触犯知识产权的钢丝上舞蹈，但其行为的显著效果却在于将一种集体社会价值认同脱离于社会规训喜好一致的认同，对抗着现存的主流规范与权威惩戒，并向其群体成员提供某些活动领域与制造意义的快感体验。"（孙黎，2012：59）日本漫画大都在期刊上连载，日本以外的读者很难同步阅读到翻译的漫画，扫译者让日本之外的读者能及时阅读到喜爱的漫画（杨纯芝、覃俐俐，2018：314）。

韩国学者李惠京（Lee Hye-Kyung）提出"扫译"（scantranslation）和"扫译者"（scantranslator）这两个概念，描述"日本漫画爱好者将漫画文本进行扫描、把日语漫画翻译到其他语言并上传到网上免费分享的现象"（Lee，2009：1011）。日漫迷所热衷的对日漫文化的义务翻译和分享在互联网时代并不是个别现象，这种自觉、自愿、自发的行为和美剧及英剧汉译字幕组所从事的工作非常类似。因为某一种共同兴趣或爱好而聚集在一起的亚文化群体会不计酬劳地为他们所笃信的公益活动贡献时间和智慧。百度百科词条"字幕组"的定义是"将外国影片配上本国字幕的爱好者团体，是一种诞生于互联网时代的新事物，属于一种民间自发的个人团体组织……爱好者们制作字幕只是因为自己对某部作品的喜爱以及由此而产生的兴趣，现在字幕组也成了许多人锻炼自己外语水平的一个平台"[1]。

字幕组非营利的工作模式从一开始的美剧翻译逐渐拓展到其他国家剧集的翻译上。与此同时，同一剧集也出现了由不同字幕组制作推出的不同翻译版本。如日本动画片《名侦探柯南》就相继出现了神奇字幕组、探梦字幕组、APTX4869（名侦探柯南事务所）、猪猪字幕组、幻樱字幕组等不同字幕版本。字幕组翻译作品虽然主要是英语、日语、韩语等语种，但近些年字幕组也

1　参见百度百科词条"字幕组"。

翻译一些小语种剧集及非主流审美作品。如天府泰剧字幕组[1]以翻译泰语和越南语为主要方向，所译影视作品有明显的耽美倾向。2014年因翻译《为爱所困》成立弹幕组，因其字幕带弹幕形式曾一度引起巨大争议。

因美剧《老友记》（*Friends*，又译《六人行》）引发的字幕组热潮，国内形成颇具规模的字幕组行业圈子。"目前国内的字幕圈子分为动漫、电影和剧集字幕组三类，大大小小有近百个字幕组。"（吴晓芳，2011：53）在《老友记》引发的美剧热潮之后，TLF（The Last Fantasy）、伊甸园（YDY）、人人影视（YYeTs）这三个影响较为广泛的字幕组先后成长起来，2003年之后又出现了风软（FR）、破烂熊（Ragbear）、悠悠鸟、圣城家园、飞鸟影苑等后起之秀。

成立于2003年的人人影视是国内规模最大、影响最广的字幕组之一。人人影视的站长梁良在接受媒体访谈时曾坦言："字幕组的精神和宗旨是免费、共享、交流、学习，不以所制作的东西进行商业盈利行为。只有具备这些条件的组织才能算是字幕组。"（吴晓芳，2011：53）使字幕组行业运转的是一个被称作"0 Day"[2]的组织。一旦有新的剧集在电视上推出，他们就会利用电视卡捕捉等手段保存和处理这些节目，压缩成TVzip文件，随后转换成avi格式，以BT形式在互联网发布。全世界的观众就都可以下载这些英语剧集了。

以《越狱》和《老友记》为代表的美剧在21世纪初进入中国观众的视野，0 Day组织功不可没。没有0 Day组织的共享，字幕组也无法开展字幕翻译的工作。网络语言作为有一定教育背景的年轻一代普遍认同并使用的口语化形式，因为充斥着大量的符号和无厘头调侃，登不了翻译理论与实践的大雅之堂。但是作为一种蔚为大观的翻译现象，字幕组这样一种亚文化群体聚合而成的公益翻译组织确实值得关注。

从正统的翻译规范角度进行审视，"神翻译"大致可以被解读为"传神的

1　天府泰剧的前身为西南财经大学天府学院的一个虚拟社团，成立于2010年。该组织成员2014年毕业之后，社团解散，正式更名为"天府泰剧"。该字幕组主要从事泰国耽美倾向的电视、电影及综艺节目的翻译。

2　0 Day中的0即zero，0 Day表示在软件发行后的24小时内就出现破解版本，0 Day的破解对象涉及游戏、音乐、电影、电视剧等各个领域。2017年7月，该字幕组更名为"喜翻译制组"。

翻译"，应该兼具形式和内容的美感，完整呈现原文的风貌。严复所言"信、达、雅"、钱钟书的"化境"说、傅雷的"神似"论、许渊冲的"三美"原则都指向主流审美语境下的翻译规范和标准。

网络文化本身所蕴含的后现代特质意味着主流文化中的"规则""伦理"甚至"政治正确"被一一消解，取而代之的是戏谑、调侃、游戏与集体狂欢。网络文化语境中的"神翻译"在字面形式上就具有明显的调侃性质，它不一定是一个褒义词，也不一定是一个贬义词。它游移在"褒"与"贬"之间，在短时间内被追捧、调侃和戏谑的同时也迅速被消解，面临被其他即将流行起来的"神翻译"所替代的现实。在中国知网（CNKI）键入"神翻译"进行检索，有一半以上文献所关注的对象都是字幕组翻译的相关问题。网络文化的影响力已深入到社会生活场景之中，亚文化群体的自我表达与诉求在网络语言的推波助澜中和主流价值观念进行交锋。在主流文化的遮蔽下，小众群体的价值取向长期隐匿在他处，网络语言则为之提供了一个释放的出口。

"神翻译"不仅是解构性的，更是建构性的。例如在字幕组翻译中频频出现的"I swear to God"被译作"向毛主席保证"。在无神论的中国主流文化语境中，这是一种语言层面上的调侃，更能引发人们强烈的心理共鸣。主流价值规范作为引导社会文化心理的工具，对社会及政治稳定的意义非同小可，但承认主流价值规范并不意味着对包括网络文化在内的亚文化类型的存在视而不见。社会作为一个多元有机体，主流文化群体和各种亚文化群体共同构筑起丰富多彩的社会生活样貌。一个健康的、进步的、文明的社会有机体不仅使得主流文化具有绝对的凝聚力，同时也允许其他亚文化群体的倾向与诉求得到适当的表达。字幕组翻译中出现大量的网络语言不是偶然的，更是消费时代的必然产物。混杂着俚语、缩略字母或单词的网络语言"释放着字幕组成员对网络文化解构的快感。同时既能迎合广大网民的审美趣味，又能借由互联网广泛传播，更贴近真实生活"（吴东玲，2012：142）。

3.6 通过引进绘本进入公众视线的儿童性教育

　　绘本的题材本身就是一座"跨界"的宝库。由二十一世纪出版社引进的绘本《儿童百问百答》全集（44册），囊括了天文、地理、物理、化学、生物等不同领域的学科知识。其中第7册的主题是"屎屁"，封面配图是一座大便建成的像充气城堡一样的房子，小朋友们从"房子"的不同位置攀爬嬉闹。"房子"前方右侧位置有一个特写画面：一个小朋友头戴大便形状的帽子，吐着舌头做鬼脸状，他的面前是一个巨大的大便造型。在成人世界里，这样的画面和文字是登不了大雅之堂的，会被冠以"恶俗"和"低级趣味"的名号。然而成年人的价值和话语体系中的一些禁区对儿童是友好的，不设防的。绘本作家正是敏锐地捕捉到了这一差异，使得成年人无从下手的一些尴尬话题在绘本中被生动地呈现出来，儿童因生理问题而伴生的心理焦虑得以疏解。正视儿童期正常的生理需求是社会进步的表现，让每个孩子都能"正视"而非"羞于"面对生理上的问题，也是文明社会的责任。从这个意义上讲，以"尴尬话题"为切入点的儿童绘本践行了这样一种社会责任。

　　如果说和"屎""屁"等有关的绘本所跨越的是话语层面上的"禁区"，那么儿童性教育读本所跨越的，则是心理层面的"禁区"。在引进版权绘本市场，日韩的性教育绘本的表现也非常抢眼。蒲蒲兰[1]2012年推出的《乳房的故事》由日本绘本作家土屋麻由美和插画家相野古由起合作完成，《小鸡鸡的故事》由日本教育家山本直英和插画家佐藤真纪子合作完成；北京理工大学出版社2013年出版的《东方儿童性教育绘本》（3册）——《我宝贵的身体》《我的弟弟出生了》《我是女孩　我弟弟是男孩》，由韩国姐妹画家郑智泳和郑惠泳联袂完成；2015年北京科学技术出版社出版的《"学会爱自己"性教育绘本》

　　1　蒲蒲兰日本总公司（株式会社白杨社"Poplar Publishing Co., Ltd."）设立于1947年。蒲蒲兰绘本馆（Poplar Kid's Republic）是北京蒲蒲兰文化发展有限公司在中国开设的第一家儿童书店。蒲蒲兰在中国经营的主要业务是通过合作出版的方式将公司拥有海外版权的图书授权其他出版社出版，并标明"蒲蒲兰绘本"字样。这些图书的企划、翻译等均由蒲蒲兰公司亲自完成。蒲蒲兰是这些引进版权图书在中国的代理商。

（3册）——《海的故事》《爱的故事》《两个人的故事》分别从生命如何诞生、男女不同身体构造以及男女为何要生活在一起等不同角度科普性常识，疏解因对性的好奇所产生的心理焦虑。全书以神话传说的形式切入，饶有趣味地告诉儿童如何正视自己的性别和性别差异，保护自己不受性侵害。

在日韩绘本的影响下，中国本土的性教育系列绘本也发展迅猛。海豚出版社2012年推出的《我也要站着尿尿！》《如果我是男孩……》《我是从哪里来的？》《妈妈，我长大要跟你结婚！》《爸爸，我可以看你洗澡吗？》《记不清是从哪个早晨开始……》《住手，不准碰我》《我长大了，我要一个人睡！》，以及《歪歪兔儿童性关怀系列图画书》（8册）等从性别认同、性科学、性心理、性道德及性安全等不同角度为儿童答疑解惑，"既解决了中国家长对某些国外同类图书'尺度过大'的担忧，也因其充满想象力和趣味性的故事，弥补了国内儿童性教育类图书过于直白、生硬的不足"[1]。

与此形成对比的是北京师范大学性教育课题组推出的性教育科普读本《珍爱生命——小学生性健康教育读本》（以下简称《性健康教育读本》）。性教育专家胡萍[2]批评该教材"尺度过大"。不具备专业精神，违背对儿童进行性知识启蒙的科学规律。她以教材中对"自慰"一词洋洋洒洒的叙述和"操作方法"的讲解为例，对该书的"大尺度"和"不严谨"进行了较为尖锐的批评。"如果这本教材发放到了每个孩子手中，大多数尚未有手淫的孩子，就像得到了一份如何进行手淫的说明书，照着教材的文字描述进行实验，尚未手淫的孩子提前尝试手淫，违背了孩子生命发展的节律，导致孩子性早熟，影响孩子的身心健康发展。当孩子照着教材说明去体验性快感时，对于尚未发育成熟的孩子来说，就会损耗孩子的精力，影响孩子的健康成长和学业。"[3]

该课题组认为"从科学角度来看，性健康教材说得越透彻越好。培养孩子正确的性观念，要从科学地认知阴茎、阴囊、阴道、子宫等生殖器官开始，像

1　参见当当网官方网站在售《歪歪兔儿童性关怀系列图画书》媒体评论。
2　胡萍，毕业于重庆医科大学儿科系，独立研究者，国内著名儿童性心理与性教育研究专家。
3　参见搜狐网《北师大辣眼性教育读本把性教育专家看出一身冷汗！》一文（视频）。

了解身体的其他器官一样了解它们，让孩子知道这些器官与身体的其他器官一样重要。而且，让孩子了解自己诞生的过程，有利于儿童树立尊重自己、尊重他人、尊重生命的意识。"（陈若葵，2017：A02）诚然，类似北师大课题组这样的编写机构对一本书所做的商业考量太少，而这种不用为出版和发行担忧的图书没有内在的动力去挖掘一本书更多的价值。

国内近些年来在儿童性教育方面的探索是值得肯定的。早在2003年，北方妇女儿童出版社推出的一套性教育图书《中瑞合作性健康教育系列读本》包括《小学生性教育读本》《中学教师性教育读本》《中学生家长性教育读本》《大学教师性教育读本》四册。这套按读者受众划分的丛书，开启了国内对儿童及青少年有关性生理、性心理和性教育相关问题研究的先河，针对不同读者受众期待视野而展开的对"性教育"这一问题的论述，让学校教育共同体中的三要素——学生、家长和教师都能按自己的角色定位，获取有关"性教育"的知识。读图时代的来临使得过分倚重文字的读本面临危机，但同时这也为儿童性教育领域的图书引进、出版、推广、不断走向多元的价值判断和追求带来了发展契机。绘本图书形式的出现，为儿童性教育启蒙这一长期以来"难以启齿"的话题打开了一扇窗，为儿童性教育理念的进一步提升创作了一种新的可能性。

虽然和引进版绘本在文图设计方面的"脑洞大开"相比，国内同类绘本依然有很长的路要走，但是胡萍编写的《成长与性》一书在内容和插图方面均比北师大课题组推出的《性健康教育读本》有所提升和改观，可视为一个积极寻求突破的范例。其定位同样是小学生，但是该书的文字表述在注重科学性的同时，也充分照顾到了儿童的阅读和接受心理。

第四章

绘本翻译场域内的
策划出版与阅读推广

4.1 绘本馆的兴起

绘本馆近些年在大城市兴起，并逐渐向中小城市不断渗透，其经营理念紧跟时代潮流，比传统图书馆更能体现对目标受众的关注。亲子故事会、创意美工、英语自然拼读课程、英文绘本小剧场等衍生产品受众指向明确；在绘本藏品方面，绘本馆以大量图画书为主要陈设对象，英文原版绘本、双语绘本和翻译绘本的占比明显高于本土原创绘本。这是英语启蒙不断走向低龄化发展的商业噱头，满足了幼儿及家长的阅读期待。

从绘本馆的装修风格和整体布局来看，对亲子互动活动的关注、对绘本衍生服务的重视已经成为绘本馆增加盈利空间的一种必然选择。绘本馆舒适性、功能性兼备的装修风格营造出温馨的阅读氛围，为中产阶级父母这一主要消费群体提供了"适得其所"的消费感受；在地理位置方面，绘本馆一般选择人口较密集的社区，或与优质幼儿园、小学毗邻，既照顾到受众群体的便利，也为培育更多的消费群体打下基础。

兰可琪绘本美学生活馆由南京千言万语集团和江苏广播电视总台优漫卡通卫视共同打造，其经营项目丰富性上，是绘本行业经营业务不断走向纵深和精细化的一个范本。兰可琪将故事绘本、艺术美学、烘焙食育、生日派对、日间照料等项目融为一体。

安妮鲜花英文图书馆、麦克英文童书馆主打"英文"牌，以大量的原装获奖绘本为主要藏品；中科知成绘本馆主打"认知"牌，将地理、美术和文学三者统一，将"身边的科学"与"云端的艺术"结合起来，带有明显的科普性质；童立方亲子空间馆和萤火虫亲子悦读馆主打"亲子"牌，以绘本借阅服务、各种亲子活动、父母培训和交流等活动为主要经营项目；库布里克书店主

打"艺术"牌，以展览、讲座和分享会等形式开展阅读活动，为香港和内地的艺术文化交流提供一个平台，也将绘本馆的内涵拓展到艺术和文化交流的层次；炫彩童年绘本馆主打"早教"牌，以早期教育指导和咨询服务为绘本阅读服务之外的主要经营业务；第二书房主打"家庭教育"牌，以推广社区图书馆建设为主要经营项目；老约翰绘本馆主打"网络"牌，以"网上租绘本，免费送上门"为服务口号；快乐书童主打"阅读指导"牌，以拥有"专业阅读指导师"和"金牌阅读指导"为其宣传和经营噱头；悠贝亲子阅读馆、绘本TAXI等机构则主要以特许经营模式为主要盈利手段，宣称在全国拥有几百家加盟机构。

从绘本馆的发展规模看，我们在看到阅读推广这一理念不断发展的同时，也不难看到绘本市场"过度消费"儿童和阅读的倾向。绘本市场的虚火旺盛和中产阶级普遍的教育焦虑不无关联。绘本这种阅读形式更容易和英语学习、认知能力培养等国内中产阶级父母所关心的儿童教育问题产生密切关联。

绘本市场的直接受众是儿童，但绘本消费的最终推动力量是儿童家长和老师。家庭教育和学校教育均对儿童的认知和阅读能力提出一定的要求，这使得绘本作为一种有效的认知和阅读载体受到家长和老师的欢迎。绘本馆在消费体验和服务理念上都有很大突破。"在儿童阅读的过程中，儿童是阅读的主体，因此，儿童书店的最终受众是儿童。由于儿童的选择能力是非常有限的，儿童阅读是需要进行引导的，父母和老师就是儿童阅读过程的引导者和推动者，也是儿童阅读材料的提供者。因此，儿童图书购买的决策者往往是儿童的父母和老师。"（许衍凤，2014：46）

如今电子阅读媒介已全方位渗透现代生活，然而纸质书作为一种可以翻阅的阅读媒介，在以感性思维为主的儿童的世界里意义独一无二。传统实体书店惨淡经营，绘本馆却能从大城市逐渐向中小城市渗透。这一方面归功于民众经济水平的提升和儿童教育理念的进步，另一方面则归功于绘本馆注重体验感受、淡化消费场景的经营模式。以方所书店和西西弗书店为代表的新式书店的崛起从一个侧面印证了近些年大众消费心理的变化，绘本馆的出现恰恰也是传统书店向新式书店转型的产物。

在这方面，蒲蒲兰和蒲公英绘本馆作为非常重要的民间力量，不仅推动了国外优秀绘本作品在中国的传播，也在某种程度上为缺乏专业审查机制、不受翻译批评关注的绘本翻译的职业规范树立了标杆。蒲蒲兰的主要合作出版社有连环画出版社、二十一世纪出版社和新世纪出版社，这三家出版社都是中国童书出版领域拥有相当资历的知名少儿出版社。"中国连环画出版社"成立于1985年，1998年与人民美术出版社重组后，更名为"连环画出版社"。该出版社拥有连环画出版传统，而绘本与中国传统连环画的精神实质多有契合。

蒲蒲兰作为绘本出版行业的金字招牌，其品牌影响力巨大，许多非知名的绘本作品在营销上通常会与蒲蒲兰绘本一起销售，刻意弱化其他绘本的作者、译者等具体信息。如蒲蒲兰译《乳房的故事》《小鸡鸡的故事》通常和其他绘本捆绑在一起销售，统一被冠以"东方儿童性教育读本""幼儿性启蒙""小公主自我保护意识培养""安全教育"等名头。

连环画出版社出版的蒲蒲兰翻译绘本作品以低幼阶段的认知绘本为主。如2007年出版的《小熊宝宝绘本》、2008年出版的《幼儿数学智力活动卡》及2009年出版的《汉堡男孩》《眼睛兔子》《喜欢暖暖的猴子》《蓝色海洋中的海豚们》《妖怪油炸饼》《爸爸的围巾》《昨天的太阳去哪儿了》《你好！熊猫兄弟》《黑背信天翁与风是好朋友》《帝企鹅的一家》《竖琴海豹母子》《猫医生》、2010年出版的《好疼呀！好疼呀！》《大象的算术》《聪明的小宝》《我爱爸爸》《我爱妈妈》《哭了》《叶子》《晚安》、2011年出版的《珍贵的礼物》《我爱假期》《我爱唱歌》《我爱圣诞节》《做朋友吧》《幸福的颜色》、2012年出版的《乳房的故事》《小鸡鸡的故事》《小威向前冲》《不要随便抱我》《不要随便摸我》《不要随便亲我》《不要随便命令我》《不要随便欺负我》《不跟陌生人走》《呀！屁股》《这是什么队列》、2012年出版的《小熊宝宝认知绘本》《躲猫猫系列1—3》、2013年出版的《I Love系列》《汉娜的母鸡》《汉娜的惊喜》、2015年出版的《哭了》、2017年出版的《鲷鱼妈妈逛商场》《变成了青蛙》《幸福的颜色》等。

二十一世纪出版社的前身是江西少年儿童出版社，成立于1985年。"皮皮鲁总动员""彩乌鸦""魔法小仙子""幻想文学大师书系""悦读阅美"等知名图书品牌都是该社创立的。该社在国际合作方面表现抢眼，与美国、英

国、德国、韩国、日本等国的童书出版机构均有合作。

蒲蒲兰与二十一世纪出版社合作出版的外国绘本中，日本绘本居多，宫西达也、伊东宽、松冈达英等绘本作家的作品被集中译介出版。当当网在售的蒲蒲兰与二十一世纪出版社合作的绘本作品中，约80%是日本绘本。2005年出版的《蚂蚁和西瓜》《你真好》《猫太噼哩噗噜在海里》《彩虹色的花》《换一换》，2006年出版的《克里克塔》《爸爸！》，2007年出版的《落叶跳舞》《小老鼠的漫长一夜》《小老鼠忙碌的一天》《小泰的小猫》《狐狸的神曲》，2008年出版的《蹦！》《永远永远爱你》《妈妈你好吗？》《喵喵》《汪汪》《同桌的阿达》《交通工具捉迷藏》《衣服衣服捉迷藏》《玩具玩具捉迷藏》《动物动物捉迷藏》《动物外套捉迷藏》《水果水果捉迷藏》《小泥人》《幸福的大桌子》《喜欢大的国王》《我全会系列：形状（一）3—5岁》《我全会系列：智力游戏（一）3—5岁》《世界上最美丽的村子——我的家乡》《喜欢帽子的小猪》，2009年出版的《跟屁虫》《怕浪费婆婆》《抱抱　抱抱》《背背　背背》《没关系　没关系》《多多老板和森林婆婆》《鲁拉鲁先生的院子》《小船的旅行》《小船小船漂啊漂》《粉红线》《蚂蚁蚂蚁排排走》《鲁拉鲁先生请客》《村里来了马戏团》《鼹鼠博士的地震探险》《我为什么讨厌吃奶》《我为什么讨厌穿裤衩》《我为什么讨厌那个女孩》《变色龙卡罗》，2010年出版的《遇见春天》《一个下雨天》《七彩下雨天》《我的新衣》，2011年出版的《再过10分钟就睡觉》《小艾和小象》《谁偷了包子》《我不相信有龙》《我的秘密阁楼》《奇幻之旅——森林探险》《奇幻之旅——门后的秘密》《奇幻之旅——街道寻宝》《奇幻之旅——夜幕惊奇》，2012年出版的《圆圆和点点的家》《幸运的内德》《小猴子的故事》《我不相信有龙》《点点点》《美丽星期五》，2013年出版的《云娃娃》《遇到你，真好》《大英雄威利》《小人儿帮手》《小人儿帮手搜索队》《小人儿帮手圣诞节》《狼狼》，2018年出版的《谁藏起来了！》《哇》《首先有一个苹果》等绘本在当当网均有不俗的销量。

4.2 绘本馆的发展现状

不容忽视的是，绘本馆的未来并不明朗。蒲蒲兰所属的北京蒲蒲兰文化发展有限公司成立于2004年，是中国内地绘本领域最早开始绘本引进、策划与出版的机构之一，该公司由日本著名儿童读物出版机构白杨社投资成立，与爱心树童书、心喜阅童书、耕林童书、天略童书等迅速拓展童书营销领地与模式的绘本出版品牌相比，蒲蒲兰则要保守很多。作为国内最早探索和尝试绘本版权引进、策划、推广的企业，蒲蒲兰目前的绘本引进数量、种类和其他童书品牌比已无明显优势，而蒲蒲兰旗下的蒲蒲兰绘本馆因国内绘本阅读馆数量众多，在市场无法释放出更多需求的情况下，其经营情况也并不理想。这主要有以下四方面的原因。

第一，互联网图书消费方式的日趋成熟加剧了各品牌图书间的竞争，童书价格也进一步走低，这增加了童书消费潜在群体线上购买童书的利好，线下付费进行租借式阅读的愿望相对减弱。

第二，绘本阅读馆经营方式单一，开馆准入门槛低，各种层次和定位的绘本馆都在抢占市场份额，相对饱和的市场需求不断被稀释。而绘本阅读的受众定位主要是低幼群体，这又无形中增加了图书的损耗率，绘本馆的经营难度增大。

第三，中国的英语教辅市场经过几十年的发展，在各大中城市已经形成了覆盖低幼各个阶段的完整体系。而绘本消费的主力群体，恰恰就是大中城市的中产阶级及工薪阶层。中国大中型城市的主流英语培训学校近年来都在尝试绘本英语阅读、口语等教学产品的开发与营销。绘本阅读作为一种寓教于乐的英语启蒙媒介，已成为低幼阶段英语培训的有效辅助手段和营销卖点。绘本馆和专业的少儿英语培训学校相比并无课程和师资优势。

第四，中国的实体书店业态在经历过动荡和调整期之后，在营销理念上也逐渐向服务更好、品质更高这一标准靠近。民营书店集团和独立书店在中国大城市取得的成功颠覆了长期在国营体制思维框架下运行的传统实体书店。大城市新兴书店业态唤起的实体图书零售业的新气象也逐渐波及中小城市，方所、

诚品书店、西西弗等优质民营书店在大城市拥有非常稳定的消费者群体，成为追求时尚和品位的年轻人在社交平台的"打卡"胜地。借助社交媒体的传播，逛书店成为父母陪伴孩子的一种生活方式。这些大型书店通常都设有童书区或绘本区，相对较快的书目更新频次和优质的阅读环境也在很大程度上消解了专业绘本馆的那一部分市场份额。

4.3 作为重要参与方的童书品牌

爱心树童书为行业树立了标杆。作为中国最大的民营出版公司新经典文化旗下"专注少儿图书"的品牌，爱心树童书自2003年8月以来，率先开始大规模引进儿童绘本。美国凯迪克奖、英国凯特·格林威奖、德国青少年文学奖、博洛尼亚书展童书奖等世界绘本领域的出版大奖在爱心树童书的推动下，成为行业内引进和翻译国外绘本的重要标尺之一。《爱心树》（美国）、《可爱的鼠小弟》（日本）、《一颗超级顽固的牙》（英国）、《一粒种子的旅行》（德国）等绘本不仅成为常青树，并被全国众多小学、幼儿园选为必读读物；《窗边的小豆豆》（日本）已连续13年位居开卷中国畅销书年度排行榜前列，5年排名少儿类第1名，总销量超过1000万册。

谢尔·希尔弗斯坦、宫西达也、夏洛特·米德尔顿、李欧·李奥尼等绘本作家的名字逐渐为中国读者耳熟能详。爱心树童书的母公司新经典与北京出版集团合资成立的十月文化，与台湾皇冠出版集团、香港青马出版社合资成立的青马文化，与日本讲谈社合资成立的飓风社，在中国童书策划领域占有一席之地。

爱心树童书取得的巨大成功引发童书出版企业纷纷效仿。民营出版社和少儿出版社也开始寻求与国外出版社合作，开发独立绘本品牌，提升品牌辨识度。湖北教育出版社、海豚传媒和全球最大的虚拟出版商帕拉贡出版公司（Parragon Publishing）三方合作的童书品牌心喜阅童书就是一个极好的范例。湖北教育出版社在教育图书出版领域居于全国前十，作为民营出版企业的海豚传媒在少儿出版方面的表现非常抢眼，帕拉贡出版公司所属的汤姆森出版集团也是世界知名出版机构。

北京天域北斗图书有限公司旗下的耕林童书成立于2007年，在版权引进方面也有非常突出的表现。耕林童书以"高端精美童书"为自己的版权引进定位，虽然受众定位相对小众，在竞争激烈的绘本市场依然以高品质绘本取得非常不俗的成绩。畅销绘本《呀！屁股》《墙书系列》《疯狂学校》《最美的科普》《AR地球仪》《最全最酷的交通工具》《三只小猪》等都是耕林童书的精品。

2012年进入童书出版领域的天略童书出版有限公司以天略童书为品牌，在绘本引进和出版领域也有上佳表现。以《晚安，月亮》为代表的经典畅销绘本及包括约翰·伯宁罕、彼得·雷诺兹、伊芙·邦廷、托尼·罗斯在内的许多绘本大师作品在中国的出版都有天略童书品牌的商业推广力量的支持。

童立方作为数字化出版时代诞生的全新出版业态的代表，在童书策划出版、亲子阅读推广、儿童品牌授权管理（IP运营）、儿童数字出版等领域有着强劲的发展势头。作为童书出版界横空出世的一匹"黑马"，童立方因其引进版权方面的突出表现被中国出版协会评选为"2016童书年度影响力策划机构"。

大型绘本馆的背后通常都有一家成功的企业支撑。如蒲蒲兰绘本馆是北京蒲蒲兰文化发展有限公司开设的第一家儿童书店，该公司以外国绘本引进、翻译和出版等为主要经营理念，在开设绘本馆之前已有相当成熟的市场运作和经营经验。"蒲蒲兰绘本"在国内童书出版领域享有的声誉为其绘本馆的商业推广创造了有利条件，它的运作和经营模式也成为业界竞相模仿的对象。

蒲公英童书馆和耕林童书馆的定位非常相似，几乎在同一时间开始营销自己的绘本品牌。2007年，贵州人民出版社北京图书中心打出"蒲公英童书"这一品牌，对品牌架构进行了细分。随着其品牌影响力的逐步扩大，蒲公英童书馆已将其出版的童书按内容划分为文学馆、图画书馆、科学馆和认知馆。从读者的消费视角来看，以拓展不同营销渠道为主要出发点的分类并无多大意义，但当越来越多印有蒲公英童书馆的品牌标识的畅销书进入网络渠道时，这种分类所带来的商业价值就凸显了出来。作为一家经济欠发达地区的地方出版社，贵州人民出版社在童书出版领域却颇有远见。依托其北京图书中心推出的蒲公英童书馆品牌，近年来贵州人民出版社出版了以《斯凯瑞金色童年》（共7辑）和《神奇校车》（全系列）为代表的畅销童书系列，是绘本引进和出版领域不

可小觑的一支力量。

　　总部设在北京的专业童书推广、策划与出版机构还有多家，步印童书馆、奇想国和青豆书坊并非大型绘本出版和推广机构，但其最近两年在绘本引进和出版方面的表现令人瞩目。2016年至今，奇想国出品了童书史上一系列名家的作品，包括多莱尔夫妇[1]的《两辆小汽车》《可怕的巨魔鸟》《小狐》，伍德夫妇的《女巫佩格》《傻傻的莎莉》《嘘，埃尔伯特》，唐·弗里曼的《大表演家西哈诺》《小拖去理发》，悉德·霍夫《恐龙爷爷悉德·霍夫》系列，彼得·史比尔的《超级无聊的一天》《人》《诺亚方舟》，夏洛特·佐罗托的《说呀！》《一遍又一遍》《睡梦中的宝贝》《刚果广场的自由盛会》《威廉的洋娃娃》《暴风雨中的孩子》，以2018年度英国凯特·格林威金奖提名的《洞洞的故事》为代表的等一系列经典作品，几乎和国外同步上市。2017年年末，奇想国发起了"城市合伙人计划"，在全国寻找有能力、有资源、有远见的优质合作伙伴作为奇想国的品牌推广大使，同时为有志者搭建资源共享平台，共同发展，帮助合伙人提升运营能力。截至目前，阅读推广人、绘本馆、教育工作者、分布在全国的35家机构成为奇想国的城市合伙人。奇想国的这一模式被其他童书机构纷纷效仿，成为"互联网+"时代童书推广与营销的典范式路径。

　　作为引进出版图书的高地，北京集中了国内绝大部分的绘本策划和推广机构。清华大学出版社的清华少儿、中信出版社的小中信、化学工业出版社的红贝壳童书馆、中译出版社的向日葵童书馆、电子工业出版社小猛犸童书等隶属于传统出版社的品牌，以及毛毛虫童书馆、暖房子绘本馆、小萌童书、小多童书、尚童童书、读小库、童立方、橡树童话、歪歪兔童书、双螺旋童书馆、启发童书馆等独立品牌均云集在北京。

1　多莱尔夫妇是美国著名的儿童小说作家和插画家，两人合作完成了不少作品。图画书《亚伯拉罕·林肯》获得1940年凯迪克大奖。《希腊神话》入选纽约公共图书馆百年百佳书。多莱尔夫妇在近50年的创作生涯中，对儿童文学做出了卓越贡献，受到学界和读者的高度评价。他们的其他作品还有《魔毯》《北极光的孩子们》《乔治·华盛顿》《本杰明·富兰克林》《北欧神话》《巨魔》《可怕的食人鸟》等。

新世纪童书市场的巨大市场空间给很多出版机构创造了全新的发展机遇，主流出版社大都成立了少儿部积极开拓童书出版业务，更有出版社下设独立的少儿出版社。比如，中国最大的文学图书出版机构——人民文学出版社。2009年，人民文学出版社出资组建天天出版社，其前身就是人民文学出版社少儿读物编辑室。2014年上海国际童书展组委会委托百道新出版研究院研究发布的"中国少儿出版影响力20强"（"Top 20 Most Influential Chinese Children's Publishers in Chinese Market"）中，成立仅5年的天天出版社就跻身前20强，排名第17位。[1]

在2016年国家新闻出版总署公布的6家一级少儿出版社中，除明天出版社设有自己的独立绘本品牌漂流瓶绘本馆，其他5家出版社，即安徽少年儿童出版社、二十一世纪出版社、江苏少年儿童出版社、接力出版社和浙江少年儿童出版社均以某社"童书馆"的字样进行绘本类童书的营销。这从一个侧面反映出出版社本身具备的品牌力量已经足够吸纳优秀的绘本作品。

除此以外，主营或兼营少儿业务的地方出版社也有自己独立的绘本品牌。如海豚传媒（武汉）的海豚绘本花园、明天出版社（济南）的漂流瓶绘本馆、新蕾出版社（天津）的新蕾精品绘本馆、湖南少年儿童出版社（长沙）的小蛋壳童书馆、华东师范大学出版社（上海）的七色花绘本、江苏凤凰教育出版社（南京）的橘宝绘本和皮克童书、广西师范大学出版社（桂林）的魔法象童书，隶属于非传统出版社的麦田绘本馆（天津）、乐乐趣童书馆（西安）、采芹人文化（上海）、99kids（上海）等也在拓展引进版绘本市场方面有突出表现。

信谊绘本则代表着绘本策划与沿革的另一种路径。1977年，以"守护孩子唯一的童年"为使命的台湾"信谊基金会"成立。在之后的十年间，信谊不断探索学前教育领域的最新进展，在推广亲子共读等育儿理念方面一直在做不懈努力。1987年，台湾首个面向幼儿文学的奖项——信谊幼儿文学奖设立，以激励绘本创作者付出心力与智慧，贴近孩子的生活题材进行创作。一批优秀的台湾绘本作品正是在信谊幼儿文学奖的推动下走进大众视野的，如《子儿、吐

---

1 参见百道网官方网站发布的《世界童书出版中国影响力20强与中国少儿出版影响力20强排名》。

吐》《小鱼散步》。作为台湾最早从事如学前教育的专业教育机构，信谊基金会与大陆的合作在大陆绘本市场迅速发展和两岸文化交流日趋常态化的双重背景下拉开了序幕。大陆信谊图画书奖设立于2009年，并于2010年评选颁发了第一届信谊图画书奖。

4.4 本土原创绘本评奖机制的诞生与发展

首届信谊图画书奖共征集到144件图画书作品，133件文字创作作品。第一届信谊绘本奖的获奖作品中，《那只深蓝色的鸟是我爸爸》（魏捷）斩获"图画书文字创作奖首奖"，《将军》（张玉敏文/图）斩获"图画书文字创作奖佳作奖"，《妈妈小时候》（唐泠文/图）获"图画书文字创作佳作奖"，《我很好，你好吗？》（黄振寰）获"童话书创作文字奖入围奖"，《门》（陶菊香文/图）、《进城》（林秀穗文，廖健宏图）、《爸爸去上班》（吕江文/图）、《葡萄》（邓正祺文/图）等获"图画书创作佳作奖"，《南方星星镇》（陈宇文文，万正旸图）、《大雪盖不住回家的路》（周旭文/图）、《妖怪的鬼脸》（郑珍妮文/图）获"图画书文字创作入围奖"。

2011年第二届获奖作品《九千九百九十九岁的老奶奶》（于云文/图）斩获"图画书创作首奖"，《黑米走丢了》（弯弯文/图）、《蚰儿弟弟不会跳》（甘大勇文/图）获"图画书创作佳作奖"，《棉婆婆睡不着》（廖小琴文，朱成梁/图）、《溜达鸡》（戴芸）、《樱桃，慢慢红了》（贾为）获"图画书文字创作佳作奖"，《公主怎样挖鼻屎》（李卓颖文/图）、《原来是这样》（周旭文/图）、《小白别难过》（王凡乔文/图）、《一粒小豆子》（李迪文，王呈图）、《闹闹街》（张玄文/图）、《叽》（张茜文/图）、《时间的种子》（白洁文/图）获"图画书创作入围奖"，《樱桃，慢慢红了》（贾为）、《戴皇冠的树》（贾为）、《箩筐》（陈梦敏）、《小老鼠吃图画书》（王千郡）获"图画书文字创作入围奖"。

2012年第三届首奖空缺，获奖作品《北冥有鱼》（刘畅文/图）、《猫猫，别走》（林泽锋文，图）、《鸭子蛋黄儿的梦想》（卢瑞娜文/图）获"图画书创作佳作奖"，《一棵长了脚的树》（李欢文/图）、《太阳想吃冰淇淋》（张纬文/图）、《礼物》（刘玉峰文，薛雯兮图）获"图画书创作入围奖"，《不》（严雪）、《梳小辫儿》（蔡睿）、《小巫师》（李立）、《点点的夏天》（宋燕群）获"图画书创作文字入围奖"。

2013年第四届首奖空缺，《你去哪儿，我就去哪儿》（孙玉虎）、《其实我是一条鱼》（孙玉虎）、《拔萝卜》（任小霞）获"图画书文字创作佳作奖"，《长头发的囡囡》（覃敏文/图）、《跑跑镇……咣》（王亚东/文，宋显奎/图）、《咔嚓 咔嚓》（金晓婧文/图）、《小雨后》（周雅雯文/图）、《躺在草地上看云朵》（周旭文/图）获"图画书创作佳作奖"，《开闹钟店的老人》（吴启昇）、《向阳花快递公司》（顾鹰）、《我要吓谁一下》（周公度）获"图画书文字创作入围奖"。

2014年第五届时隔两届首奖空缺后再次颁出"图画书创作奖首奖"，《迟到的理由》（姚佳文/图）斩获首奖，《豆丁要回家》（黄丽丽文/图）获"图画书创作佳作奖"，《灰兔一直在等我》（张丽荣文，董红梅图）、《给你们拍一寸照吧》（蔡逸君文/图）、《农夫和狐狸》（刘学波文/图）获"图画书创作入围奖"，《如果女巫不在家》（王晴）、《爷爷的牙，我的牙》（应璐）、《河马先生有件蓝毛衣》（代冉）获"图画书文字创作佳作奖"，《美术馆的猫》（黄辛）、《从前，有一个圈》（孙玉虎）、《爸爸，到哪儿了？》（代冉）获"图画书文字创作入围奖"。

2015年第六届首奖空缺，《绿豆姑娘》（孙悦文，张鹏图）、《我是个普通小孩儿》（王宁文/图）获"图画书创作佳作奖"、《乐园》（姜楠文/图）、《贪吃蛇》（陈俊武文/图）获"图画书文字创作入围奖"，《我和阿铁——一只倒霉蜘蛛的24小时》（徐斐）、《有眼光的阿嚏》（任小霞）、《天使总记不住回家的路》（王晴）获"图画书文字创作佳作奖"，《爷爷的幼儿园》（金强芸）、《夜鸟落下来》（徐岱楠）、《重要的是，房子一直在长高！》（张荣丽）获"图画书文字创作入围奖"。

2016年第七届首奖空缺，"图画书创作评审推荐奖"颁给了《忠信的鼓》（叶露盈文/图）、《抓流星》（贾玉倩文，张展图），"图画书创作佳作奖"

《嗷呜！嗷呜！》（抹布大王文/图）、《三个老爷爷》（庄申菲文/图），"图画书创作入围奖"（保冬妮文，喻翿一图）、《水獭先生的新邻居》（李星明文/图），"图画书文字创作佳作奖"《金雕猎狼》（王军），"图画书文字创作入围奖"《喜欢捉迷藏的爷爷》（吴海英）、《您一定需要一本养猫指南》（陈梦敏）。

2017年第八届颁出"图画书文字创作奖首奖"，获奖作品是《不一样的"1"》（吴亚男），"图画书创作奖"《昨日坞里厢》（朱珠文/图），"图画书创作奖入围奖"《图图和妈妈的心里话》（赵峥文/图）、《外公的包里有什么？》（王思嘉文/图）、《滑雪去》（王韵涵文/图），"图画书文字创作奖佳作奖"《爱吹蜡烛的小怪兽》（何卫红），"图画书文字创作奖入围奖"《安静的森林里》（沈吉）、《狮子先生招聘图书管理员》（李海生）。2018年信谊绘本目前已公布"图画书创作组"和"图画书文字创作组"入围名单各26件和18件。

无独有偶，丰子恺儿童图画书奖几乎在同一时间在香港举办，2009年8月的第一届丰子恺儿童图画书奖，从大陆、台湾、香港参选的330本图书中，评选出"最佳儿童图画书首奖"1名（《团圆》，朱成梁文，余丽琼图），"评审推荐创作文字奖"和"评审推荐创作图画奖"各1名，分别是《躲猫猫大王》（张晓玲文，潘坚图）和《一园青菜成了精》（周翔文/图），《我和我的脚踏车》（叶安德文/图）、《安的种子》（王早早文/黄丽图）、《我变成一只喷火龙了》（赖马文/图）、《星期三下午，捉蝌蚪》（安石榴文/图）、《荷花镇的早市》（周翔文/图）、《现在，你知道我是谁了吗？》（赖马文/图）、《想要不一样》（童嘉文/图）、《池上池下》（邱承宗文/图）、《西西》（萧袤文，李春苗、张彦红图）等9部作品获"优秀儿童图画书奖"。

第二届丰子恺儿童图画书奖首奖空缺，文字奖与创作奖合并之后的"评审推荐创作奖"共入围5部作品，包括《进城》（林秀穗文，廖健宏图）、《门》（陶菊香文/图）、《迷戏》（姚红文/图）、《青蛙与男孩》（萧袤文，陈伟、黄小敏图）、《下雨了！》（汤姆牛文/图）。值得注意的是，第二届（2011年）丰子恺图画书奖获奖作品中的《门》和《进城》同时摘得第一届信谊绘本奖。

第三届（2013年）丰子恺图画书奖首奖花落《我看见一只鸟》（刘伯乐文/图），再次调整之后的"佳作奖"包括《很慢很慢的蜗牛》（陈致元文/图）、《阿里爱动物》（黄丽凰文，黄志民图）、《看不见》（蔡兆伦文/图）、《最可怕的一天》（汤姆牛文/图）4部作品。

第四届（2015年）丰子恺图画书奖首奖颁给了《喀哒喀哒喀哒》（林小杯文/图），"佳作奖"包括《棉婆婆睡不着》（廖小琴文，朱成梁图）、《牙齿，牙齿，扔屋顶》（刘洵文/图）、《小喜鹊和岩石山》（刘清彦文，蔡兆伦图）、《拐杖狗》（李如青文/图）等4部作品。

第五届（2017）丰子恺图画书首奖作品为《盘中餐》（于虹呈文/图），"佳作奖"包括《杯杯英雄》（蔡兆伦文/图）、《等待》（高佩聪文/图）、《林桃奶奶的桃子树》（汤姆牛文/图）、《乌龟一家去看海》（张宁文/图）。

中国的本土绘本创作从无到有，经历了从被称作"图画书元年"的2008年到2018年的十年跨越式发展。2008年前后两项中国绘本大奖的评奖机制开启之时，正是中国绘本引进和出版的高速发展时期。从以上对历届信谊绘本奖和丰子恺图画书奖获奖作品的梳理中，我们不难看出，除了首届信谊绘本奖和第二届丰子恺图画书奖有两部获奖作品重合之外，这两项大奖在十年间推出了很多新人新作，其中不乏身为童书一线编辑的创作者。孙玉虎[1]是浙江少年儿童出版社编辑，他编辑的短篇小说《拐角书店》《青碟》《布若坐上公交车走了》《传说》连续三届获得陈伯吹国际儿童文学奖，2014年孙玉虎被评为"凤凰传媒·中国好编辑"，凭借《其实我是一条鱼》《你去哪儿，我就去哪儿》《从前，有一个圈》三部作品摘得2013年第四届和2014年第五届信谊绘本奖"图画书文字创作佳作奖"，2017年《其实我是一条鱼》斩获第十届全国优秀儿童文学奖"幼儿文学奖"。在编辑工作之余一直致力儿童文学创作和研究的孙玉虎，除了上述获奖作品之外，近年来出版了相当数量的作品，包括儿童小说集

1　孙玉虎（1987—　　），江苏沭阳人，网名"四十四次日落"。2003年开始发表作品。曾获第十届全国优秀儿童文学奖、《国语日报》牧笛奖首奖、青铜葵花图画书奖银葵花奖、香港青年文学奖、冰心儿童文学新作奖、《儿童文学》金近奖等。2014年他被评为"凤凰传媒·中国好编辑"。

《我中了一枪》、桥梁书《遇见空空如也》和图画书《那只打呼噜的狮子》《那条打喷嚏的龙》等。

虽然这两个大奖的主办机构一个设在南京，一个设在香港，但信谊图画书奖和丰子恺图画书奖间有着非常深厚的渊源和交集。丰子恺图画书奖设立十周年之际，孙玉虎应邀撰写了《那么近，那么远——我和丰子恺图画书奖的十年》一文，回顾了他和徐灿、中西文纪子、方卫平、几米、吴洲星、张晓玲、安东尼·布朗等儿童文学领域的大师和朋友的一些趣闻逸事。轻松调侃的笔触中可以窥见一个优秀的童书编辑、儿童文学作家的澄澈内心和广阔视野。

4.5 绘本翻译领域的"北京制造"

绘本出版热潮中，国内多家民营出版社都相继推出了自己的童书品牌。北京双螺旋文化交流有限公司以畅销书为主要出版目标，其出版图书的领域涵盖大众励志、财经社科、少儿图书和外国文学四大板块。和其他公共畅销书相比，童书并算不上是该公司的主营业务，"绘本热"引发的对引进版权绘本的争夺中，双螺旋童书馆应运而生。在数学、英语等学科类原版绘本的引进方面，双螺旋童书馆的表现非常抢眼。

我们不难看出在整个引进版权绘本市场，大量的出版资源、出版机构集中在北京。以彭懿的绘本计量统计结果为例。在彭懿自1999年翻译出版的450余本（套）图画书中（含与杨玲玲、周龙梅合译作品，统计时间截至2018年8月），有150多本绘本的出版地在北京。作为中国的政治、文化中心，北京云集了中国顶尖的出版资源。彭懿的翻译绘本的出版社前5名分别是：北京联合出版公司、贵州人民出版社（总部贵阳）、接力出版社（总部南宁）、二十一世纪出版社（总部南昌）和长江少年儿童出版社（总部武汉）。看似前5名出版社中只有北京联合出版公司是坐落在北京的出版机构，实际上其余四家出版社均在北京设有分公司，这些在少儿出版领域有着悠久传统的省级地方出版社，无一例外依托北京的丰厚资源进行童书尤其是绘本类童书的版权引进、翻译与出版等相关业务的接洽与整合。除了这5家出版彭懿的翻译绘本数量居于最前列的出版社带有明显的"北京制造"的属性之外，其他常设北京的出版机构还有中国连环画出版社、新星出版社、人民文学出版社、清华大学出版社、中信出版社、九州出版社、现代出版社、人民邮电出版社、电子工业出版社、北京科学技术出版社10家。

译者的身份在出版场域和文学场域是重叠的，译者持有的象征资本在这两个场域中都发挥着重要的作用。对于在场域中有着相当声誉的译者而言，他所持有的资本将他在场域内的位置推向中心，其所具有的权威性符号意义则不断被强化和接受。这是在商业领域非常普遍的马太效应，也是布迪厄社会实践理论中关于场域和资本关系的重要概念。因为场域最重要的意义就是将资本向中心地带汇拢，形成一种集聚效应。在文学艺术相关场域中，这种被集聚的资本就是文化资本。"场域最为重要的属性之一就是将一种形式的资本转化成另外一种——打个比方，就像教育资格在高薪的工作中被兑换成切实的收入一样。"（Bourdieu，1991：14）

"象征资本被象征资本所吸引。"（Bourdieu，1991：238）持有不同文化资本的双方因利益的交集而彼此吸引。中国成语"门当户对"能够精准地传达布迪厄资本理论的精髓所在。知名的地方少儿出版社纷纷在文化资源的高地北京设立分支机构，而北京的优质出版资源也同样在不断向强势的地方少儿出版社抛去橄榄枝。主流绘本作家的大奖作品的出版几乎全部被知名出版机构包揽，在巨大的市场份额的诱惑下，中小型出版社或非主流少儿出版社想要分得绘本出版业务的一杯羹就得另辟蹊径，或者下沉到绘本消费的次一级市场开拓市场。

如同中国网络消费的层级划分一样，最先开始网络消费购物的群体集中在大中城市，当这一消费市场的需求被不断涌入的产品竞争者稀释之后，就呈现出饱和状态。除了一线高端品牌依然坚定地瞄准大中城市的消费市场之外，二三线品牌已开始注重培养广大的城镇及农村用户市场，试图从一直深耕低端消费市场的产品和服务提供者中争抢市场份额。

"象征资本的另外一个名字就是区隔（distinction）……象征资本也是它

赖以生存的体系本身的产物（the very structures to which they are applied）。"
（Bourdieu，1991：238）不断累积起来的象征资本拥有的商业价值，在成功
的包装和营销方式中体现出来，不断地在强化和推动经典作品的经典化进程。
（宋维，2018：148）

4.6 二十一世纪出版社与张秋林的"童书江湖"

"江湖"这个词在中国文化中，颇具侠义精神和传奇色彩。辞海中的"江
湖"一词，有三条基本含义："1. 旧指隐士的居处。《南史·隐逸传序》'或
遁迹江湖之上。'；2. 泛指四方各地。亦指底层社会。如：走江湖；3. 旧时
指各处流浪靠卖艺卖药等谋生的人。"（辞海编辑委员会，2010：1865）张秋
林一手创造的童书出版界神话，在创业初期也同样经历了"拿着名片求关注"
的艰辛和不易。从80年代中期创社到2017年张秋林卸任二十一世纪出版社社长
一职，他一路"走江湖"的传奇历史见证了中国童书出版业自改革开放以来的
辉煌之路，见证了中国儿童文学作家群的崛起，也见证了中国绘本引进、创作
和阅读的热潮。张秋林携手二十一世纪出版社走过的三十多年也是中国绘本发
展史的缩影。

二十一世纪出版社前身是成立于1985年2月的江西少年儿童出版社。成立
之初的江西少年儿童出版社，仅仅以10万元启动资金起家。作为一家无地域优
势和资金优势的地方出版社，该社成立三十多年取得的瞩目成就见证了中国童
书出版事业自20世纪80年代以来经历的风云变化。二十一世纪出版社在图书版
权引进、出版国际合作、阅读项目推广、网络渠道拓展等方面的成功经验，不
仅记录了该社一路披荆斩棘、筚路蓝缕的奋斗史，也反映了同类地方出版社在
激烈的童书出版市场竞争中的生存智慧。作为绘本翻译活动中的重要"参与
方"，童书出版社是译者和读者之间的重要纽带，也搭建起译出语文化符号向
译入语文化渗透传输的一座桥梁。中国绘本市场十多年来的高速发展和绘本引
进出版呈现出的繁荣景象是以经济为主导、以文化为媒介的一场狂欢。

在新时期儿童文学创作"回归儿童"的转型、幻想文学的兴起、数字阅

读的兴起和儿童绘本的推广等中国儿童文学发展史上的一系列重大浪潮中，二十一世纪出版社都贡献了自己的力量。二十一世纪出版社作为"先知先觉"的代表，从最初嗅到绘本市场的商业价值开始，就有敢为人先的气魄和远见。而儿童出版业和江西少年儿童出版社的深厚渊源得从中国儿童文学发展史上具有里程碑意义的一次会议讲起。

1986年，江西少年儿童出版社社长张秋林牵头中国作家协会在庐山召开了"新潮儿童文学创作研讨会"。这次会议的重要议题就是商讨出版"新潮儿童文学丛书"，曹文轩任该套丛书的主编。其实，早在1978年，中国出版局、教育部、文化部、全国文联、全国科协联合在庐山召开"全国少年儿童读物出版工作会议"，各省市成立儿童出版机构的前奏已经拉响。1978年的会议在庐山汇聚起的人气为江西少年儿童出版社的成立创造了地缘政治上的优势。

1980年，江西人民出版社少儿编辑室倾力推出的儿童刊物《小星星》在南昌创刊，这本杂志的创办成为创社初期的江西少年儿童出版社（1985年）一笔丰厚的文化资本。诞生于南昌的《小星星》在创刊五年后投入了二十一世纪出版社的怀抱，成就和充实了彼此的文化资本，也为南昌成为童书出版重镇贡献了力量。在近40年的办刊历史中，《小星星》得到张之路、梅子涵、彭懿、伍美珍、周锐、董宏猷等一流儿童文学作家的支持，在二十一世纪出版社不断锐意进取的大舞台上绽放华彩，曾荣获中国优秀少儿报刊金奖、华东地区优秀期刊奖等大奖，作为"双效期刊"首批入选中国期刊方阵。1987年，《大灰狼画报》创刊，郑渊洁担任名誉主编，中国作家协会副主席高洪波担任顾问，有金波、冰波、葛冰等国内著名儿童文学家为该刊撰稿，还有王晓明、钱继伟、江健文、程思新、沈苑苑等国内知名插画家的鼎力支持。凭借着经营《小星星》的成功经验，《大灰狼画报》也迅速成为国内知名的少儿期刊。

高洪波、曹文轩、张之路、董宏猷、程玮、郑渊洁、朱奎、白冰等中国儿童文学领域的重要人物，在1986年会议期间相谈甚欢，他们建议张秋林将社名改为"二十一世纪出版社"。一个略带玩笑的提议成就了一次具前瞻性的更名，毕竟提出这个畅想的时候，距21世纪还有十几年。1988年，张秋林采纳了这一提议，江西少年儿童出版社1989年正式更名为"二十一世纪出版

社"。

时隔30年，二十一世纪出版社以主办方的身份在井冈山举行了"儿童文学创作出版研讨会"，30年前受张秋林之约主编"新潮儿童文学丛书"的青年作家曹文轩，已是儿童文学界的著名作家和学者。时至今日，曹文轩依旧是二十一世纪出版社的忠实作者。张秋林的"童书江湖"中成就的老中青三代儿童文学作家，却不止曹文轩一位。"当初，我是它的作者，30年过去了，我依然是它的作者。30年间，它将我当成了它的一分子、一个家人，我们互相不离不弃，风雨同舟，患难与共。二十一世纪出版社，所以有它的今天，有它的天下，就是它知道与作者的关系就应是这样一种相濡以沫的关系。"[1]早在1986年9月之前，张秋林就和曹文轩认识了。曹文轩在2016年《新潮儿童文学丛书》30年纪念版首发式上的这段感言，道出了在二十一世纪出版社成长起来的作家的共同心声。

2016年国家出版总署公布的全国百佳（一级出版社）中，共有6家少儿出版社入围，按字母顺序排列依次为安徽少年儿童出版社（合肥）、二十一世纪出版社（南昌）、江苏少年儿童出版社（南京）、接力出版社（南宁）、明天出版社（济南）和浙江少年儿童出版社（杭州）。其他几家少儿出版社在中国童书出版界所积累起来的巨大文化资本，和张秋林依托二十一世纪出版社创建起来的"童书江湖"有着很多相似之处。虽然在更名之前，江西少年儿童出版社就已表现出强劲的发展势头，但去地方化之后的社名使得二十一世纪出版社如虎添翼，在图书市场中拥有了更多的业务拓展的可能性。之后的一系列大动作印证了更名为其带来的发展机遇。

二十一世纪出版社放眼世界的国际视野从创社之处就已初露端倪：早在1986年，张秋林随同中国少儿出版代表团访问日本，从日本访问结束回国之后张秋林写了一篇文章《日本出版面面观》，发表在《编辑之友》1987年第2期上。1989年5月，二十一世纪出版社邀请德国（西德）有着150年历史的老牌少儿社蒂莱曼出版社总裁威特·布莱希特夫妇访华，在南昌签署了结为兄弟出版

1　参见搜狐"文化"频道发表于2018年1月25日的文章《张秋林：择一事，终一生》。

社的联合声明，并拥有蒂莱曼出版社作品的首选权，由此发出了国际合作的先声。

2000年，二十一世纪出版社在法兰克福书展上拥有自己的第一个展台，由此开启了和日本小学馆及白杨社的战略合作，并成功进军韩国童书市场。《神奇宝贝比卡丘》《哆啦A梦》《我的第一本科学漫画书》便是法兰克福书展以来，二十一世纪出版社绘本版权引进的畅销绘本代表作品；2004年，二十一世纪出版社与德国青少年文学研究院建立起战略合作关系；2007年，韩国大韩教科书出版社与二十一世纪出版社签订战略合作伙伴协议，二十一世纪出版社获得大韩教科书出版社在中国大陆图书的首选权。

2008年之后，二十一世纪出版社连续引进出版大韩教科书出版社的科教类绘本《寻宝记》系列、《科学实验王》《科学发明王》《科学升级王》及韩国小葡萄出版社的《爆笑知识漫画书》（国内出版时更名为《儿童百问百答》）等一大批畅销绘本；2009年，二十一世纪出版社与麦克米伦集团在北京成立合资公司，实现了与国际出版的高端对接，取得了麦克米伦集团全球童书的首选权。二十一世纪出版社和麦克米伦集团的这一合作项目目前已成为中国原创作品"走出去"的重要出版平台。

2012年，二十一世纪出版社折桂世界版权金奖，2015年荣膺第三届"博洛尼亚书展年度世界最佳童书出版社奖"。第一套反映国外中学生校园生活的幽默小说《布鲁诺与布茨》、第一本儿童性教育图书《和父母亲谈谈儿童的性教育》（吴阶平作序）、《大中华寻宝系列》《我的第一本科学漫画书》《儿童百问百答》《彩乌鸦系列》《不一样的卡梅拉》《不老泉文库》等一系列既叫座又叫好的作品，就是二十一世纪出版社深耕童书出版行业所结出的累累硕果。

张秋林作为成功的出版人和企业家，他的智慧、远见和格局是引领这家地方出版社一步步跻身中国顶尖少儿出版社之列的法宝。2006年，郑渊洁将自己的全部作品交由二十一世纪出版社出版，凭借全套七大系列80册总销量逾3000万册的畅销书，郑渊洁连续多年跻身中国最赚钱作家行列。郑渊洁之所以将他的全部作品交由二十一世纪出版社出版，是基于该社与郑渊洁二十多年的友

谊，更是基于郑渊洁和张秋林的深厚友谊。"予人玫瑰，手有余香"是张秋林经营二十一世纪出版社三十余年来的真实写照，也是他的"童书江湖"的核心价值所在。

我们从张秋林在童书出版方面许多富有创见性"大动作"中，可以看到这种善于融合文化资本，谋划合作共赢的经营与发展理念。张秋林卸任二十一世纪出版社社长之际写下一篇长文《写在告别时刻的告白——刻骨铭心：那些事，那些人》[1]，回忆当年和曹文轩结识时的情景，感叹"彼此一见如故……为他的才华所倾倒。为振兴中国儿童文学，我们相约在庐山召开一次'新潮儿童文学编委会'"。张秋林和曹文轩"一见如故"的这次会议就是1986年4月在烟台召开的"全国儿童文学创作会议"。

张秋林和许许多多的中外儿童文学作家和出版人士都有类似的"一见如故"，与郑渊洁、曹文轩、波兰裔著名绘本作家麦克·格雷涅茨[2]、日本白杨社社长坂井宏、麦克米伦儿童出版集团总裁乔纳森·亚戈德等人的相逢，无不相见恨晚、惺惺相惜。作为一位成功的出版人，张秋林入选2016年度"中国十大出版人物"，在"2017书业年度评选"中获得"年度出版人"大奖。对创造了如此"童书江湖"的张秋林来说，这些荣誉实至名归。

在网络营销方面，二十一世纪出版社实行"全网"战略，分别与当当、京东、亚马逊建立密切的合作关系，并在天猫建立世纪浪翔旗舰店和自营店，全网销售达2.3亿元，在全国出版社中名列前茅。仅2014年"双十一"就销售过千万码洋。2016年二十一世纪出版社集团经济规模和总量居全国少儿出版社之首；2016年、2017年少儿图书市场综合占有率在全国排名第一。二十一世纪出版社不仅关注出版资源的整合，也非常注重销售渠道的拓展。

1　参见2018年5月8日百道网站及微信平台张秋林的署名文章《写在告别时刻的告白——刻骨铭心：那些事，那些人》。

2　麦克·格雷涅茨（Michael Gregniec），1955年生于波兰，在欧洲从事插图工作，1985年移居美国后，与《纽约时报》等进行合作，很快引起了西方各界的关注。在美国期间的主要作品有《早安，晚安》（*Good Morning, Good Night*）《你在口袋里放了什么？》（*What Did You Put in Your Pocket*）。1996年以《月亮的味道》获得日本绘本奖，2001年之后移居日本专门进行绘本创作，与细野绫子合作《彩虹色的花》是在日本期间的代表作品。

为了拓展民营经销商的国际视野，自2010年起，张秋林五次带领中国优秀民营经销商走出国门，奔赴意大利博洛尼亚国际童书展。每一次博洛尼亚研修之旅，张秋林都会设计行程、培训项目，帮助中国民营经销商和国际顶尖出版集团拉近距离，使中国童书和世界童书相遇。2015年3月30日，在第52届博洛尼亚书展"世界年度最佳童书出版社"的评选中，二十一世纪出版社在亚洲地区众多实力雄厚的品牌出版社中脱颖而出，获得"2015世界年度最佳童书出版社"的殊荣。这份沉甸甸的荣誉，属于张秋林和他经营三十多年的"童书江湖"。

第五章

绘本翻译活动中的译者

5.1 绘本翻译中的"彭懿现象"

彭懿1958年出生于辽宁沈阳，父亲是东北工学院（今东北大学）教授，母亲是沈阳一家医院的医生。作为内地高产的绘本译者之一，彭懿的斐然成就和他的成长环境密不可分。对阅读和画画的喜爱让彭懿从小对语言和绘画的审美非同一般。他喜欢小动物和大自然，喜欢漫无边际地幻想。他喜欢昆虫，一度想当一名昆虫学家，成天和美丽的昆虫打交道。这一理想伴随着彭懿考入复旦大学生物系昆虫学专业，他少年时代的理想眼看着就可以实现了。

然而彭懿的人生从来都不是循规蹈矩的，他的人生就如同他所执着的儿童幻想文学和绘本一样，充满无尽的精彩和太多的出其不意。彭懿是一名有着多重身份的译者，他既是儿童文学作家和儿童文学理论研究的学者，也是儿童文学编辑，做过科教片电影编导，还是一名专业的摄影师。同时，彭懿有扎实的素描功底，是一位名副其实的画家，也曾有出版社不惜重金请他为昆虫图鉴画图。

彭懿从事儿童文学写作始于在复旦大学读书期间。然而，1982年彭懿大学毕业后的第一份工作是华东粮食局的粮库害虫防治技术员。这个工作，他只干了一天。之后彭懿进入上海科教电影制片厂做编导，于1983年出版科普作品《西天目山捕虫记》，并为全书绘制插图。后来彭懿进入上海少年儿童出版社从事儿童图书编辑工作。在这期间他重拾在大学期间创作幻想儿童文学的爱好。1984年在《少年文艺》上发表童话作品《涂糊糊的壮举》，此部作品一举成为20世纪80年代"热闹派"童话的代表作品。

因《涂糊糊的壮举》"走红"的彭懿，创作了许多"热闹派"童话，如《四十大盗新传》（1986）、《太阳系警察》（1987）、《外星人抢劫案》

（1987）、《爸爸的秘密摄像机》（1987）等。由于他拥有昆虫学专业素养和出版昆虫图册的经验，彭懿于1988年出版了一本科普图画书——《蝴蝶世界的奥秘》。1989年和1990年，彭懿新创作的图画书作品《橡皮泥大盗》《古堡里的小飞人》《蓝骨》相继出版。这三部作品具有明显的幻想文学的特征，被视为彭懿进入绘本翻译和研究领域的前奏。彭懿和郑渊洁、周锐并称为"热闹派"童话作家。

当儿童文学界都期待这位崭露头角的"热闹派"作家进行儿童文学创作的时候，彭懿1989年东渡日本，让许多人大为惊讶。然而彭懿的内心是笃定的，日本有他钟爱的幻想儿童文学作家，也有当时较成熟的儿童文学创作理念和体系。彭懿虽然暂时告别了儿童文学编辑工作，却从未中断对儿童文学的创作和研究。

1994年，彭懿获得日本学艺大学教育学硕士学位。在日本的六年，彭懿研读了大量儿童文学专业书籍，他的日语水平也在持之以恒的学习过程中不断提高，这为彭懿后来翻译日本儿童文学作品奠定了坚实的基础。我们从彭懿早年创作的作品中不难看到日本幻想文学作家安房直子等人的影子，世界各国的幻想文学所秉持的都是一种天马行空、无往不胜的游戏精神，这是因为儿童对游戏、幻想、冒险和大结局的本能期待是全世界儿童精神世界的通感。执着于幻想儿童文学写作的人一定有浪漫的情怀。他的幻想世界既烂漫清丽，又异彩纷呈。彭懿本人的人生之路亦如此，他走的路都是"未走之路"，当然也是不可复制的"幻想之路"，这一路充满挑战、探索和冒险。

"惯习是一整套性格倾向系统，它使得社会实践活动的参与者以某种方式行事……而这种性格倾向经由渐进式的灌输而来，这其中童年的经历尤为重要。"（Bourdieu，1991：12）彭懿作为儿童文学作家和翻译家的"惯习"深深植根于养育他的家庭环境，他在求学和职业生涯中的重大人生抉择都受益于宽松、友好的家庭氛围。他喜欢阅读，父母给他创造了阅读环境；他喜欢画画，父母把他送到专业画家那里去学画画；他喜欢昆虫，父母支持他报考昆虫学专业。这样的"放养式"教育在20世纪六七十年代的中国是非常少见的。彭懿的家庭是典型的知识分子家庭，这样的家庭虽没有显赫的经济基础，但父母的知识修养和人生视野却成就了彭懿。

儿童文学的色彩是幸福和明快的，低幼文学更是如此。绘本作为低幼文学最普遍的载体，它的创作者需要有足够丰盈的童年体验才能描画出童年的纯真美好，而幻想世界的恣意汪洋也源于童年体验的幸福与完满。我们从彭懿的幻想文学原创作品和长长的译作年表中读到的是一颗幸福的心灵、一个向往自由和童真的灵魂。

地域、文化和语言的阻隔并不妨碍优秀的作家被无形的磁场互相吸引，他们创作的作品在风格和内容上彼此相通。和彭懿的幻想儿童文学世界产生交集的作家有不同国别的幻想儿童文学作家，其中绝大部分幻想儿童文学作家来自日本。彭懿翻译的日本绘本作品数量是令人惊叹的。他翻译的绘本作品涵盖了日本儿童文学史上最有成就的代表作家。深见春夫、铃木典丈、伊势英子、宫西达也、土田义晴、长谷川义史、岩村和朗、松冈达英、宫泽贤治、内田麟太郎、新美南吉、山胁恭、手岛圭三郎、秋山匡、矢玉四郎等日本最负盛名的绘本作家的主要作品在彭懿的译介下拥有了中国读者。

特别值得一提的是，彭懿的妻子杨玲玲从事英语小说和绘本翻译，彭懿和杨玲玲的名字频繁出现在各种译出语为英语的绘本翻译作品的封面上，成为业内高水准翻译作品的代名词。而和彭懿的名字经常同时出现在日本绘本封面上的，是拥有丰富儿童文学翻译经验的译者周龙梅。

彭懿和杨玲玲翻译的英语绘本，拓宽了彭懿在绘本翻译领域的多元化探索，彭懿多重身份重叠的职业生涯中又增加了一项可观的文化资本。与杨玲玲合译的英语作品，并没有消解和减弱彭懿和杨玲玲各自作为翻译家所持有的象征资本，而是进一步加深扩展了他们在儿童文学翻译领域的认可度，在图书消费者群体中形成了品牌。彭懿和周龙梅合译的大量日本绘本作品，也同样形成了一种翻译质量上乘的读者认知，形成了一种稳定、可靠的价值符号，成为同类图书产品中原版绘本获奖信息之外的营销推手。

台湾绘本作家、插画家李瑾伦[1]在访谈中谈及她在英国读硕士期间，在课程毕业展上的作品被英国沃克（Walker）出版社看中，随即接受了该出版社的邀约。当时她非常期待出版社给她一些规则，然而"有没有规则呢？其实是没有的"。绘本作品中得到别人认可的元素是创作者本人需要一一理清的："和出版社做书的过程中，我学到的最重要的必定每次问自己的规则：谁要出场，她穿什么衣服，她什么年纪，她有没有家人，她住在哪里，她的环境是什么，有没有养动物，她的一些生活细节，这些东西一定要把它带进来，为什么，要让孩子知道说这个故事发生在哪，都要出现。"[2]

在谈及绘本作家和出版社的关系时，她坦言："我们都是出版社的艺人，画家应该专注在创作上，但我们也要有心聆听合作出版社的建议，让我们了解我们做的书，对方希望的规则是什么，他们为读者考虑的是什么。在所有的条件里面，如何保持自我，这个是创作很重要的元素，如果今天一个编辑说了一个意见，就听那个意见，我觉得那本书就做不好，我们要先找到自己在哪里。"[3]

市场需要什么样的绘本，"彭懿现象"给出了答案。

5.2 绘本翻译中隐没的译者群体——以"千太阳现象"为例

在文化"碎片化"的语境中，经典作品的意义和影响力不断被消解，互联网渠道获取阅读资源的便捷和自媒体平台的蓬勃发展使得文本作者的身份变得模糊；对翻译文本而言，译者身份则被隐没在海量信息与大众文化产品的快速消费过程之中，这样的现象在字数较少的引进版图画书中体现得格外突出。随

1　李瑾伦（Chinlun Lee），台湾著名绘本作家、插画家。1988年毕业于中国台湾世新大学，1999年获英国皇家艺术学院插画硕士。主要代表作有《32》《子儿，吐吐》《一位温柔有钱的太太和她的100只狗》《动物医院39号》《靠窗的位子，光线刚好》等。

2　摘自微信公众号32页绘本工作室YirAn怡然的文章《绘本创作规则是什么？——李瑾伦讲座回顾》。

3　摘自微信公众号32页绘本工作室YirAn怡然的文章《绘本创作规则是什么？——李瑾伦讲座回顾》。

着图画书市场的快速发展，图画书的引进渠道不断拓展，出版规模逐年加大，题材种类更加完善，读者购买与阅读选择日趋多元。在创作与出版理念不断进步、绘本新作不断推出的背景下，引进绘本的作者身份也进一步被消解，去经典化的趋势稀释了受众对传统经典作品的购买与阅读需求。

对普通读者而言，哪位插画家绘制了这些图画，他的绘画叙事风格和其他插画家有什么不同，都无关紧要。绘本创作者的身份是模糊的，遑论绘本译者的身份。绘本翻译活动中的译者作为翻译个体存在的意义经常混杂在出版营销的各种软文中。以当当网为例。知名译者如儿童文学翻译家任溶溶、绘本作家及译者彭懿以及其他自身持有相当符号资本的译者《哈利·波特》的译者马爱农[1]、"80后"作家安妮宝贝[2]翻译的绘本作品均会对译者信息等相关内容在"图书详情"或其他板块进行特别宣传，而译者为该绘本所写的介绍性文字也会被单独提及。与此同时，绘本的封套或封面均会在显著位置以"倾情翻译"的方式进一步渲染。

知名翻译家或持有相当符号资本的绘本翻译者的名字常被提及，其他个体译者的身份对图书营销来说无关紧要，更无须特别提及，他们的身份隐匿在形成品牌价值的某个大型机构的名号身后。而这些机构有着多年绘本出版与推广的丰富经验，其内部有完整的翻译操作流程和审查机制。

和广义上的从事儿童文学翻译的群体类似，绝大部分绘本译者都有全职工作。整体来看，绘本翻译呈现出以个体译者翻译为主的模式。除了一小部分高产译者，相当多绘本译者翻译的作品只有区区几册。译者未署名或未在封面等显著位置署名的主要是一些绘本馆推出的产品。对译者姓名的隐没，尤其是对非知名译者姓名的隐没在某种程度上是出于提升某个品牌受众影响力的考虑。

---

1 马爱农（1964— ），江苏南京人，与其妹马爱新合译《哈利·波特》。马爱农主要绘本翻译作品有《奇先生妙小姐双语故事》《奇先生妙小姐经典新故事》《奇先生妙小姐冒险科普绘本》等。

2 安妮宝贝（1974— ），浙江宁波人，中国作家富豪榜上榜作家，其文学作品深受文艺青年的喜爱，主要代表作有小说《告别薇安》《八月未央》《蔷薇岛屿》《春宴》。2014年，安妮宝贝发微博称自己的笔名改为"庆山"。以"安妮宝贝"署名出版的绘本翻译作品《有一天》和《白雪晶晶》均由新星出版社出版，另有以"庆山"署名的《狐狸与星》由未来出版社出版。

笔者通过计量统计发现，蒲蒲兰仅在二十一世纪出版社和连环画出版社出版的不署名译者的绘本就有百余册。在这些系列图书背后是由一个个翻译个体组成的翻译群体，这个翻译群体通常都是不署名的，是被隐没的群体。

在日韩绘本翻译领域，有两位译者不得不提。彭懿主译日本绘本，也翻译英语绘本；千太阳主译韩国绘本，也翻译日本绘本。和日语儿童文学翻译领域的"彭懿现象"一样，朝鲜语翻译领域的"千太阳现象"也同样引人瞩目。然而，和彭懿不同，"千太阳"已经成为商标一样的存在。2007年以来，从韩国图书市场上引进的几百部畅销书都出自译者"千太阳"之手，这显然不是一个个体译者可以完成的任务。虽然绘本类图书的文字占比很少，但是千太阳所译的畅销书动辄就是几百页的大部头，"千太阳"译名背后是一个组织有序、分工严密的团队。他们没有名字，但是每一部冠以"千太阳"译名的畅销书之后，都浸透着这些个体译者的汗水。

和普及度极高的英语不同，有朝鲜语翻译能力的群体要么是朝鲜族，要么是曾有朝鲜语专业学习背景的相关人士。朝鲜族有先天语言优势，这在整个韩国绘本翻译领域也较为普遍。非朝鲜族译者大都毕业于国内院校，其中有相当一部分译者毕业于国内开设朝鲜语专业历史最悠久的院校——延边大学。

朝鲜族译者中，绝大部分都有国内汉语言文学相关专业的教育背景，其中也有相当一部分毕业于延边大学汉语言文学专业或就职于延边大学。比如金莲兰1982年毕业于延边大学汉语专业，金春红2010年获延边大学中国现当代文学专业硕士学位，朴莲顺是延边大学教师、延边大学出版社编辑。非朝鲜族译者中，绝大部分译者曾就读于国内外语院校或其他设有朝鲜语专业的高等院校。比如自由译者杨俊娟毕业于北京语言大学朝鲜语专业，俱可欣毕业于北京第二外国语学院朝鲜语专业，戎麈毕业于南京师范大学朝鲜语专业。除"千太阳"以外，韩国绘本译作数量最多的译者当属李炳未，他也是供职于世界图书出版公司的编辑。

"千太阳"是朝鲜语和日语译者千日的笔名，"千太阳"出版的大部分译作都以"千太阳"为译者名，也有一小部分用了他的本名"千日"。千日是中国翻译协会韩国语、日语资深会员，中国作家协会会员。公开资料显示，千日

1999年毕业于北京师范大学中文系,已翻译出版《水浒志》《十八史略》《池袋西口公园系列》等多部韩、日语图书。2006年,以他的名字命名的"千太阳文化发展有限公司"成立。除了图书编辑和翻译家的身份,千日还是韩国文学翻译院、韩国出版文化产业振兴院特约专家,负责中国出版的韩国文学作品的译稿审定工作。

"千太阳"已经成为朝鲜语翻译领域的一面旗帜。仅在绘本翻译领域,据不完全统计,出版"千太阳"翻译绘本的出版社有安徽少年儿童出版社、浙江少年儿童出版社、长江少年儿童出版社等三十多家出版社。"千太阳"在各类引进版韩国童书尤其是绘本中频繁出现,和其他引进版韩国图书一起,形成了强大的品牌辨识度和市场影响力。

"千太阳"的翻译领域非常广泛,仅在儿童绘本翻译领域,以"千太阳"的译名翻译出版的绘本数量占整个韩国引进绘本的三分之一。动辄几十册的套装书在绘本领域是一种普遍现象,在"千太阳"翻译的韩国绘本中,有不少是这种"大部头"。如《小海绵科学启蒙绘本》分4辑共40册、《塔木德故事》分"爱系列""幸福系列""智慧系列"3辑共30册、《科学好好玩》系列共30册、《身边的科普认知绘本》分3辑共20册、《漫画世界》系列共13册、《出发!知识探险队》分三辑共12册、《小牛顿实验室》系列共11册、《青少年科学探险漫画》《小学生第一套学习漫画百科:原来如此》和《小男子汉心灵训练营》系列共10册。

从类型上来看,"千太阳"的翻译涵盖绘本涉及以下领域:"千太阳"翻译科普类绘本,如《少年法布尔的昆虫冒险记》《植物王国大冒险》《冒险去,鲁滨孙!世界探险之旅》系列;翻译学科知识类绘本,如《数学大将》系列、《阶梯数学》系列、《千万别恨数学》、《I can! 美语》系列和《从美国中小学课本学英文》;翻译益智类绘本,如《超强大脑益智游戏》《孩子最喜欢和爸爸玩的99种游戏》《宝宝的第一本创意美术游戏书》《和纸做朋友》《翻绳变变变》,以及《IQ+EQ宝贝全脑训练》系列;翻译情感启蒙类绘本,如《飞吧,小鸡》《爱的分享亲子启蒙绘本》;翻译人物传记类绘本,如《列奥纳多·达·芬奇》《玛丽·居里》和《查尔斯·达尔文》系列。偏重文学性的

绘本在韩国绘本中是较为少见的类型，"千太阳"翻译的绘本中这类绘本也只有零星几本，如《宋老师的二年三班》《笨笨公主历险记》。

和彭懿对幻想文学的偏好有所不同，"千太阳"的绘本翻译选材没有明显的倾向性。当然，这也和韩国绘本类图书的文学性整体偏弱有很大的关系，韩国绘本中文学类绘本的占比本来就非常少。在韩国，绘本于2010年前后进入引进翻译的高潮之前，"千太阳"翻译出版的朝鲜语作品是一些文学影视题材作品，如2007年出版的《独步乾坤》《黄真伊》《王的男人》这三部作品。

作为儿童文学研究者，彭懿的翻译兴趣和研究的关注点全部集中在儿童文学，尤其是幻想儿童文学之上。作为高产的韩国绘本翻译者，千日的翻译视线在整个朝鲜语出版市场，尤其是韩国和日本的畅销书上。以"千太阳"之名翻译出版的大量韩国及日本畅销书，既积累下相当的文化资本，也间接地为"千太阳"进入绘本引进市场做了充分的铺垫。

东亚文化对成功学的追捧催生了许多以"成功方法"和"成功之道"为主要内容的营销、管理和职场能力培养等主题紧密相关的畅销书。按类别来看，署名"千太阳"的图书主要有经济及管理类畅销书《稻盛和夫的最后一战——拯救日航》（日本）、《谈判思考的技术》（日本）、《重返问题现场》（日本）、《三星的人才经营》（韩国）、《销售密码》（韩国）、《麦肯锡经营的48个工作习惯》（日本）、《顶级市场总监的秘密笔记》（韩国）、《大恐慌入门——金融操控全世界》（韩国）、《下一个倒下的会不会是三星：强大品牌是如何炼成的》（韩国）、《怎么做最牛的团队当最好的领导》（韩国）、《怎么做事老板才会满意　如何用人员工才不抱怨》（韩国）、《史上最简单的经济书》（韩国）、《震撼世界的经济领袖们》（韩国）、《一个人上东京》（韩国）、《销售密码》（韩国）、《想象之锤》（韩国）、《吉野家的逆境经营学》（日本）、《钱不要存银行》（日本）。

职场励志类有《开粉色奔驰的销售女王》（韩国）、《20几岁，决定女人的职场身价》（韩国）、《像秘书一样行动》（韩国）、《TOP巅峰——挑战自我的222成功路线图》（韩国）、《像乔布斯那样梦想，像盖茨那样成功》（韩国）、《约定的力量》（韩国）、《丛林中的来信：唤醒未知的生命能

量》《我在奔跑：从沙漠到北极》（韩国）、《死扛职场第一年》（韩国）、
《别告诉我你会侃大山》（韩国）、《100个成功大师比不上一个靠谱青年》
（韩国）、《成就你的明星梦》（韩国）、《一等的秘书，未来的领袖》（韩
国）、《低智商社会》（日本）、《会说话，让全世界都听你的》（日本）、
《倾听术》（日本）、《让胜利成为习惯》（韩国）、《一句话的力量》（韩
国）、《像艺术家一样思考：CEO的创意读本》（韩国）、《滚开！这该死
的命运》（韩国）、《韩式礼品包装》（韩国）、《魔法钱包》（韩国）、
《永不说放弃：韩国"三毛"的紧急救援人生》、《66种场合的说话术》（韩
国）、《女人的职场芭蕾课》（韩国）、《别让常识骗了你》（韩国）等。

趣味心理学类有《隐藏的心理学》（韩国）、《每天都是最后一天》（韩
国）、《情绪自控力》（韩国）、《今天你可以不生气》（韩国）、《敏感动
物》（韩国）、《7次精神慰藉》（韩国）等。

都市休闲类有《狂恋高跟鞋》（韩国）、《优雅与质感——熟龄女性的
风格着装》（日本）、《幸福的杯子美食》（韩国）、《为家人编织毛衣》
（韩国）、《我钟情的手编毛衣》（韩国）、《送给宝宝的手编亲子装》（韩
国）《裴斗娜的潮流编织》（韩国）等。

亲子教育类有《世界名门的子女教育》（韩国）、《幸福育儿——金圣妍
育儿圣经》（韩国）、《父母革命99日》（韩国）、《当韩国爸爸遇见日本爸
爸：孩子可以爱，但不要宠坏！》（韩国）、《妈妈使用说明书》（韩国）、
《会唠叨的父母成就孩子一生》（韩国）等。在铺天盖地的"千太阳"翻译的
成功学相关的韩国图书之外，也有少数传统意义上的文学作品，如《幽灵列
车》（日本）、《秘密花园》（韩国）、《少女的复仇》（日本）和《池袋西
口公园》系列（日本）等。

另外，千太阳还有少数自韩语版转译或编译的英文著作的译作问世，如
《公司绝对不会告诉你的50个大秘密》（美国）和《杰克与仙豆》（澳大
利亚）。

"千太阳现象"的背后，是一个庞大的被隐没的翻译群体。

5.3 绘本翻译活动中的阅读推广人

绘本的译者群体中有作家、专业译者、业余翻译爱好者及热衷于绘本读物推广的中产阶级父母群体。绘本翻译中身兼阅读推广人身份的父母群体是不可小觑的力量。他们对绘本内容与形式的洞察力，双重读者身份（作为父母的普通读者和作为绘本朗读者的读者）和译者双重身份（作为译者的译者和作为父母的译者）视野下的翻译期待，都要远远高于其他译者，他们也更关注绘本语言在儿童阅读或朗读场景中的适恰性。

在绘本翻译场域内，童书推广人的身份通常是多重的，他们集编辑、翻译和作家等不同角色为一身，优秀的国外绘本作品经由他们的推荐或翻译进入出版序列，走进读者的阅读视野。他们中有人从童书编辑的身份逐渐进入绘本翻译和创作的领域，也有人以童书作家的身份逐渐加入绘本翻译和创作的队伍。正是因为他们同时兼任多重身份，绘本翻译这个通常被场域之外的人士视为门槛极低的工作才吸引了一大批优秀的儿童文学工作者，名家名译的绘本作品才得以成为童书市场"长销长旺"的产品。

在绘本翻译领域，阅读推广者翻译绘本较普遍。彭懿、方卫平、梅子涵、阿甲、漪然、枣泥、李一慢、梅思繁、余治莹、方素珍、孙慧阳、唐亚明、戴萦袅、王志庚等阅读推广者的名字，经常出现在优秀引进绘本作品的封面或腰封上，他们对绘本作品内容的评析也通常被摘引后出现在当当网等在线图书售卖平台的图书详情介绍的页面中。

在大陆，方素珍[1]以"播撒阅读种子的花婆婆"闻名。方素珍的名字在大陆童书界的"虹吸效应"，不仅体现在其创作和翻译作品上，还有方素珍代言或

1　方素珍（1957—　　），台湾宜兰县人，毕业于辅仁大学教育心理系。历任海峡两岸儿童文学研究会理事长、康轩教科书编委、香港教育出版社语文科顾问、首都师范大学学前教育学院绘本阅读中心顾问，代表作有《我有友情要出租》《妈妈心·妈妈树》《祝你生日快乐》《萤火虫去许愿》《明天要远足》《可爱动物操》《真假小珍珠》《方素珍童话Pizza》《你想要一颗星星吗？》等童书，并以翻译美国绘本作家芭芭拉·库尼的作品《花婆婆》（*Miss Rumphius*）而拥有"花婆婆"的美誉，并在大陆成为兼具文化和商业双重价值的童书出版和营销的符号。

以方素珍之名进行推广的各种童书产品及童书阅读上。固然台湾当代最优秀的儿童文学作家绝非只有方素珍，但方素珍成功地将其在台湾积累的文化资本通过海峡两岸的文化交流机制带给大陆的童书市场。源自方素珍本人所译绘本的"花婆婆"这一巧妙人设已成为中国大陆童书领域非常有影响力的品牌。方素珍原本只在台湾地区的儿童文学场域所持有的文化资本在大陆童书消费的巨大市场中进一步累积，成为中国绘本创作及绘本翻译场域中非常有辨识度的符号。

1988年，方素珍访问了大陆的7位台湾儿童文学作家，参观了安徽、上海、北京等地（齐童巍，2016：13）。自20世纪90年代以来，方素珍的作品和其他十几位台湾儿童文学作家的作品一道在大陆首次出版。作为最早被介绍到大陆的台湾儿童文学作家之一，方素珍和大陆童书出版界结下了深厚的友谊。"由于两岸出版业者、儿童文学创作者、研究者的持续合作，两岸的童书交流更加呈现出热络、深入的局面。截至目前两岸已经有数十位优秀儿童文学作家的作品被介绍到了对岸，出版了大概400余种对岸的儿童文学作品。"（齐童巍，2016：14）这400余种图书中，方素珍的作品占了很大一部分。

在中国，阅读推广者这一带有明显公益性质的职业，伴随着新世纪国内绘本的引进而诞生，绘本翻译和阅读推广共同促成了本土绘本出版和消费的浪潮。因此，绝大部分阅读推广者和绘本翻译有着很深的渊源。方卫平、梅子涵等著名儿童文学作家和儿童文学研究学者虽然鲜有直接参与绘本或广义上的儿童文学作品的翻译，但他们却是绘本引进和翻译出版的积极推动者；以彭懿、余治莹为代表的翻译家和儿童文学作家，既翻译和创作了大量儿童文学作品，也是阅读推广活动中持有最多象征资本的营销符号；以王志庚[1]为代表的阅读推广人则是在童书出版场域中的专家型译者，王志庚拥有"国家图书馆典藏阅览部主任兼少年儿童馆馆长"等象征"权威"和"专业"的头衔，以他的名义进行推广的绘本作品，具备某种"权威"和"专业"的属性。

绘本翻译活动中的其他参与者则以从事儿童图书编辑工作的专业人士为主，他们不仅有丰富的童书编辑经验，也有大量的绘本译作出版。和普通译者

1　王志庚，笔名"司书人一"，国家图书馆典藏阅览部主任兼少年儿童馆馆长、童书翻译家、知名儿童阅读推广人。

的绘本翻译作品相比，阅读推广人的绘本翻译作品有更为明显的对名家名作的偏爱。以阿甲的译作为例。他的译作《警犬巴克尔和警犬葛芮雅》《晴朗的一天》《淘气小鸽子》《阿莫的生病日》都是凯迪克金奖作品；《孩子的晚安书》曾获凯迪克银奖，《狼蜗——后花园的捕猎者》《一个超级棒的朋友》曾获苏斯博士银奖；从绘本原作者方面来看，阿甲译《神笔小熊系列》《穿越魔镜》《看看我有什么吗？》代表了阅读推广者对名家作品的偏爱，其作者英国绘本作家安东尼·布朗和美国绘本作家李欧·李奥尼（阿甲共翻译李欧·李奥尼的系列作品共两辑15册）所持有的巨大象征资本就是作品出版之后天然的营销符号。安东尼·布朗曾两次获凯特·格林威大奖、三次库特·玛斯勒奖、德国绘本奖、国际安徒生大奖、荷兰银铅笔奖及艾米克奖；李欧·李奥尼则是四次凯迪克大奖得主。

从原作绘本的出版形式来看，阅读推广人也同样偏爱拥有同一主题的系列绘本作品，阿甲的译作"比得兔"系列，连环画出版社分别于2011年、2013年、2014年、2016年出版《比得兔的世界》《比得兔的新故事》《比得兔的故事》《比得兔的游园奇遇》，新蕾出版社2015年出版了《比得兔玩具书》系列，北京少年儿童出版社2016年出版《比得兔幼儿行为培养互动故事书》等6种；阅读推广人也通常会将知名绘本创作者的系列作品以合集的形式翻译出版，出版机构以合集的形式出版名家作品，图书网络销售平台则通常将名家作品的全系列都添加到购买备选的选项中，或将知名绘本作者的不同系列作品并置在购买的备选选项中，此举增加了著名绘本作者及其作品的曝光度，强化了图书消费主体的儿童家长对名家系列作品的偏爱和依赖。计量统计显示，阿甲译《米菲绘本系列》30册、《李欧·李奥尼作品集》15册、《比得兔的世界》全套8册、《洛克王国大冒险》8册、《小笨猪与大坏狼》6册、《经典四季童诗系列》4册、《古纳什小兔》3册。知名绘本创作者和作为阅读推广人身份的译者频繁出现在某个系列的绘本封面、腰封或图书销售平台的营销文字中，逐渐累积起一种名作名译的符号资本。

通过对阅读推广人译作的计量统计分析，不难发现阅读推广人与译者身份的重叠使得知名绘本创作者的作品在国内童书市场形成了独特的象征资本，而这种象征资本在图书销售平台被转化为具体的销量数字。阅读推广人这一公益性质的身份标签背后，隐藏的是图书出版与消费链条中的市场需求。因绘本翻译而声名鹊起的译者会成为其他绘本的阅读推广人，而阅读推广人的身份又使得译者有了更多的翻译大奖绘本的可能性。

因篇幅限制，笔者无法对上述身兼译者和阅读推广人双重身份的所有绘本译者的翻译活动进行梳理，我们可以窥一斑而知全豹。绘本翻译活动中的阅读推广人是绘本译介、传播和接受这一链条中的重要一环，他们的努力具有公益性质，也为他们个人及绘本出版行业中的其他利益相关方创造了可观的经济价值。

5.4 绘本翻译中的文化资本代际传递

放眼绘本创作和翻译领域，夫妻档、父子（女）档、兄弟档等基于家庭或血缘关系基础上的合作关系较普遍，强势一方在场域内迅速集聚起相应的资本，并在场域内较顺利上升。国内著名儿童文学家和儿童文学研究学者梅子涵与女儿梅思繁联袂推出的《爸爸的故事》（梅思繁著）和《女儿的故事》（梅子涵著）系列可以被视作一次精心策划的、时间跨度长达20年之久的一次文化资本的累积与传递。20年前，梅子涵以女儿为原型创作了《女儿的故事》这一文学作品，梅子涵的形象通过这部作品不断进入读者的阅读视野，不过以梅子涵为原型的"女儿"在她上中学后就淡出公众的视线了。20年后，梅思繁在爸爸的一路扶持下成长为一名优秀的独立女性。从法国索邦大学获得文学硕士学位之后，梅思繁潜心文学创作和文学翻译，在父亲经营多年的场域崭露头角。《爸爸的故事》既是一部向父亲的致敬之作，也是梅思繁在儿童文学场域中迅速获取象征资本的一部开山之作。

在本土优秀儿童文学作家群不断崛起的语境下，一部创作于20世纪90年代的文学作品再次回归新时代读者的阅读视野，堪称一个非常完美但又不具太强可复制性的图书营销范例。"两段接连盛放的生命故事，最终汇聚在《爸爸的

故事》和《女儿的故事》当中，成为一次跨越时空的亲子对话。"[1]我们不可否认，梅思繁有极高的写作天赋，她把女儿对父亲的依恋、崇拜等所有的细腻情感全部浇筑在了这部致敬之作中。正如殷健灵为这本书写的推荐语所说："《爸爸的故事》之所以动人，不是因为它写的是梅子涵，而是因为，它写出了一个父亲真实的虚弱、温情、关切、无助和惆怅，这是一个未经矫饰的情感世界。这是所有人的父亲，也是所有人对理想父亲的向往。思繁是幸运的，她有一个怀抱赤子之心的好父亲。"[2]

凭借自己的过人才华，又有父亲在场域内持有的巨大象征资本助力，梅思繁目前已经有多部儿童文学翻译作品和超过80部绘本翻译作品问世，其中包括海豚花园绘本馆和漂流瓶绘本馆分别于2009年和2016年推出的比利时著名绘本作家嘉贝丽·文生的绘本作品16本，以及英语、法国、德国、意大利、荷兰、新西兰、美国、加拿大等不同国别的优秀绘本作家的畅销作品。在文学创作方面，早在2001年，梅思繁凭借一篇反映高三学习生活烦恼的作文《朝北教室的风筝》获得第三届新概念作文大赛的一等奖。同年，梅思繁的小说作品《"秀逗"男生》出版，2017年，梅思繁的儿童文学创作作品《小红豆》（9册）系列出版。除了写作和翻译，梅思繁还热衷于优秀童书的推广工作，在中国本土青年儿童文学作家中，梅思繁的译著数量颇丰。除了大量的绘本翻译作品，梅思繁近年来还翻译了两部有分量的儿童文学理论著作：保罗·阿扎尔（Paul Hazard）[3]的《书、儿童与成人》（*Les Livres, Les Enfants et Les Hommes*）和

1　参见新浪网"新浪读书"于2016年6月29日刊载的文章《梅子涵、梅思繁〈爸爸的故事〉联袂诠释父女情深》。

2　参见当当网在售图书《爸爸的故事》与《女儿的故事》"媒体评论"中殷健灵的推荐语。

3　保罗·阿扎尔（1878—1944），法国20世纪上半叶著名学者、文学史家，先后任教于法国里昂大学、巴黎索邦大学和美国哥伦比亚大学，1939年入选法兰西学院院士，代表作有《欧洲意识危机：1680—1715》《十八世纪欧洲思想史：从孟德斯鸠到莱辛》《书、儿童与成人》。保罗·阿扎尔的《书、儿童与成人》一书和李利安·H.史密斯的《欢欣岁月——李利安·H.史密斯的儿童文学观》被并称为世界儿童文学理论双璧。

李利安·H. 史密斯（Lilian H. Smith）[1]的《欢欣岁月——李利安·H. 史密斯的儿童文学观》（*The Unreluctant Years: A Critical Approach to Children's Literature*）。

2014年，湖南少年儿童出版社将这两部儿童文学理论译著以"世界儿童文学理论经典书系"之名首推，曾引起儿童文学研究学界的广泛关注。无可否认，梅子涵为梅思繁进入儿童文学场域创造了优质的家庭教育环境，在文化资本的代际传递中，梅思繁顺理成章地继承了父亲耕耘一生的事业。然而，成就梅思繁作为著名儿童文学译者身份的，还是她个人的不懈努力和坚持。

在一次访谈中，梅思繁向记者回忆了她翻译这两部理论著作期间的经历："我当时在巴黎大学念博士，我们学校有一个研究室就叫阿扎尔研究室，因为阿扎尔在巴黎大学任过教。能够翻译这样一位法兰西学院重要的学士的作品，我当然是非常的荣幸。阿扎尔的《书、儿童与成人》从来没有直接从法语翻译成中文，以前的台湾版是从日语编译过来的，跟原版的内容差了很多，所以王老师找到我，我觉得这是一件非常有意义的事情。《欢欣岁月》我也是咬牙译出来的。一个是因为难译，二是译的时候我正在生病。在翻译《书、儿童与成人》时，我的扁桃体也发炎了。不过，最终能把两本这么重要的书用中文呈现，是一件标志性的事情。不管读者到底有多少，书成功出版就是一件让人非常欣慰的事情。"[2]

梅思繁从上海戏剧学院毕业后，进入巴黎索邦大学学习，获法国文学与比较文学硕士学位，毕业后留在法国工作。优秀的文学基因、学贯中西的文化修养和良好的外语水平塑造出了一个绘本翻译领域耀眼的"文二代"梅思繁。

文化资本的代际传递在绘本创作与翻译领域并不少见。英国绘本《佐伊和

1　李利安·H. 史密斯（1887—1983），毕业于加拿大多伦多大学，长期任职于多伦多图书馆。1952年，美国图书馆协会出版了她的著作《欢欣岁月——李利安·H. 史密斯的儿童文学观》。在此书中，史密斯对儿童文学的不同领域作了全面的概述，同时阐述了书籍对儿童的重要性。此书至今仍然是图书馆从业人员的必读之作，也是世界公认的儿童文学理论经典著作。

2　参见搜狐爱阅公益频道的文章《专访梅思繁：每一次翻译，都是"二次创作"》。

豆豆》（*Zoe and Beans*）的作者克洛·英克潘（Chole Inkpen）和米克·英克潘（Mik Inkpen）是父女。克洛·英克潘是米克·英克潘的女儿。父亲米克是知名英国绘本作家，其作品曾获得过两次英国图书奖、一次英国儿童图书奖；女儿克洛是英国绘本领域的后起之秀，也是麦克米伦世纪童书力推的作家之一。

博季诺夫·戈尔巴乔夫（Bojinov Gorbachev）是乌克兰最著名的童书作家及插画家之一，克斯特亚·戈尔巴乔夫（Kostya Gorbachev）是他的儿子，他追随父亲的脚步从事童书创作工作，目前也是乌克兰儿童插画界一颗冉冉升起的新星。

芬兰绘本作家李维·雷美泰（Leevi Lemmetty）和他的儿子尤卡·雷美泰（Jouko Lemmetty）携手创作的《爸爸的好儿子》，不禁让人想起梅思繁所著的《爸爸的故事》，温暖细腻的笔触中涌动着浓浓的亲情。父亲李维·雷美泰是芬兰著名导演，在和儿子合作出版这部绘本作品之前，他导演的同名动画片取得成功。儿子尤卡·雷美泰是芬兰颇有名气的插画家，2007年曾摘得插画金鸡奖。耐人寻味的是，现实生活中子承父业的父子在这部绘本作品中讲述的却是父与子在面临意见分歧时，父亲从否定到接纳的心理过渡及儿子的失落与默默坚持。现实生活场景被准确投射在一幅幅让人忍俊不禁的电影分镜头画面中，整本书充满了父子间斗智斗勇的俏皮意味，也洋溢着暖暖的家庭温情。父亲和儿子的真实身份与绘本作品中的人物角色戏剧化重叠，就如同梅子涵和梅思繁父女俩跨越二十多年的时间完成的《爸爸的故事》《女儿的故事》一样，这既是一种对人生况味的体悟，又隐含着文化资本的代际传递。

梅思繁和梅子涵父女档，在儿童文学领域并非个例。儿童文学作家秦文君和女儿戴萦袅又是一例。秦文君是当代中国畅销童书作家，其代表作品《男生贾里》和姊妹篇《女生贾梅》在20世纪90年代开启了校园小说的新风向，曾在"80后"读者中产生巨大的反响，给整整一代人的心中留下深深的记忆。秦文君也因《男生贾里》和《女生贾梅》的热销成为跨越20世纪90年代和21世纪的高产作家。在新生代儿童文学作家迅速崛起的今天，秦文君也保有相当高的创作能力和稳定的读者群，在文学批评界和读者中都享有极高的声誉。和彭懿一样，秦文君的名字在儿童文学场域内也是一个有着相当分量的文化符号。

近些年来诞生的网络语言"富二代""星二代"等所凸显的,分别是经济资本和文化资本的代际传递现象。"文二代"的文化资本代际传递,虽然没有"富二代"和"星二代"那么显著,但依然创造了一种便捷的行业准入通道。场域内著名作家头衔所蕴含的无形资本,既是他们的子女选择从事文学创作或文学翻译时的一笔家庭精神财富,也是初次进行创作或翻译之后将作品进行营销的得力推手。诚然,许许多多的"文二代"作家或翻译家本人,有着极高的个人素养和写作翻译功底。

戴萦袅毕业于复旦大学,幼年时期就表现出过人的绘画和语言表达能力。她曾摘得1998年"白雪杯"全国儿童简笔画大赛二等奖、1999年上海儿童博物馆"现代儿童想象画大展"一等奖和1999年上海市小学生比赛二等奖。在母亲秦文君创作的《调皮的日子》《纯情年代:飞翔在童心世界》《妈妈香》《爸爸最不像爸爸》等作品中,戴萦袅作为插图作者和母亲的名字一起出现在封面上。改革开放以后出生的新一代作家普遍有着较好的英文素养,戴萦袅也不例外。与此同时,她有良好的绘画功底,是一名插画家,为母亲秦文君的多部作品画插画;她有很好的文学素养和写作能力,是一名出色的儿童文学作家,她创作的长篇小说《被磕疼的心》和《矢车菊色的心情》曾分别斩获冰心儿童文学奖和上海好童书奖;她的代表作有美国绘本作家路德维希·贝梅尔曼斯的畅销绘本《了不起的玛德琳》(6册),以及自由插画家许玉安袂推出的原创绘本作品《开往熊镇的列车》。她在场域内的文化资本不断累积,是一名活跃的童书推广人。

戴萦袅作为"文二代"的多重身份交织在同类作家中并不少见,能写、能画、能译这多重能力的交织体现在戴萦袅所出版作品的多元性上。在创作作品、插画作品和翻译作品中戴萦袅有着不同的身份,但她这些不同身份都指向儿童文学领域,看似跨界却息息相通。写作、绘画和翻译在儿童绘本翻译中的共情不仅体现在国内一流的绘本翻译家彭懿的传奇经历上,也体现在戴萦袅等绘本翻译领域的青年新锐群体个人素养的多层次和多元化上。

5.5 文字与图画间的亲情牵系

绘本属于儿童，也属于家庭。这并不是偶然，因为绘本的重要精神内核就是传递爱与温情。我们放眼世界绘本创作和翻译领域，可以看到更多基于血缘纽带的合作关系。《劳斯先生盖房子》是波兰国宝级童书，其作者斯蒂芬·泰莫森（1910—1988）和弗兰西斯·泰莫森（1907—1988）是一对夫妇，他们是波兰20世纪30年代的前卫艺术家。丈夫斯蒂芬·泰默森是作家、制片人、作曲家和哲学家。妻子弗兰西斯·泰莫森毕业于华沙艺术学院，为国际戏剧联盟终身荣誉会员。除了大名鼎鼎的《劳斯先生盖房子》，他们还有许多合作的优秀绘本作品，如《霍布森岛》《桌子跑进森林》《神秘的沙丁鱼》。1948年，他们移居伦敦，共同创立了颇具文艺气息的Gaberbocchus出版社，以出版带有强烈视觉冲击力和设计感的图书名噪一时。

伍德夫妇是1986年凯迪克银奖获奖者，代表作品《澡缸里的国王》（*King Bidgood's in the Bathtub*）、《圆月照着打瞌睡的房子》（*The Napping House*）、《女巫佩格》（*Heckedy Peg*）、《嘘，埃尔伯特》（*Elbert's Bad Word*）等，都是脍炙人口的佳作，文字优美，插画风格独树一帜。妻子奥黛莉·伍德（Audrey Wood）的曾祖父、祖父和父亲都是职业艺术家，她也继承了这一传统，成为家族中第一位女性艺术家。丈夫唐·伍德（Don Wood）从小学六年级就立志成为一名画家，1969年他与奥黛莉相识、结婚。在儿子出生后，妻子开始创作图画书，唐当时正在为杂志画插图，之后顺理成章成为妻子的搭档。伍德夫妇为孩子创作的童书超过50本。他们合作创作的童书收获了无数奖项，包括凯迪克大奖、《学校图书馆杂志》年度好书、《纽约时报》最佳图画书、美国书商协会童书奖、美国克里斯托弗大奖等。伍德夫妇被翻译成汉语的作品除了《澡缸里的国王》早年就有台湾著名绘本译者余治莹的译本，其他几部均由彭懿和杨玲玲夫妇翻译。夫妻档的绘本作品再经由另一对绘本翻译的夫妻档译介，这恐怕是只有在绘本翻译领域才可以成就的佳话了。

多莱尔夫妇是美国著名的儿童小说作家和插画家。丈夫埃德加·佩林·多莱尔（Edgar Parin d'Aulaire）和妻子英格丽·多莱尔（Ingri d'Aulaire）琴瑟和鸣。图画书《亚伯拉罕·林肯》获得1940年凯迪克大奖,《希腊神话》入选纽约公共图书馆百年百佳书。多莱尔夫妇拥有近50年的创作生涯,对儿童文学作出了卓越贡献。他们的其他作品包括《魔毯》《北极光的孩子们》《乔治·华盛顿》《本杰明·富兰克林》《北欧神话》《巨魔》《可怕的食人鸟》等,这些作品均有中译本出版。

2014年诺贝尔文学奖得主帕特里克·莫迪亚诺和妻子多米尼克·泽尔菲联手完成了《舒拉的奇遇》和《舒拉的未婚妻》。梅子涵曾将图画书比喻为双人舞,这本夫妻联袂之作,像是一个图文和谐交融的隐喻:"他们搂在一起,脚步和腰肩需要配合和闪动,我不能遮盖你,你也不能顶压我,两个人的舞蹈就是两个人的舞蹈,风姿各半,双双起动,双双谢幕。这两本书的双人舞是莫迪亚诺和他的妻子多米尼克·泽尔菲斯跳的。"[1]这本冠有"诺贝尔文学奖得主"头衔的绘本作品,是货真价实的名家名译。

以作品《阿莫的生病日》(A Sick Day for Amos McGee)摘得2011年凯迪克金奖的斯蒂德夫妇是高中校友,他们2005年结婚后组建了一间工作室进行绘本创作。丈夫菲利普·斯蒂德(Philip C. Stead)和妻子艾琳·斯特德(Erin E. Stead)珠联璧合,他们的第二本合作作品《大熊有个故事要说》(Bear Has a Story to Tell)一出版便迅速登上《纽约时报》畅销书榜。

德裔荷兰儿童文学作家、插画家迪特尔·舒伯特(Dieter Schubert)与妻子英格里德·舒伯特(Ingrid Schubert)也是一对闻名遐迩的图画书创作搭档。他们对动物世界情有独钟,擅长对动物进行生动细致的描摹与刻画。他们联袂创作的作品中,明净柔和的水彩颜色和温情的故事线索交织在一起,构成了动物世界奇妙的生活图景。《大脚小精灵》《一只漏洞的水桶》《我的床下有一只鳄鱼》《海狸的巢儿》《红雨伞》《大熊捡的蛋》《谁都有地方坐》《神奇的动物》《大象汤》等都被译介到中国。

当然,并不是所有的夫妻档都在一开始就具备旗鼓相当的象征资本。在国

---

1 参见梅子涵为《舒拉的奇遇》(梅思繁译本)所写的前言。

内，著名童书推广人李一慢[1]和身为育儿编辑的妻子共用笔名"胡宜之"进行绘本翻译。他们以"胡宜之"的笔名共同推出了《我的情绪绘本》、《改变世界的大机械》、《动物天堂》、《一家人》、《小不点的战争》、《小豌豆认知绘本系列》（《字母豆豆》《数字豆豆》）、《"谁是谁"世界名人传记丛书》等以低幼阶段认知和情绪管理为主的绘本作品。李一慢坦承，自己的英语并没有妻子那么好。他本人作为著名的童书阅读推广者和畅销书作家，在绘本翻译领域也小有名气，育儿编辑身份的妻子没有他那么多头衔和光环，共用笔名这一方式巧妙地将李一慢拥有的象征资本让渡给了妻子，也避免了妻子作为一个并不知名的绘本译者的尴尬。"胡宜之"这一译者笔名，是象征资本在出版场域中自下而上流动的一个绝好例证。

绘本创作领域除了夫妻档，还有兄弟档。范氏兄弟（Fan Brothers）是一对有着中国血统的兄弟，他们都是天才绘本画家。哥哥特里·范（Terry Fan）在安大略艺术设计学院接受了正式的美术教育。他的作品介于现代艺术与传统艺术之间，善于使用精巧的笔触与流畅的描绘，结合电脑绘图制作出令人赞叹的作品，而他精细的画风及对动物形象的细腻表现能力，使他成为英美知名童书 Roofpers 的插画家。弟弟埃里克·范（Eric Fan）出生于美国夏威夷，成长于加拿大多伦多，在安大略艺术设计学院主修插画、雕刻和电影。他作品的细腻笔触和哥哥有些相似，超现实主义却充满十足童趣幽默感，擅长用动物作插画主角。他们首度合作的绘本《午夜园丁》（*Night Gardener*）一出版就迎来如潮好评。绘本采用了孤儿院里的男孩小威的视角：原本死气沉沉的小镇，道旁的大树一夜之间变成了巨大的猫头鹰树雕。接下来的每天晚上，仿佛变魔术一样，镇上出现了更多新奇的动物树雕，兔子、鹦鹉、大象……漂亮壮观的树雕吸引了人们围观，愁眉巷也渐渐改变。随着故事的发展，一条雄伟的中国龙以跨页雄伟之姿出现，吸引了愁眉巷的老少居民，也投射出作者对东方文化的眷恋。

1　李一慢，儿童阅读、亲子教育专家，绘本译者，北京首届金牌阅读推广人，毕业于南京师范大学，曾做过多年中学教师。新阅读研究所研究员，负责幼儿和小学生书目、中国童书榜、阅读基地、新阅读大讲堂和新阅读沙龙等项目，著有畅销育儿书《陪孩子走过学前六年——爸爸的陪伴无可替代》。

这部于2016年问世的绘本作品，次年就被译介到中国，译者也是彭懿和杨玲玲夫妇。

贾恩卡洛·马克里是意大利记者、演员、音乐家，其创作的电影配乐曾屡获殊荣（柏林国际电影节银熊奖及意大利电影金像奖），他的妻子卡罗琳娜·扎诺蒂也是一名活跃于音乐与戏剧领域的记者，热爱形象艺术，有着极高的绘画天分。贾恩卡洛和卡罗琳娜均以文字作者和插画家的身份在意大利NuiNui出版社出版过绘本作品，他们首度合作完成的作品《小黑点 小白点》出版后，引起巨大反响。这套全书只有黑白两色组成的绘本，给读者带来的视觉感受非常独特，人民美术出版社2016年引进了这部绘本，由台湾著名儿童文学作家、翻译家和阅读推广人方素珍翻译，可谓大手笔之作。

微信公众号等自媒体平台对绘本图书的推介也起着不可小视的作用。以《我的超级老爸》为例，这本在未出版之前就已经在微信等社交媒体引起巨大反响的图画书起初只是乌克兰插画师斯尼贾娜·苏施（Snezhana Soosh）以"vskafandre"这个账号发表在社交网络"照片墙"（Instagram）的一组照片，发表一周后迅速获得超过200万点击量。该作品展现父女之间的温馨日常，画面以柔和的水粉画呈现，每幅图只配有短短的一句话。父亲的形象在画面中比真实生活中大很多，衬托出女儿对父亲的挚爱。

全书以不同的场景表现了父亲在女儿生活中各种角色的转换，让读者直观地感受到"父爱如山"的含义。这本书的中译者是著名图书推广人王志庚和他的女儿王馨悦。一部传达父女情深的插画作品，由另一对父女翻译，文本之外蕴含的亲情纽带为这部翻译作品又平添一份温情。因为绘本受众和绘本主题所具备的家庭和家庭场景的指向，绘本创作和翻译领域的这种亲情或血缘纽带本身就是营销资本。我们在当当网等图书平台上不难看到，只要涉及"夫妻""母女""父子""姐妹""兄弟"等亲人之间的合作创作与翻译关系时，这些信息都会被凸显出来，成为营销卖点。

《我的超级老爸》的走红也代表了互联网社交媒体语境下的一种新的图书出版、译介与营销可能。读图时代的图文作品，首先经由社交媒体传播，随着转发量的不断攀升，出版的商机到来，一本由名不见经传的创作者发表的图文

作品就这样水到渠成地变成了一本畅销书。《我的超级老爸》是斯尼贾娜·苏施的第一本绘本作品，而她本人在创作这部作品之前也未曾涉猎绘本创作。智能手机技术的成熟使得读图时代的特征愈发明显，人们对通过社交媒体浏览信息产生普遍依赖。《我的超级老爸》是新媒体时代催生的绘本作品，社交媒体便是它的诞生地，也是它成为图书、被译介和营销的有力推手。

　　不具备强大文化资本的一本普通绘本作品，经由著名童书推广人和其尚处在幼年期的女儿携手翻译之后，这本绘本在译入语中所具有的价值会迅速增殖。王志庚和王馨悦这对父女译者，在主打亲情牌的营销中，收获了一大笔可观的文化资本。王志庚和女儿王馨悦合译的"网红"绘本《我的超级老爸》投射的其实是中国传统文化中对子承父业的一种心理期待。

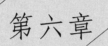

第六章

绘本翻译作品在中国的传播与接受

6.1 《神奇校车》与引进绘本市场的"热闹"相逢

在针对儿童文学创作风格的讨论中，中国儿童文学界曾有过"热闹派"和"抒情派"的流派分野。1982年，任溶溶在东北、华北儿童文学讲习班上提出儿童文学创作"热闹派"与"抒情派"的划分（宋维，2018：218）。"热闹派"一词从此进入儿童文学研究者的视野，也由此引发了学术界对"游戏精神"的探索。李学斌（2011）的学术专著《儿童文学与游戏精神》从游戏精神的来源、审美机制、文学形态以及东西方游戏精神的异同等方面对儿童文学与游戏精神之间的渊源进行了梳理，并对和游戏精神相关的一些文学现象进行了界定。

在本土儿童文学题材和风格日益走向多元的语境下，儿童文学的领域和疆界不断拓展，心理、科普和认知等跨学科知识背景的儿童文学也逐渐进入创作者和读者的视野。"热闹"和"抒情"的二分法，显然无法涵盖和区别儿童文学创作的丰富类型，然而在绘本创作和翻译研究领域，这种流派之分却给绘本研究者提供了一条可资借鉴的分类依据和研究路径。在绘本的目标受众已经精细到具体年龄区间的语境下，"热闹"和"抒情"依然代表着绘本叙事的基本特征。一本绘本作品可以是热闹的，也可以是抒情的；或者既热闹，又抒情。无论是科普类绘本、情感和认知绘本还是历史文化绘本，"热闹"和"抒情"都可以在彼此的衬托下进行文本和画面叙事。

被誉为昆虫研究领域"荷马史诗"的巨作《昆虫记》，从其诞生之日起，就是一部兼具"热闹"和"抒情"的作品。优美的文字和细致入微的图片描摹间，令熙熙攘攘的昆虫世界不仅趣味盎然，而且有了人文关怀的温度。最初以无字书的形式发表、完全以图片叙事和读者进行对话的《父与子》，在调侃和

"自黑"中，既制造出让人捧腹大笑的"热闹"，又在画面的推进中传递着"抒情"的魅力。本土原创绘本作品《荷花街的早市》以传统的中国水墨画技法进行画面叙事，传统水墨画冷峻的抒情风格让淡淡的乡愁跃然纸上。《荷花街的早市》也融合了水粉画的表现技法，色彩渐变和视觉上的粗犷质感营造出一种热闹的集市场景。

当我们拿起一本绘本开始翻阅，首先进入我们视线的便是这部绘本的封面，绘本作品"热闹"和"抒情"交融的特征在封面上体现得淋漓尽致。不同于传统文学作品在封面设计上的多变性和不确定性，绘本作品的封面和正文内容通常形成一个完整的呼应关系。但是，绘本作品的属性又不只有"热闹"和"抒情"。如果说幻想文学（fantasy literature）只是传统文学中的一个流派的话，那么在绘本领域，幻想（fantasy）则是成就绘本的灵魂，在文字和画面同时进行叙事的二元结构中，失去了幻想元素就无法构筑起奇幻多彩的儿童世界。

绘本作品中的文字和画面既可呈现出逐页对照的线性结构，也可能是很少的文字对应连续画面或多个画面的非线性结构，幻想作为贯穿一部绘本作品的灵魂，不仅体现了绘本作者和插画家的创作风格，也同时激发绘本阅读者展开幻想，从画面和文字构筑起来的双重叙事中进入一个幻想世界。当然，如果是一本无字书，画面叙事留给读者的幻想空间更大，在未设边界的幻想世界中，读者和插画家进行跨越时空的交流并产生情感共鸣。

《神奇校车》是具有明显"热闹"特质的绘本作品，最初出版的11本图画书版和之后的3本人文版，均是由乔安娜·柯尔和布鲁斯·迪根合作完成。[1]20世纪80年代原版*The Magic School Bus*在美国出版时，美国的少儿科普类读物市场并不成熟，这套科普绘本的出版在美国开创了一种科普读物书写与出版的全新思路。国内最早引进乔安娜和布鲁斯《神奇校车》的出版社是四川少年儿童出版社。[2]该版本的《神奇校车》被译介到中国时，中国的图书零售业还处在

1　参见蒲公英童书馆的文章《"神奇校车"版本这么多——你知道都有什么区别吗？》。

2　参见"尖叫童年"在新浪博客发表的文章《再度深扒不同版本的"神奇校车"，经典系列不再傻傻分不清》。

从计划经济向市场经济转型的过渡时期，少儿图书市场的商业潜力并没有被充分挖掘出来。四川少儿版的《神奇校车》让人难免生出生不逢时的感慨。2004年之后，中国的绘本市场进入爆发式增长期，以美国、英国、日本和韩国为主流译出国的国外原版绘本作品译介逐年增长，绘本涉及的内容和题材越来越多元，引进和出版国外优秀绘本作品成为各大少儿出版社以及兼营少儿业务的出版社增加营收和争取市场份额的战略共识。

下文将以美国最大的童书出版集团学乐出版社（Scholastic）出版的 *The Magic School Bus* 为切入点，分析《神奇校车》自译介以来在中国的传播与接受过程中，各参与方如何使得这样一部西方绘本经典作品实现在本土的经典化，进而梳理出一条美国绘本在中国的译介与传播的途径。

2014年，百道新出版研究院受上海国际童书展组委会委托研究发布的"世界童书出版中国影响力20强"[1]（Top 20 Most Influential Overseas Children's Publishers in Chinese Market）中，学乐出版社排名第一。成立于1920年的学乐出版社（以下简称"学乐"）最初以经营杂志业务为主。学乐官方网站显示，美国每售出两本童书，其中就有一本出自该出版社。其主营业务有两大板块，其中第一项就是童书。1926年，学乐出版了第一本书 *Saplings*，这是以出版社名义组织的一次写作大赛的学生获奖作品集。学乐基于覆盖童书不同阅读年龄群体的学校系统合作关系就此拉开序幕。20世纪50年代以来，学乐在美国的中小学校以公益图书阅读的名义建立书店系统，即学乐校园图书俱乐部（Scholastic Book Fairs）。学乐每年在美国举办超过12万场的校园读书会推广校园阅读文化，在图书消费市场强化和巩固其良好口碑的同时，也不断吸引潜在阅读和购买群体。

针对学龄前（PRE-K）至八年级（Grade 8）目标读者群，该俱乐部目前已垄断了美国80%的市场份额，多年来一直为教师免费提供相应最新出版物。随着业务的扩大，在20世纪六七十年代学乐在伦敦、奥克兰、悉尼、东京等地开设了分公司。1974年，莫里斯·鲁滨孙（Maurice R. Robinson）之子理查得·鲁

---

1 参见百道网官方网站发布的《世界童书出版中国影响力20强与中国少儿出版影响力20强排名》。

滨孙（Richard Robinson）接替父位执掌公司一直持续至今。1997年，学乐获得了《哈利·波特》系列丛书在美国的独家出版权；2009年它的收入达到18.4亿美元。它还通过收购其他媒体公司扩大自身的业务，比如Klutz、电视动画生产机构Soup 2Nuts、教育软件出版商Tom Snyder、知名参考书出版商格罗里埃（Grolier）等。因此，学乐的影响领域从儿童图书领域扩张到整个教育领域，其业务已经拓展到全球150多个国家，在世界几乎所有国家都可以看到学乐的图书产品。

《神奇校车》在乔安娜·柯尔和布鲁斯·迪根合作推出11本图画书版和3本人文版之后，陆续又推出动画版、阅读版和桥梁板。1994年，学乐公司的娱乐业务版块"学乐娱乐"（Scholastic Entertainment）将《神奇校车》制作成动画片搬上大荧幕，该动画片在美国上映以来，获奖无数。维基百科[1]统计的*The Magic School Bus*电视剧版（TV Series），1995至1998年间斩获包括艾美奖在内的共11项大奖：两度获美国拉丁裔媒体艺术奖（American Latino Media Arts Award）杰出儿童节目奖（ALMA Award for Outstanding Program for Children or Youth）提名，6次获日间艾美奖提名（Daytime Emmy Award）并斩获1次日间艾美奖动画片单元最佳表演者奖（Daytime Emmy Award for Outstanding Performer in an Animated Program），并获美国电视评论家协会儿童节目杰出成就奖提名（Television Critics Association Award for Outstanding Achievement in Children's Programming）和美国环境媒体奖动画片奖提名（USA Environmental Media Award for Children's Animated Program）各一次。

在美国，该剧在美国公共电视网（PBS）首播，曾在福克斯儿童频道（Fox Kids Network）、美国探索频道旗下的TLC（The Learning Channel）、探索频道儿童台（Discovery Kids）、北美儿童电视娱乐频道Qubo等电视网络连续播出多年；在加拿大，该剧在加拿广播公司（CBC）、动画片频道（Teleteon）、安大略电视台（TV Ontario）、加拿大知识电视网络（Knowledge Network）曾复播多年，加拿大儿童频道（TVO Kids）自1998年播出该剧以来，一直播放至今，

---

1 参见维基百科*The Magic School Bus*页面中的"Awards and nominations"。

可见该剧的受欢迎程度。

在英国，除了尼克国际儿童频道（Nickelodeon）播出之外，该剧还单独在英国儿童频道（Pop）、英国公共服务电视台（Channel 4）和独立电视儿童台（CITV）播出；在拉丁美洲、澳大利亚、西班牙和印度，尼克国际儿童频道（Nickelodeon）曾在1995至2003年长达8年的时间里播出该剧；另外，播出过该剧的电视台还包括日本东京电视台（TV Tokyo）、荷兰幼儿电视网Kindernet、韩国教育放送公社EBS、爱尔兰儿童频道The Den、以色列Channel 6等不同国家的以播放儿童节目为主的电视频道，专门播放经典旧动画片的独立频道Boomerang2001至2008期间曾在拉美地区持续播放该剧。在1994年制作的旧剧依然受到追捧的同时，新剧The Magic School Bus Rides Again也于2017年12月29日正式首播，目前还在持续更新播出中。

如果说和教育相关机构的合作是学乐本身业务传统向国外的延伸，那么和餐饮、娱乐等行业的合作则凸显出品牌童书消费巨大的市场影响力。"寓教于乐"这个词来形容学乐对自己出版业务的定位再恰当不过了，在深耕中小学校园图书俱乐部这一用户市场的同时，学乐的童书业务板块中的"学乐娱乐"也有很抢眼的表现，该板块将儿童熟悉的绘本角色成功拓展到教育及儿童娱乐等周边行业之中。1995年"鸡皮疙瘩主题乐园"落户美国迪士尼乐园，时隔两年，1998年在《大红狗克里弗》的品牌影响下，美国开发出周边产品"大红狗毛绒玩具"。

学乐娱乐作为学乐的娱乐及教育相关产业的推广部门，在《神奇校车》的主流童书产品和精心制作的动画影视产品以外，自1996年起还和软件商Music Pen合作推出了相应的电脑游戏产品。和图书产品及电视产品的普及相比，《神奇校车》的游戏产品并未在美国以外引起太大反响。家用电脑终端在发展中国家的普及率低、游戏产品对设备的依赖性决定这款诞生于20世纪末的电脑游戏只能是一款小众游戏。21世纪以来，网络游戏及之后智能手机普及引发的手游时代的来临使得基于CD-ROM系统的游戏迅速淡出大众视野，从这个意义上讲，学乐娱乐在2017年推出The Magic School Bus Rides Again是市场和文化资本博弈的结果。

　　《神奇校车》在童书界掀起的巨大波澜也让经营儿童相关业务的企业嗅到了商业价值，2017年9月4日，时值肯德基进入中国30周年，《神奇校车》快乐出发北京站的主题餐厅正式在肯德基前门店（肯德基在中国开设的第一家餐厅）启动，成为《神奇校车》新书首发商业联袂活动。资料显示，肯德基前门店装饰还原了《神奇校车》新故事中《蝴蝶的秘密武器》《植物生长的奥秘》《光的魔力》《水的循环》等部分场景，营造出浓浓的《神奇校车》即视感。除此以外，作为商业推广活动的重头戏，肯德基推出买快乐儿童餐赠送《神奇校车》图书的活动。在这之后，全国约5000家肯德基线下门店举办了《神奇校车》故事会，堪称童书推广有趣又有料的典范之作。

　　一些公益组织也看重《神奇校车》的"吸粉效应"，内地公益科普机构科学松鼠会[1]于2015年左右发起"神奇校车"系列活动，组织线下儿童科普认知活动，在社会上有一定的影响力，也间接推动了《神奇校车》这一图书品牌在童书消费主体的中产阶级中的产品认可度。科学松鼠会"神奇校车"系列活动的灵感，源自《神奇校车》科学与艺术结合的表征形式，将严肃甚至有些枯燥的科学知识融入轻松有趣的生活场景之中进行梳理和展现，让科学从高高在上的学术领域走向大众，让科学与艺术产生美妙的交集。

6.2 出版浪潮中的童书泡沫——对童书出版"过热"的"冷思考"

　　《视觉大发现》（I SPY）由绘本作家吉恩·马佐罗（Jean Marzolo）和摄影师沃尔特·维克（Walter Wick）及儿童教育专家联手打造。这套书的定位是视觉益智游戏书，每本书包含让人目眩神迷的上万件物品和300项视觉发现游戏。《视觉大发现》的每一张谜题图都是一幅摄影艺术精品，无论是玩具工厂还是海底世界，漂亮的景物既吸引儿童读者进行物品认知，也丰富他们的视觉体验。

　　1　科学松鼠会（Songshuhui—Association of Science Communicators）是一个致力在大众文化层面传播科学的非营利机构，成立于2008年4月。科学松鼠会成员由海内外优秀的华语科学传播者组成。他们绝大多数受过科学专业训练，文字能力出众，视野开阔。该公益组织目前现有成员105名，分布在中国、美国、英国等几个国家。

这套书自发行以来全球销量已经突破2000万册，曾荣获美国育儿类出版物奖、《父母杂志》最佳书籍奖、纽约公共图书馆最佳百本图书奖等十余项殊荣。

经过精心设计和摆放的物品，让孩子突破心理定式、驾驭丰富联想、躲避视觉圈套，在完成各种找寻任务中体验发现的乐趣和顿悟的惊喜。在智能手机时代，益智类游戏已经不再是新鲜食物，国内两大主流智能手机客户端安卓和苹果数年前推出的一款益智类游戏App《找你妹》，与《视觉大发现》很相近。然而图画书带给儿童的翻阅体验是任何电子产品都无法企及的，这正是在电子媒介的游戏产品如此丰富的背景下，益智类纸质图书依然不可替代的原因。

这套绘本在中国的热销引来效仿，其他类似题材的国外绘本产品在《视觉大发现》之后不断进入中国童书市场。当当网童书搜索界面键入关键词"视觉发现"，在售相关图书产品数量高达7000多部，进一步整理重复图书信息之后发现，"视觉发现"类绘本的引进版和本土创作版都有惊人的出版量。

出版和《视觉大发现》类似童书的出版社涵盖了全国6家一级少儿出版社。如安徽少年儿童出版社的《好好玩视觉大发现》《我的第一次视觉大发现》《德国专注力养成大画本》，二十一世纪出版社的《SPOT WHAT视觉益智书》，江苏少年儿童出版社的《找一找，玩一玩·益智的游戏书》，接力出版社的《英国经典幼儿视觉发现贴纸书》《视觉大发现·游戏故事书》《发现与涂色》《蓝精灵专注力视觉发现》，明天出版社的《考眼力纸板认知书》《找一找·纸板认知书》《新概念幼儿情景认知绘本》，浙江少年儿童出版社的《眼力脑力大挑战》等。其他主要少儿出版社均有"视觉发现"相关的引进绘本出版，比如长江少年儿童出版社的《全景视觉大发现》，河北少年儿童出版社的《图画捉迷藏》，湖北少年儿童出版社的《猫和老鼠视觉大挑战》，湖南少年儿童出版社的《儿童经典专注力培养贴纸书》《儿童经典视觉启智绘本》，辽宁少年儿童出版社的《孩子最喜欢的动物书》，少年儿童出版社的《视觉益智图画书·我的侦探大世界》《梦的世界》系列、《萌萌兔和它的朋友们》系列和《12只兔子的家》，天天出版社的《发现与涂色》，未来出版社的《MAMOKO妈妈看！》，新蕾出版社的《儿童脑力开发大书》《亲亲神奇大发现》系列和《培养观察记忆能力·寻找》系列，新世纪出版社的《DK视觉

大发现》，中国少年儿童出版社的《大吃一惊！！眼见不为实》等。

该领域其他非专业少儿出版社也有相当数量的绘本出版，如新星出版社的《威利在哪里？》，河南科学技术出版社的《视觉发现之旅》系列，中国大百科全书出版社的《DK儿童视觉百科全书》，中信出版社的《我找到了，你找到了吗？》和《你一定找不到！》，海天出版社的《501个视觉大发现》，江苏美术出版社的《大眼萌小黄人·视觉大发现》，人民邮电出版社的《视觉之旅：神奇的化学元素》，南京大学出版社的《I SEE YOU视觉大挑战》，贵州教育出版社的《玛蒂娜系列视觉发现贴纸书》，南海出版公司的《改善视力专著力3D训练》，贵州人民出版社的《婴儿视觉启智绘本》，重庆出版社的《地板书》，北京联合出版公司的《迷宫大侦探》系列、《寻找传说中的生物》和《大城市，小城市：长长的小百科》，国家开放大学出版社的《疯狂外星人·眼力大比拼》，北京科学技术出版社的《图画书捉迷藏》系列，广西师范大学出版社的《图画捉迷藏》系列，文化发展出版社的《视觉大侦探》，光明日报出版社的《眼力大考验·环球旅行》，化学工业出版社的《德国经典专注力培养纸板书》和《找一找》系列，湖北美术出版社的《芭比视觉大考验》，山东科学技术出版社的《大大的发现系列》，四川科技出版社的《欧洲经典专注力大挑战》，浙江教育出版社的《快乐找找看》，北京联合出版公司的《妈妈在哪里》和《奶奶家在哪里》，外语教学与研究出版社的《公主兔和仙女兔快乐大发现》等。

在大量引进版"视觉发现"类绘本出版的同时，本土专业少儿出版社和其他地方出版社均有原创"视觉发现"绘本出版。比如新蕾出版社的《眼力大搜索》《幼儿观察力训练》，二十一世纪出版社的《幼儿脑力挑战游戏·视觉新发现》，四川少年儿童出版社的《小马宝莉专注力培养涂色本》和《熊熊乐园快乐找不同》，湖南少年儿童出版社的《超级飞侠儿童专注力训练营》，江苏少年儿童出版社的《视觉大搜索》，中国少年儿童出版社的《我的第一本思维游戏书·视觉大发现》《恰恰特快车游戏书·视觉大发现》《百变马丁视觉大发现》，化学工业出版社的《5分钟专注力训练迷宫100》《视觉大挑战》《俏丽公主益智馆》系列和《宝宝视觉开发游戏》，天津人民美术出版社的《奥托玩翻天》系列，中国纺织出版社的《I FIND·视觉大发现》，黑龙江美术出版社的《观察力挑战游戏书·视觉大发现》和《图画捉迷藏·名著视觉大发现》，山东美术出版社的《儿童专注力情景翻翻绘本·视觉大发现》，中国人口出版社的《专注力训练系列·找不同》，河北美术出版社的《英国幼儿经典视觉发现贴纸书》，吉林出版集团的《视觉大发现》和《迷宫大冒险》，天地出版社的《迷宫大冒险》和《巴啦啦小魔仙视觉挑战游戏书》，山东美术出版社的《超级飞侠·宝宝找不同套装》，浙江人民出版社的《5分钟玩出专注力》系列，中国人口出版社的《观察力训练》，江苏教育出版社的《Look and Find和迪士尼伙伴找找看》系列，济南出版社的《看绘本找不同》，石油工业出版社的《找不同全集》，山东科学技术出版社的《I Spot观察力挑战书》，吉林美术出版社的《Visual Explorers视觉大探索》，广东旅游出版社的《学前儿童观察力训练》，江苏凤凰文艺出版社的《儿童专注力训练游戏》，北京理工大学出版社的《幼儿视觉游戏》《宝宝视觉激发挂图》《趣味找不同》，河南科学技术出版社的《谁动了我的调色盘》，文化发展出版社的《就是找不到·情景洞洞认知书》，武汉出版社的《蒙特梭利专注力训练》，天津人民美术出版社的《观察力培养大挑战》，北京交通大学出版社的《玩中找不同》，北京日报出版社的《宝宝找不同》，电子工业出版社的《爸爸去哪儿》，哈尔滨出版社的《Dora the Explore朵拉连连看》系列，广东教育出版社的《儿童益智游戏书·找不同》，云南科学技术出版社的《儿童左右脑潜能开发游戏·找不同》，清华大学出版社的《做游戏提升宝宝专注力》，山东美术出版社的《喜羊羊与灰太狼视觉大考验》，上海文化出版社的《马可·波罗回香都》等。

正所谓"好看的皮囊千篇一律，有趣的灵魂万里挑一"。不难看出，以启智和注意力训练为主要宣传噱头的"视觉发现"类绘本，在题材方面已经到了黔驴技穷的地步。从一开始的引进版绘本的高清摄影匹配文字的模式，到后来的将百科知识、动画人物甚至民间传说融入绘本画面的叙事模式，基本上呈现出的是一种高度的重复性甚至是某种意义上的抄袭。姑且不去关注绘本内容，光从绘本题名中就可以看到"经典""专注力""启智""视觉大发现"等高频词汇。笔者在为绘本出版的原创性忧虑的同时，也为中国本土市场的这种过

度出版的现象感到担忧。

中国绘本消费的主要群体依然在城市地区，大牌出版社抢先引进的绘本如接力出版社的《视觉大发现》和新世纪出版社的《DK视觉大发现》依然代表这类图书的主流，占据了销售市场的大部分份额。在连续十几年的高速发展之后，中国的童书出版市场也面临洗牌和出局。绘本引进市场在这十几年中也基本上完成了对所有21世纪之前世界大奖作品的译介和出版，而对凯迪克奖和凯特·格林威奖等最新颁出的国际绘本大奖作品的引进也早已有了一整套完整的体系。在这种语境下，一味靠大奖作品启发国内绘本创作与出版的灵感无异于掩耳盗铃。

当然，我们通过《视觉发现》系列看到的"童书泡沫"仅仅是童书出版过热中的冰山一角，以"法布尔昆虫记"、"IQ+EQ"系列、"探索发现"、"培养好习惯"、"认知启蒙"、"安全教育"、"儿童性教育"、"亲子共读"、"趣味科学"、"百科知识"等热门题材或话题为主要内容和营销方向的绘本数不胜数。"足球"这一单一的球类运动相关的引进绘本，就有包括世界图书出版公司2007年出版的《你好，足球》、湖北少年儿童出版社2013年出版的《中国第一套儿童情景百科：足球》、安徽教育出版社2014年出版的《足球》、中国大百科全书出版社2016年出版的《儿童足球百科》和2018年出版的《DK儿童足球百科》、中国青年出版社2018年出版的《儿童足球大百科：世界杯特别版》6套图书，2017年浙江教育出版社推出了国内原创"足球"题材绘本《中国少年儿童足球百科》。以"百科知识"为题材的本土绘本，也呈现出同一系列包含十几个甚至二十几个以上分册的出版现象。如湖北少儿出版社2013年出版的《中国第一套儿童情景百科》系列共29册，包括《农场》《建筑工地》《恐龙》《消防员》《马》《骑士城堡》《人体》《足球》《警察》《地球》《飞机场》《森林》《宇宙》《海盗》《邮局》《宝宝的诞生》《海洋》《天气》《火车》《印第安人》《古埃及》《地下世界》《动物园》《卡车》《上学了》《鲸和海豚》《海港探秘》《交通工具》《亲亲自然》等不同专题。

绘本出版的"去泡沫化"不仅有赖于对优势出版资源的进一步整合，还需要对盲目跟风的出版乱象进行治理，以及对本土创作团队进行扶持、对绘本创作和出版的评奖机制进一步完善，从而帮助中国的本土绘本作家成长起来，助力中国童书市场及绘本市场从不断地"引进来"逐渐"走出去"。在引进绘本的"过热"发展中，我们需要一些"冷思考"。

6.3 绘本引进浪潮中的英语分级阅读市场

值得关注的是，中国在英语教学类绘本的引进方面主要依赖和英美等国的大出版社合作。引进的绘本主打应试牌，以非少儿出版社引进渠道为主。如世界图书出版公司出版的《拜托了我的NG英语》和《说英语231个英语句型就够了》，吉林出版集团的《孩子英语好是教出来的》《英文阅读看这本就够了：用美国人的方法去阅读》，辽宁教育出版社的《英语日记表现词典》和《I can!美语系列》，陕西师范大学出版社的《从美国中小学课本学英文》，电子工业出版社的《英语科学一册通》，光明日报出版社的《冒险岛英语奇遇记》，北京科学技术出版社的《神奇语言学习书》系列，蓝天出版社的《与美国小学生一起学英文》，北京理工大学出版社的《笑吧！我才是英文单词书》，万卷出版公司的《公开我的英语练习本》，江苏科学技术出版社的《魔力思维训练营：英语so easy》，中国城市出版社的《儿童口语表达》，外语教学与研究出版社的《丽声·我的第一套亲子英文绘本》等。

2004年前后，随着本土图书网购平台当当网和美国图书在线交易平台亚马逊逐渐进入大众视野，绘本的引进和出版也迎来全新的发展机遇，并出现持续十多年的爆发式增长，国内大中型出版社竞相争夺这片蓝海，成为21世纪整个图书出版领域令人瞩目的现象。国内市场对优秀童书出版机构推出的绘本作品的强烈反响，也引发了相关领域的一些商业合作项目，学乐教育在中国的落地则是最好的例证。学乐中国官方网站显示，学乐教育集团2005年正式进驻中国市场，目前已在北京、上海、广州在内的各级城市开设教学机构300余家，每一家学乐教学中心都配有一座标志性的学乐原版英文图书馆，内含千余册原版儿童及青少年英文原版书籍供孩子们免费借阅。其官网强调学乐教育所陈设的图

书经过Lexile（蓝思）[1]分级，突出了其图书遴选的体系化与科学性。

中国拥有目前世界上最大的英语学习和课外培训市场，除了本土崛起的行业巨头新东方之外，还有以原版或引进版教材为其营销卖点的英语教辅市场。以英语分级阅读材料为例。国内最早引进柯林斯大猫系列（Collins Big Cat）的外语教学与研究出版社（以下简称"外研社"）在英语阅读绘本方面的成就卓著，上海外语教育出版社（以下简称"外教社"）作为其行业竞争对手，在分级阅读领域也不遗余力地进行版权引进与合作。作为一北一南外语教学与教育领域的两大巨头，外研社和外教社基于它们多年来在教育教辅原版引进领域深耕的经验和口碑，在绘本出版物中的分级阅读这一细分领域占有绝大部分市场份额。

除了《大猫自然拼读》（Big Cat Phonics）系列，外研社早在1997年就和牛津大学出版社合作推出《书虫》系列，包括入门级以及1～6级，其内容以改写的方式推广英语阅读，涵盖了绝大部分英语国家世界名著。虽然《书虫》诞生之际，图文结合的绘本阅读理念在中国尚未有普遍的认知，但《书虫》的编写方式依然是时下许多英语分级阅读绘本所沿袭的。之后外研社推出的丽声系列可以视为《书虫》的图画进阶版。

丽声英语启蒙系列，包含英语歌谣、自然拼读、绘本故事和英语百科四个分类，其中英语歌谣选自英国最早的民间童谣集《鹅妈妈童谣》（Mother Goose），句末明显的押韵特点使得歌词朗朗上口、富有节奏感；自然拼读系列选自学乐出版社拥有30年读者的自然拼读教材，源自牛津阅读树（Oxford Reading Tree）；绘本故事由牛津阅读树演变而来，云集了国际大奖作家和资深插画作者，在情节架构、词汇、句长、单词句型复现、文学体裁等方面精心设计；百科知识部分同样源自牛津阅读树，跨学科知识视野和多元化的文体风格是丽声英语启蒙系列百科知识绘本非常成功的卖点。

1　蓝思（Lexile）分级是由美国教育科研机构为了提高美国学生的阅读能力而研究出的一套衡量学生阅读水平和标识文章难易程度的标准，是衡量阅读能力（Reader Ability）与文章难易度（Text Readability）的科学方法。该体系主要针对图书的语义难度（词汇）和句法的复杂程度（句子长度）来衡量一个出版物的难易程度。

外教社在引进分级阅读方面有更明确的英语学科与考试指向。外教社·朗文小学英语分级阅读（Primary English Graded Readers）系列，强调其内容和小学《英语课程标准》（简称《新课标》）衔接。在成功推出这套小学英语分级阅读的基础上，外教社又推出了中学英语分级阅读系列绘本，同样以《新课标》的课外阅读要求为其营销的主要卖点。在当当网销售平台，外教社这套图书将阅读技巧指南、学习策略指导、思考能力启发作为既区别于教材又和教材紧密衔接的特点。外教社引进黑布林出版社的另一套分级阅读绘本*Helbling Young Readers*，也同样在强调其内容与中小学英语教学的密切关联。区分化的市场策略，既是出版社的营销智慧，也是市场竞争中保有特色的必然选择。

然而对分级英语阅读市场的开拓，绝非只有外研社和外教社这两家专业外语教育和研究专业出版社。其他出版社也引进了大量的分级阅读和英语启蒙相关的教辅类绘本，如中国青年出版社的《典范英语》、连环画出版社的《我的第一套自然拼读故事书》、北京联合出版公司的《自然拼读启蒙教程》、中国宇航出版社的《我爱自然拼读》、化学工业出版社的《儿童英语自然拼读故事绘本》、湖北教育出版社的《BBC自然拼读》、清华大学出版社的《朗文机灵狗自然拼读经典》和《自然拼读故事屋》、未来出版社的《嘉盛英语自然拼读》等都在童书教辅市场占有一定的份额。

在引进版分级阅读教程之外，本土编著英语分级阅读教程和自然拼读启蒙类绘本也相继推出。如外教社的《新国标英语分级阅读》，北京师范大学出版社的《攀登英语阅读系列》，湖北少年儿童出版社的《芭比小公主影院》系列，北京航空航天大学出版社的《青青草中英双语分级读物》，北京师范大学的《英语自然拼读5+1》，机械工业出版社的《安妮花英语自然拼读》等在网络销售平台也有一定的市场份额。

6.4 中国绘本"走出去"

中国的儿童文学走过了近百年历程，本土儿童文学的力量不容小觑。然而职业儿童绘本作家在中国还非常稀缺。高等院校美术相关专业对绘画技巧训练

的过分倚重及中国的高考考试制度中对艺术生文化课水平的"差别对待"，导致绝大部分美术专业毕业生的人文素养较低。没有人文内涵的绘画作品既没有生命力，也通常难以激起人们内心的情感共鸣。中国目前从事儿童文学创作的作家群已经颇具规模，"新中国成立以后已经先后涌现出四代儿童文学作家，形成蔚为壮观的儿童文学创作与译介的浪潮"（宋维，2018：226）。但是既具备儿童文学的写作能力，又具有绘本创作能力的作家凤毛麟角。常见的模式是插画家与儿童文学作家合作，围绕某一部儿童文学作品进行插图设计和创作。虽然这种模式在西方也普遍存在，但欧美及日韩等国均有相当数量的儿童绘本作家。英国儿童文学作家罗杰·哈格里夫斯（Roger Hargreaves）的绘本作品《奇先生妙小姐》（*Mr. Men & Little Miss*）系列绘本就是一例。2011年5月9日，哈格里夫斯诞辰日，谷歌一次性发布16个形态各异的涂鸦（doodle）以纪念这位给无数读者的童年带去过欢笑的儿童文学作家和插画家。在单日发布如此之多的涂鸦标识纪念一位作家，在谷歌历史上还属首次。在中国绘本领域还没有像哈格里夫斯这样有文化影响力的人物。

在绘本成为21世纪儿童主流阅读载体之一的语境下，中国本土绘本作品虽然也在迎头赶上，并且涌现出一批优秀的绘本作品，但和整个童书出版业"洋绘本"的所向披靡相比，中国绘本还有很长的路要走。我们无意厚此薄彼，也并非妄自菲薄，但我国绘本起步较晚，和西方近百年来在儿童插画方面的人文积累有着明显的差距，即便和没有那么悠久绘本传统的日韩相比，本土绘本要想在国际图书市场争得一席之地，恐怕比中国儿童文学"走出去"面临的困难更多，毕竟中国的儿童文学已有百年历史，而绘本作为一种全新的文学载体在中国得到认可和接受还不足20年。目前中国出版的本土绘本，在形式上有以下几种类别：（1）以中国民间故事为原型的绘本作品；（2）以中国古典小说或戏曲为蓝本的绘本作品；（3）革命领袖或名人故事为原型的绘本作品；（4）融合中国剪纸艺术和年画风格的绘本作品；（5）借鉴欧美及日韩等国绘本表现形式和风格的绘本作品。（路涛，2018：23）

在引进版少儿图书市场，欧美绘本和日韩绘本的风靡已有十余年。在这十年间，中国本土绘本在夹缝中求生存，在不断借鉴欧美和日韩绘本创作经验的基础上，将中国传统文化元素和绘画表现手法不断运用到本土原创绘本的创作中。大量国外绘本被引进中国，为中国读者开启了丰富的审美想象空间。当人们的期待视野已经习惯了西方和日韩绘本的叙事表达风格之时，本土绘本也悄然成长起来，中国本土儿童画家开始进入读者的审美观照。以蔡皋、周翔[1]、朱成梁[2]为代表的绘本画家在美术编辑与创作一线耕耘多年，2003年左右兴起绘本阅读的热潮之后，这些本土著名绘本画家的名字逐渐进入普通读者的视线。

在阅读方式越来越倚重图文结合、网络购书平台成为图书消费主流渠道的语境下，"插画家"这个有着古老历史的职业重新焕发出生机，尤其是在儿童文学编创一线的美术工作者，因其工作属性而拥有的便利条件，成为本土儿童绘本创作的主要力量。然而美术创作终究是一个需要耐得住寂寞的职业，没有对儿童画创作的执念，缺乏深厚的人文素养，缺乏一定的创作平台，都无法成就一个出色的绘本画家。我国国内美术生培养体系中重技能、轻人文的沉疴旧病已经成为大部分美术专业从业者的先天不足。另一方面，受制于现实经济收益，许多年轻人没有办法靠画插画这个工作为生。

除了在业界已享有盛誉的蔡皋、周翔和朱成梁等"老一辈"绘本画家，从事儿童绘本创作的群体零散分散于各个行业，绘本创作也并非绝大部分年轻从业者的主业。有些绘图和文字分别属于不同作者的作品，其文字部分也通常由从事少儿刊物的编辑来完成。斩获"丰子恺儿童图画书奖"首奖的《团圆》便是一例：绘本画家朱成梁和《东方娃娃》编辑余丽琼[3]合作的绘本《团圆》。儿童文学"绘本编辑与作者的双重身份的重叠既在意料之外，又在情理之中。这种情况频繁地出现对于中国原创绘本来说是喜还是忧，恐怕也还需要时间的佐证。但可以肯定的是，如果仅仅由少儿绘本的编辑来创作图画书肯定是不能满足国内市场的需求的"（汪菲，2010：73）。

---

1 周翔（1956— ），毕业于南京艺术学院美术系，江苏少年儿童出版社《东方娃娃》主编，其作品《一园青菜成了精》《荷花镇的早市》分别获得首届丰子恺儿童图画书奖的"评审推荐图画书创作奖"和"优秀儿童图画书奖"。

2 朱成梁（1948— ），毕业于南京艺术学院美术系，江苏美术出版社副总编、编审、中国美术家协会会员。

3 余丽琼（1980— ），《东方娃娃》主编，中国散文协会会员。

"从21世纪初到现在，南京艺术学院、四川美院、中国美术学院等院校都成立了插画系或设立插画专业，但总体上教学内容覆盖面不够广泛，且教育方向偏技术化。"（张妮，2016：007）而绘本创作本身是在文字和绘画之间达成默契和共鸣，出色的绘本作家需兼顾绘画和文字内容。

2018麦可思研究院发布的《就业蓝皮书：2018年中国大学生就业报告》（以下简称《就业蓝皮书》）中，绘画和美术学赫然入列5个最难就业的本科红牌[1]专业的第1名和第3名，前一年的2017《就业蓝皮书》显示，本科专业中的美术学专业连续三年都进入红牌专业名单。而在之前更早的《2011中国大学生就业报告》中，"2011年就业预警本科专业排名第一的是艺术设计，第二是美术学；2010届本科生最多的100个专业失业率最高的10个专业中，美术学排名第一，失业率达15.6%"（唐晓育，2011：74）。美术生毕业数量的连年走高和绘本领域缺乏专业人才的现状形成巨大的不平衡。我们在探讨中国绘本如何在质量上而不是仅仅在数量上有所突破这一命题的时候，无法回避美术教育的这一尴尬局面。

随着西方儿童文学的全方位译介，中国本土儿童文学也在不断砥砺前行，涌现出一批既有国际视野又有民族情怀的优秀儿童文学作家。在内容和形式上，本土儿童文学不再对西方儿童文学亦步亦趋，优秀的本土儿童文学作品将中国文化中美好的幽微之处以儿童的视角表达出来，营造出别具一格的东方审美志趣。在以文字为主要载体的传统儿童文学领域，中国已经形成了相当规模的儿童文学作家群。但是在绘本领域，专业绘本作家和绘本画家都非常缺乏，本土优秀绘本的推出通常依赖少数绘本编辑与日本、韩国的出版社的合作来实现。

以二十一世纪出版社和日本白杨社2006年合作出版的《荷花镇的早市》、明天出版社和台湾信谊合作出版的《团圆》为例。作者周翔供职于江苏少年儿童出版社《东方娃娃》，是该画报的主编。得益于早年在南京艺术学院美术系科班学习的美术功底，周翔在《东方娃娃》一边从事编辑工作，一边进行绘本

---

1 红牌专业是指失业量较大，就业率、薪资和就业满意度等各个评价指标均较低的专业。

创作。早在1987年，周翔创作的绘本《小猫和老虎》获"全国儿童美术邀请赛优秀作品奖"；1992年，周翔斩获数项儿童文学奖项，《泥阿福》获"全国优秀少年儿童读物一等奖"，《贝贝流浪记》获国际儿童读物联盟中国分会（CBBY）第一届"小松树奖"，《小青虫的梦》获"五个一工程奖"和第二届"小松树奖"。在绘本编创一线的工作为周翔积累下丰厚的绘本编创经验。1996年，周翔作为江苏省中日友好协会的理事前往日本进行文化交流，自此以后周翔以《东方娃娃》为平台不断引进日本的优秀绘本作品，为之后谋求和日本出版社在绘本出版方面的合作奠定了基础。

《荷花镇的早市》全书浸润着浓浓的中国元素，将水粉画和油画表现技法结合在一起，使画面整体布局、人物、线条都呈现出一种朦胧和恬静之感。在色彩方面，以绿色为主色调衬托出来的河水、屋瓦、石阶、木柱、门板等生活场景都蒙着一层淡淡的绿色。故事以一个城市男孩阳阳眼里的水乡生活为视角，讲述他跟随爸爸妈妈回乡为奶奶祝寿，和姑姑前往水乡集市买东西路上的所见所闻。《荷花镇的早市》2006年在日本和中国同时出版，被视作本土绘本与国外出版社合作结出的文化硕果。

周翔作为国内屈指可数的专业儿童绘本画家，他所取得的成就是绘本编辑和绘本画家双重身份重叠建构起来的。这在国内的儿童绘本领域并非孤例，代表了一种普遍现象。比《荷花镇的早市》更早推出的《桃花源的故事》亦是一例，其作者蔡皋也曾长期供职于湖南少年儿童出版社。

2001年，《桃花源的故事》日语版由福音馆出版，2003年该绘本入选日本小学国语教材。蔡皋和松居直的合作不仅是绘本画家的一次奇妙相逢，也是本土绘本与国外出版社合作的又一成功范例。蔡皋是我国享有较高知名度的绘本画家，她擅长用民间美学的审美眼光叙事，这和松居直对传民间故事与传统文化元素进行叙事的偏爱可谓一拍即合。湖南少年儿童出版社与日本福音馆联合推出的《桃花源的故事》可视为中国本土绘本寻求国际合作的一次有益尝试，为更多的中国本土绘本"走出去"提供了一种可资借鉴的路径与范式。

"童年的温暖与伤痛，成为蔡皋绘本中美丽与苍凉的基调。不论画什么，她的画里总有一双儿童的眼睛。那是'绘本的眼睛'……当年陪同松居直先生

游览湖南桃花源，并决定创作这一绘本时，蔡皋的心思便久久在魏晋风度与她的乡居体验间来回萦绕，文化的民间与生活的民间在她脑海里翻滚交织。"[1]然而本土儿童文学行业学科建设的薄弱和儿童绘本从业者队伍青黄不接的现状，都无法保证儿童绘本创作中这双重要的"儿童的眼睛"对儿童绘本的观照和审视。一个行业的健康和理性发展，需要一些"大家"去成就和引领，但是如果没有后继力量的补充和推动，少数"大家"贡献的力量会随着时间的流逝慢慢被消解，该领域的后继发展乏力。

有调查显示，在目前中国的绘本市场，"引进绘本市场覆盖率占到了80%，中国的原创绘本只有20%"（雷宇洁，2017：1）。在如此巨大体量的引进绘本市场，有同样巨大体量的绘本翻译市场。绘本外译的火爆局面中催生的绘本热，不仅使得亲子阅读逐渐成为新生代父母培养幼儿认知启蒙的一种共识，也使得中国本土儿童文学不断崛起语境下的中国绘本"走出去"受到学界的关注，虽然中国本土绘本也有一定的海外读者群体，但是其传播非常有限。蔡石兴基于某访学项目中的对中国绘本的反馈，试图了解更多中国绘本作者的信息和出版情况，惊讶于"美国某知名购物网站上，这些中国作者只有不到一半在该网站上有零星的英文版作品。当地的图书馆里也难觅他们的踪影"（蔡石兴，2018：89）。本书的研究聚焦于绘本翻译，虽然主要围绕绘本"引进来"的相关问题进行探讨，但是通过梳理在中国引进出版的其他国家绘本"走出去"的模式和经验，为中国本土绘本如何在中国文化"走出去"的战略背景下实现跨越式发展，为传播中国优秀传统文化提供了一条可资借鉴的道路。

在众多绘本品牌不断探索版权引进与原版绘本的出版模式的同时，本土绘本也在积极走出去，创始于1999年的《东方娃娃》是凤凰出版传媒集团倾力打造、江苏少年儿童出版社和南京师范大学出版社联合创办的杂志。《东方娃娃》有着被彭懿誉为"最好的绘本编辑团队"，也是新闻出版总署期刊司原司

1　参见搜狐网2016年教师节采访特稿——《本届读书论坛嘉宾蔡皋：播下美与光明的种》。

长、中国期刊协会张伯海[1]口中"唯一能走出国门的幼儿杂志"。《东方娃娃》杂志社下设《月刊》《东方宝宝》《创意美术》《绘本英语》《游戏大王》《保育与教育》6个类别的子刊。张伯海所言的可以"走出去"的子刊就是指《东方宝宝》。《东方娃娃》官方网站显示,《东方宝宝》是中国唯一发行新加坡、欧美、港澳地区的婴儿杂志。

"在不同体裁、不同国别的外国儿童文学作品不断被中国读者所熟知,并逐步实现经典化的背景下,体量巨大的中国本土儿童文学创作作品的外译状况很不理想,这和引进版权市场的局面形成巨大的反差。曾荣登2010年中国作家富豪榜版税收入榜首的内地儿童文学作家杨红樱,其日记体校园小说在国内饱受争议和诟病,却一直'长销长旺',其作品的英译版在海外的反响平平。如果说杨红樱作品在'海外遇冷'在很大程度上归咎于其作品本身在内容性上的欠缺,那么其他许多内地优秀的儿童文学作家的作品都未能有较大的海外影响,则要考虑我们在文化政策方面对优秀儿童文学作品的推介措施与配套政策是否健全。"(宋维,2018:226–227)

举性教育绘本为例,国外绘本在这方面的探讨可谓匠心独具。当当网、亚马逊等主流图书网销渠道在售的儿童性心理、性生理及相关认知教育方面的主流绘本,依然是欧美和日韩的绘本占绝对优势。有关性教育和生理现象的绘本译介直接推动了国内绘本在这方面的努力与尝试。韩国儿童绘本作家郑召润[2]与闵智英[3]著(分册绘图者均不同)7册套装图书"安全自救图画书系列"中的《讨厌,别摸我!》《必须说的秘密》《不行!不可以!》都涉及有关性隐私的话题,针对儿童可能面临的性侵犯场景,提出一整套自我保护的方案。"喜欢拍她屁股的邻居爷爷""亲她脸蛋儿的店主叔叔""牵她小手的陌生哥

---

1 张伯海(1932—)1956年毕业于山东大学中文系,历任山东大学教师,人民文学出版社编辑、副总编辑,新闻出版署党组成员、期刊司司长,北京印刷学院党委书记,中国期刊协会常务副会长,编审。

2 郑召润,毕业于韩国延世大学护理学专业,在韩国各级教育机构均有开设性教育指导课的经历,代表作品有《不是你的错》《红色的书》。

3 闵智英,毕业于韩国首尔艺术大学编剧专业,曾任日报社记者,代表作品有《充满爱的巧克力面包》《一周就可以学完的教科书》。

哥""喜欢掀女孩儿裙子的男生"等现实生活中极易被忽略的性侵犯场景以夸张活泼的绘画风格呈现出来，在普及儿童自救知识的同时也能激发儿童的阅读兴趣。

这类国外绘本作为有明确功能性指向的绘本，通常围绕儿童安全、儿童心理及生理、儿童性教育等问题展开，其创作者和绘图者一般都曾有过相关领域的丰富工作经历，并在业界享有极高的声誉。以青岛出版社引进版"学会爱自己系列"之第一辑《爱自己，就要学会保护自己》中的《不要随便摸我》（美国）为例。该书作者珊蒂·克雷文是一位有着二十多年工作经验的临床社工师，曾创设"肥皂箱剧团"，以戏剧形式推广预防儿童性侵害理念。《不要随便摸我！》一书在美国本土曾斩获包括"本杰明·富兰克林亲子教养类大奖"在内的许多儿童教育奖项。国内本土同类绘本——申思著、梁志军绘《别侵犯我的身体》，龚房芳编著6册"小公主自我保护意识培养"系列之《不要随便亲我》《不要随便摸我》，王大伟著"王大伟儿童书包安全手册"之《你别想随便摸我》——在场景和故事方面都与外国同类绘本有较大的相似之处。

以上述题材绘本为例，中国绘本相较于欧美日韩绘本还是有较大差距。这种差距主要体现在三个方面。

首先，文本部分的场景、人物、叙事方式和整体故事线索都始终在外国原版同类绘本的框架中兜圈子，而少许看起来本土化的东西又有着非常刻意的痕迹。

第二，从定义上来看，无论是"picture books""绘本"还是"图画书"，其图像内容所占的权重可见一斑。绘本可以成书，也可以完全没有文字，即俗称的"无字书"。然而本土绘本在"图画"这一绘本的要素上所下的功夫不够，确实令人担忧。在色彩搭配、画面中人物与场景布局、画面与文本的映衬关系等各个方面，本土绘本都有先天不足，许多绘本画面营造出的是一种非常俗气又"不走心"的"喜羊羊"即视感。

第三，本土绘本领域有创见、有成就的插画家寥寥无几，导致诸如此类的功能性绘本在制作流程上出现明显的文字较多、图画随便拼凑敷衍的不正常现象。在当下的中国儿童绘本市场，以欧美日韩原创绘本为代表的国外引进绘本占据市场的主流，在认知、心理、人文、自然、科普及功能性绘本等各个细分领域，引进绘本都有大量的优秀获奖作品可供选择。

自改革开放以来中国外语教育尤其是英语教育取得的巨大成就已显现出其对年轻一代父母的巨大影响。在有着更成熟体系和更丰富题材的西方绘本面前，中国本土绘本的表现确实欠佳。虽然也有诸如彭懿、熊亮、周翔、蔡皋、张又然等一批优秀的绘本作家或插画家，但和中国绘本消费市场中外国原版绘本和引进绘本所占的巨大体量相比，本土绘本人才的匮乏表现得尤为明显。中国适龄儿童数量和绘本消费市场规模均排在世界前列，但本土绘本的创作机制却严重滞后，既缺乏相当数量的职业从业者，也没有完善的评奖与激励机制。

在本土绘本整体创作乏力、人才缺乏、机制落后的背景下，有一类绘本的表现还算抢眼，它们是有关中国传统文化的绘本：熊亮的《中国绘本》（全10册）；高春香、邵敏著，许明振、李婧绘《这就是二十四节气》；周翔的《荷花镇的早市》；余丽琼著、朱成梁绘《团圆》；王早早著、黄丽绘《安的种子》；梁川的《漏》；老舍著、于大武绘《北京的春节》；萧袤著、周一清绘《驿马》；秦文君著、郁蓉绘《我是花木兰》；严淑女著、张又然绘《春神跳舞的森林》；唐亚明著、蔡皋绘《孟姜女哭长城》……

这一类中国本土绘本之所以可圈可点，主要是汲取了中国古典文化的精华，以大量水墨画为基调的画面与有关中国传统文化的叙事内容在精神上高度契合。鼓励儿童拥抱传统文化的精神永远都没有错，但是如果我们可以呈现给儿童的优秀绘本作品只有传统文化的部分，显然会将绘本创作带入一厢情愿的说教的尴尬境地。

不可否认，传统文化形式承载着优秀的民族文化遗产，水墨画、书法艺术、儒学经典等艺术和文学形式是中华文化历经几千年流传下来的一笔宝贵的精神财富。但是我们也必须清醒地认识到，儿童世界承载不了过于厚重的内容。文化叙事和悲情叙事固然有恒久的艺术生命力，但是宏大又沉重的叙事方式的确需要受众到一定的年龄阶段和认知水平才能引起共鸣。一部优秀的儿童文学作品所呈现出的叙事特征是和儿童生活紧密相关的，是有关童年、爱和自然的，绘本作品当然也不例外。一味地沉湎于传统文化艺术形式而对儿童受众

的独特性置之不顾，只能将创作与出版引入死胡同。近年来在全国各地风靡的各种"国画班""读经班""国学经典诵读班"，营销着各种所谓"国学"的速成培训，也的确成功地刺到了作为消费群体的一部分家长的痛点，但其不少内容和形式都和儿童期认知世界的方式相悖。这就是为什么无论"读经"的价值如何被鼓吹，儿童的目光始终会被五彩斑斓的图画和奇幻有趣的文字所吸引。

如何在消费主义盛行的后现代语境中去珍视和保护传统礼仪和风俗，而不是一味地消费传统，是一个需要认真反思的问题。我们在感叹本土绘本创作缺乏工匠精神、缺乏国际视野的同时，应该思考我们的文化产品是否在消费主义的路上越走越远，是否已经将人文关怀和历史文化传统抛之脑后。回归传统和拥抱世界并不冲突，在20世纪50年代初，中国曾差一点将本国的语言文字完全葬送给"拉丁化"。摈弃自己的文化传统去一味地迎合所谓"国际化"，只能沦为历史的笑话。改革开放四十年来，中国在经济上取得巨大成就的同时，在科技、文化、教育等领域也取得令人瞩目的成绩。多元价值观和谐共生在当代中国为民众创造了巨大的福祉，也是大国文化自信之所在。中国的文化走出去很多年以来一直停留在儒家经、史、集的海外译介和传播上，而中国当代优秀文学作品的海外传播却很有限，遑论本身处于文学边缘地带的儿童文学以及儿童文学中的绘本。中国绘本"走出去"还有很长的路要走。

第七章

中国台湾地区绘本翻译概览

随着绘本创作和绘本翻译的发展，绘本翻译研究方兴未艾。国外绘本创作和绘本翻译起步较早，而中国的绘本创作和绘本翻译则起步较晚。国外绘本翻译研究有了一定的积累，而中国的绘本翻译研究则较为零散，缺少系统性。中国台湾地区对国外绘本的翻译和出版工作早于大陆，对台湾地区的儿童绘本翻译进行系统而全面的研究，可以展示台湾地区儿童绘本翻译的萌芽、发展过程，并对儿童文学翻译史做有益的补充，这无疑会推动我国儿童绘本翻译研究的发展。此外，台湾地区绘本翻译量有时远远多于本地绘本的创作量："据统计，今年一月至六月已出版了九十本，有十分之九是翻译作品"（周淑惠，《知识宝库广播节目儿童文学系列专集》，1995；转引自凌至善，2009：58），梳理和探讨台湾地区多年来的儿童绘本翻译活动，总结其经验与得失，对当代儿童文学翻译有所启示。

7.1 台湾地区绘本翻译研究现状

目前较为权威的儿童绘本翻译研究专家当属芬兰学者莉塔·奥茵蒂娜。奥茵蒂娜不仅从事大量的儿童绘本翻译，而且在世界儿童绘本翻译研究领域当属执牛耳者。2000年奥茵蒂娜出版了专著《为儿童翻译》（*Translating for Children*），2018年再次出版专著《翻译绘本：为儿童读者再现文字、图片和声音》（*Translating Picturebooks: Revoicing the Verbal, the Visual, and the Aural for a Child Audience*），专门探讨了儿童绘本的概念。其中，奥茵蒂娜对绘本的定义也综合了各家的说法，全面地揭示了绘本的内涵和外延。

曹明伦教授认为："概念是反映事物本质属性的思维形态。要明确某一事物的概念，我们首先应弄清楚该事物的本质属性。""概念内涵是概念所反映

之事物的本质属性，而概念外延则指具有概念所反映的本质属性之事物。"（曹明伦，2013：101–102）

巴德（Bader）认为："绘本是文本、插图、总体设计；大规模生产物和商业产品；社会、文化、历史记录；最重要的，绘本是儿童的经历。"（Oittinen et al.，2018：15）奥茵蒂娜并未对巴德的定义做出评价，而是进一步列出了博世·安德鲁（Bosch Andreu）对绘本的定义。巴德的定义从不同方面揭示了绘本的本质属性，展现了绘本与其他儿童文学的不同之处。如上文所述，巴德认为绘本是"文本、插图、总体设计"，"最重要的，绘本是儿童的经历"（Oittinen et al.，2018：15），就明确表达绘本的本质属性，即绘本中有文字，有图片，对文字和图片的安排和设计是专为儿童设计和开发的。儿童文学中除了绘本还有其他体裁，由于绘本中有文本和插图，因而可以与其他体裁区分开来。可以认为上述"文本、插图、总体设计"和"儿童的经历"就可以揭示出绘本的本质属性，可以用以定义绘本。当然，巴德还接着介绍了好几种绘本"是什么"的概念，然而却未能触及绘本的本质。不管是上述"大规模生产物和商业产品"，还是"社会、文化、历史记录"（Oittinen et al.，2018：15），已经不局限于绘本本身了，商业产品很多，历史记录也很多，不能说明绘本的不同之处。此外，巴德的定义，似乎只是说明了绘本概念的内涵，并未提及绘本概念的外延，即符合这个本质属性的事物有哪些。

博世·安德鲁同样从不同视角定义了绘本这个概念。由于视角和立足点不同，博世·安德鲁的绘本概念也有6个之多："文字和图像""一种书""艺术""对读者的影响""为读者的表演""顺序"（Oittinen et al.，2018：16）。其中"文字和图像"是从模式的角度来定义的，该定义能够揭示绘本的内涵，而且也是大众能够接受的定义。针对此定义，奥茵蒂娜结合绘本研究的其他成果，指出"有些定义微妙地强调了视觉模式的重要性，甚于文本模式。例如，这可以通过强调以下事实得以实现，绘本的图像比文字文本多"，"剑桥字典就将绘本定义为书，尤其是儿童书，图片很多，字不多"（Oittinen et al.，2018：18）。博世·安德鲁对绘本的定义并未说明文字和图像孰轻孰重，而奥茵蒂娜在此基础上显然对文字和图像的轻重做出了说明，通过对绘本中图像的强调，奥茵蒂娜提升了博世·安德鲁对绘本的定义，更接近绘本的本质。博世·安德鲁对绘本的定义，还有其他几个，但是将其定义为"书"似乎太过宽泛，不能使读者快速有效地区分绘本这种书与其他书，这个定义没能揭示出绘本的本质属性。同样，"艺术""对读者的影响""为读者的表演""顺序"（Oittinen et al.，2018：16）这几个定义都太过宽泛，能够指涉的东西很多，不唯绘本，还有其他类型的文本。总而言之，笔者认为以"文字和图像"用来说明绘本的内涵较为恰当和稳妥，能够展现绘本的本质属性。

然而，值得注意的是，奥茵蒂娜引用的两个定义都只说明了绘本的内涵，对绘本的外延只字不提。实际上，具有"文字和图像"这一本质属性之事物还有好几种，以明确绘本概念（内涵+外延）。就笔者接触到的台湾地区绘本来看，符合具有"文字和图像"这一本质属性之事物包括绘本故事和绘本诗。因而绘本应该是指文字和图像的结合体，包括绘本故事和绘本诗。实际上，绘本故事占绘本中的绝大多数，经典的绘本故事如艾德·杨（Ed Young）的《狼婆婆》（*Lon Po Po*），经典的绘本诗如希尔弗斯坦的《阁楼上的光》（*Light in the Attic*）。前者以简单易懂的语言讲述了一个故事，而后者则有一定的韵律和音乐美，稍大的儿童才能欣赏。

对于绘本翻译而言，其最与众不同的地方，在于绘本翻译不仅涉及文字层面的转化，而且还涉及图画，也就是说图画也做出相应的转换，或是图画不作任何转换，但译者翻译的文字不能与图画有违背。"尽管译者通常不会改变图画，他们需要了解绘图者绘图背后的原因"（Oittinen et al.，2018：59）。对于同时被翻译为多种语言的绘本，"其意象不能更改"（Oittinen et al.，2018：71）。绘图者是翻译行为中的一个主体，译者了解绘图者背后的原因，不改变图画的原因，一是忠实于原文，不更改其图画内容；二是尊重绘图者，不变换原本的图画；三是确保那些全球同步出版的各语种的版本图像统一，例如奥茵蒂娜翻译的某绘本，"图像不能更改，因为译文与翻译到其他语言的多个译文同时印刷出版"（Oittinen et al.，2018：71）。台湾地区著名的绘本翻译家柯倩华指出："儿童图画书这个文类在本质上和儿童小说、儿童散文或儿童漫画都不一样，文字所担负的任务也不相同。更重要的是，好的作品严格要求处理文

字的译者必须有解读图像的能力，而且能从小孩的观点来看。"[1]由上可知，绘本翻译的一个重要特征就是文字翻译要结合相关图画，译者不能随心所欲、自由发挥，最好还要能够从儿童的视角解读图像，从而采取相应的文字描述。

台湾地区绘本创作、翻译、出版起步较早，不仅有一批专业的出版社，而且有成熟的儿童绘本作家和翻译家队伍。对台湾地区儿童绘本的翻译进行研究的，也多是台湾地区的学者。首先，也最重要的是，台湾地区学者能够快速、有效地收集台湾地区翻译的绘本进行研究，大陆学者收集工作成本较高，时间较长，而且还不一定能够将资料收集齐全，为下一步研究埋下了隐患；第二，台湾地区研究者对绘本的翻译认识也会相对深刻和透彻；第三，众所周知，台湾通行的闽南语独具特色，台湾地区研究者自然能更有深度和广度地讨论用以翻译绘本的语言。

目前台湾地区的儿童绘本翻译研究成果主要有以下几项。台湾学者陈宏淑以《丑小鸭》为例，客观、中肯地探讨了林良的翻译观和儿童观。陈宏淑认为，林良基本遵循了严复的"信、达、雅"原则，但其"译写"却比较自由。林良的儿童观即他对儿童的看法和理解是，"不喜欢细腻的景物描写，需要成人添加解释以理解文本，而且不宜接触'寻死'的观念"。陈宏淑充分肯定了林良儿童文学翻译的成果和良苦用心，同时也阐发了自己不同的儿童观（陈宏淑，2008：1–22）。林良是台湾地区儿童文学创作和翻译活动最重要的人物，对其翻译观进行研究，可推动台湾地区儿童文学、绘本翻译研究。全面梳理林良的儿童文学翻译，尤其是绘本翻译作品，可以反映林良及其所代表的台湾地区儿童文学翻译，尤其是绘本翻译的状况。

台湾学者刘文云选择了13本台湾地区出版的儿童绘本与原作进行对比研究，展示了翻译过程中出现的改变。刘文云将其变化归纳为三类：书名变化、词汇替换、段落结构重组。刘文云指出，书名变化主要是因直译行不通。词汇替换主要涉及绘本人物的名字、地名，以及声音词；段落结构重组主要指句子顺序，如断句、段落停顿，以及增加句子。刘文云所作的文本对比，细致而具

1　柯倩华：《柯倩华谈翻译英文图画书》，http://baby.sina.com.cn/12/2409/2012-09-24/1737212929.shtml.2018-10-17。

有启发性，更因其选材面较广，具有较强的说服力。

台湾地区学者凌至善在对小学语文课本"改写作品"进行研究时，集中讨论了一些翻译绘本的改写，如《爱心树》《最后一片叶子》《模仿猫》《托尔斯泰——国王与衬衫》。凌至善在图片和文字方面探讨了改写本对翻译绘本的"改写"，以适应语言教学（凌至善，2009：55–71）。

此外，还有一些文献在讨论台湾地区绘本时，顺便提及台湾地区绘本翻译，如李君懿指出台湾地区"不论翻译作品或本土创作出版上都十分活络"（李君懿，2010：372）。这是事实。台湾地区不仅绘本创作和翻译早于大陆和香港地区，而且经过这些年的积累，台湾地区已经发展出了较为成熟的儿童绘本出版体系，有一系列专事儿童绘本出版的出版社，同时也有成熟的绘本创作者和翻译者，其翻译绘本也不是仅仅提供给视力正常的儿童，还发展出视障儿童专用绘本。此外，台湾地区译者翻译的绘本，其销售不限于台湾，还进入香港市场。近年来，台湾出版的翻译绘本也进军大陆市场，其中最重要的一步当然是将绘本的繁体字改为简体字，以适应大陆读者的阅读习惯和需求。

总而言之，台湾地区的学者对台湾地区绘本翻译的研究虽然不多，但是涉及范围较广，既有翻译家研究，又有译本研究，还有对翻译出版和翻译绘本改写的探讨。

7.2 绘本翻译的参与者

台湾地区绘本翻译涉及原文作者、原文读者、翻译者、翻译委托人、译文出版者、译文使用者、译文读者、绘图者以及其他翻译活动参与者，如绘本推广人等。下文从功能主义翻译理论的视角对台湾地区绘本翻译参与者做出较为详尽和深刻的剖析。

功能主义翻译理论学者赫尔兹–曼塔利（Holz-Mänttäri）探讨了翻译行为。她认为翻译行为是通过专家生产的信息传输品传递信息，而译者就是这样的专家。她还分析了翻译参与者的角色（发起人、译者、使用者、信息接收者）及行为发生的场景条件（时间、地点、媒介）（Nord，2001：13）。赫尔兹–曼

塔利翻译行为理论中有两点值得注意：一是重视译者专家身份，二是重视翻译活动中各类参与者。

赫尔兹–曼塔利重视译者作为专家的作用，她认为译者要负责执行被委托的任务，并且确保翻译的结果，尽管格式和设计等已委派其他人员完成（Nord，2001：21）。译者作为专家了解两种文化，精通两种语言，对于待译材料有深刻的认识，对译文读者有了解和把握，能够根据读者的需要，将译者定位为专家，实际上也是对译者素质和知识储备提出的要求。北朝末年及隋初的著名僧人彦琮提出了"八备说"，对译者素养提出了八项要求，"八备说"的具体内容包括："（一）诚心爱法，志愿益人，不惮久时。（二）将践觉场，先牢戒足，不染讥恶。（三）筌晓三藏，义贯两乘，不苦暗滞。（四）旁涉坟典，工缀典词，不过鲁拙。（五）襟抱平恕，器量虚融，不好专执。（六）耽于道术，淡于名利，不欲高衒。（七）要识梵言，方闲正学，不坠彼学。（八）薄阅《苍》《雅》，粗谙篆隶，不昧此文。（罗新璋、陈应年，2009：61）"八备说"中备一、备二、备五、备六主要是针对译者的品行德行而言，毕竟佛经翻译在当时被视为神圣崇高的活动，所以对译者的品行也有要求。备三、备四、备七、备八则主要是针对译者的专业素养而言，要求译者精通佛经，了解文学，掌握外语和汉语两种语言，能够做到这几项的译者也可以称之为专家了。彦琮的"八备说"侧重译者专家身份中知识的掌握，而赫尔兹–曼塔利翻译行为理论侧重译者的专家身份对翻译过程中具体问题的专业处理。总之，译者应该精通两国语言，了解两国文化，对受众的接受能力有所评估，确保翻译的结果，才是名副其实的专家。

赫尔兹–曼塔利重视翻译活动中的各个参与者。在此之前的翻译研究中，主要重视翻译过程本身，涉及翻译参与者，以译者研究为中心，研究译者的翻译思想、方法并梳理其翻译活动，很少涉及翻译活动中其他参与者。以赫尔兹–曼塔利为代表的德国功能主义翻译理论重视翻译行为，注重从广义的层面理解翻译活动，将翻译过程前后的活动都纳入翻译行为之中，扩展了翻译行为的范围。如此一来，就需要研究更为广阔的翻译行为中涉及的更多的对象。翻译参与者除翻译者，还有翻译委托人、原文作者、原文读者、译文接收者、译文读者等。由于翻译的参与者众多，还需要协调好各个参与者之间的关系，使翻译活动正常、有序地进行。理想的模式就是在主体间性的视角下研究翻译参与者。李明、卢红梅认为："翻译就是原文、原文作者、译者、译文、译文读者、翻译发起人、出版商或赞助人等多个主体之间所进行的相互对话、相互交流与相互协商，他（它）们之间的关系是一种相互依存、相互渗透的关系。"（李明、卢红梅，2010：147）在主体间性的模式中，各个翻译参与者平等交流。绘本翻译活动与其他翻译活动不同的是，其参与者中的译文读者通常包括儿童读者，成人读者两类人员。

总之，赫尔兹-曼塔利的翻译行为理论明确了翻译行为，强调了译者的专家作用及广义翻译行为中的各个参与者。这对本章深入研究台湾地区绘本翻译行为提供了全新的视角。

7.2.1 译者群体

台湾地区绘本译者是一支结合了各个时代成员的成熟翻译队伍。其中老一辈资深翻译家当属林良，他从20世纪中后期开始翻译绘本。早期绘本译作有英国波特的作品《老鼠阿斑儿歌集》（*Appley Dapply's Nursery Rhymes*），一直到2017年林良还在出版绘本，如《李伯大梦》（*Rip van Wrinkle*）。林良几十年如一日，笔耕不辍，为外国儿童文学翻译尤其是绘本翻译做出了有目共睹的重大贡献。比林良晚些从事绘本翻译的有余治莹、区席雅、种衍伦、吴佳绮、方素珍、郑小芸（游珮芸为其笔名）、宋美心、宋美慧、刘美钦等。新一代译者队伍庞大，包括艾可、陈慧芬、陈佳琳、陈庆祐、郭郁君、黄乃毓、黄筱茵、赖嘉绫、江漓、柯倩华、李坤珊、李旻谕、李毓昭、黎芳玲、林宏涛、林静慧、林真美、刘美钦、刘清彦、刘握瑜、沙永玲、宋珮、苏真颖、唐琮、王妙玉、王俞惠、吴其鸿、小蜜柑、幸佳慧、徐洁、徐丽松、游紫玲、张东君、赵永芬、郑荣珍、钟文音、林世仁等。从上述长长的名单可以看出，台湾地区参与儿童绘本翻译的人员较多，他们翻译的绘本绝大多数情况下各有不同，但是对于外国经典绘本作品，还是有不同的译者进行复译。另外，有些译者译作并不多，作品较少。而有些译者则是多年持续进行翻译，有相对固定的原作者和作

品系列，也有相对固定的合作出版社。

总而言之，台湾地区绘本译者一批批发展起来，译者队伍壮大。在上述各个阶段的译者当中，翻译过较多绘本的有方素珍、柯倩华、李毓昭、刘美钦、刘清彦、王俞惠、小蜜柑、张东君、郑小芸、余治莹等。以郑小芸为例，她从2000年到2017年都有译作出版，主要是美国希尔弗斯坦的绘本诗集系列，大多由台北玉山社出版。

虽然实际翻译行为中，翻译者与其他翻译参与者地位平等，相互理解，相互交流，通力合作，确保翻译结果，但是译者是沟通两种语言、文化、读者的桥梁。没有译者就没有原文的再生，更没有原作者在异国他乡的盛名。从上述角度来看，就不难明白译者的重要性了。

由于绘本翻译开始的时间较早，台湾地区绘本翻译其实早已不是一两个译者孤军奋战，而是形成了各个年代层次分明的成熟译者群。台湾地区有相当数量的绘本译者是绘译兼作。

台湾地区儿童绘本译者群中老一辈的翻译家中最重要的当属林良。另外，成熟的译者还有方素珍、余治莹、郑小芸、幸佳慧等。

正如上文所述，德国功能主义翻译理论十分重视译者的专家地位。其实台湾地区的绘本译者很多就是绘本专家，不仅翻译绘本，还创作绘本，有的还从事儿童文学翻译研究，尤其是绘本翻译研究，如林良、赖嘉绫、幸佳慧等。其中，林良是台湾绘本翻译界中举足轻重的人物。林良不仅翻译绘本，还创作并出版过绘本，而且他还专门研究过儿童文学翻译，讨论过翻译的标准，颇为认可严复的"信、达、雅"翻译标准，可以说是集创作、翻译和研究为一身的儿童绘本专家，对绘本有深刻而独到的认识。台湾地区其他集绘本创作、翻译和研究为一身的典型专家型译者还有柯倩华和幸佳慧等。柯倩华是香港"丰子恺儿童图画书奖"的决审评审人，该图书奖网站对柯倩华有具体介绍："辅仁大学哲学硕士，美国南依利诺大学哲学博士研究，研究专长为儿童哲学。曾在台湾师范大学、台北教育大学教授幼儿文学、图画书赏析等课程。现主要从事童书翻译、教学及评论等工作，翻译儿童图画书及青少年小说逾百本。多次参与策划图画书工作坊、论坛及展览，并担任各项儿童文学奖评审。现为台湾儿童阅读学会及丰子恺儿童图画书奖顾问。"[1]从上述长长的介绍中可以看出柯倩华确实为绘本、儿童文学方面的专家，并受到了社会的肯定和尊重。幸佳慧硕士就读于台湾成功大学艺术研究所，其硕士论文《儿童图画故事书的艺术探讨》对儿童图画故事书的艺术予以分析研究，"主张图画书的读者是儿童，因此具有儿童性及教育性，文学性、绘画性、音乐性、戏剧性与游戏性则是在儿童阅读图画书时与书籍产生的互动性质"[2]。幸佳慧的原创绘本《天堂小孩》入选"好书大家读，2016"，绘本《战争来的那一天》于2018年由台北水滴文化（Les Gouttes Press）出版。由此看来，台湾地区部分译者确实被称为绘本专家。另外，译者郑小芸则对宫崎骏做出过详细评论。由上可知，有些译者本人就是绘本专家，了解儿童的特性，知晓绘本的特征，能够将绘本翻译为译文读者喜爱的形式。此外，译者还熟谙中外语言的差异，能够在外语转换为汉语的过程中，结合译文读者的期待视野，做出相关的翻译决定，形成可以接受的翻译结果，既受到儿童理解和喜爱，又能将原文的意思传达出来。如郑小芸翻译美国希尔弗斯坦的绘本诗集Don't Bump the Glump! And Other Fantasies，英文直译为"别撞上去了以及其他幻想"，然而若依照书名的本义直译为汉语比较奇怪，不能有效吸引读者，尤其是儿童读者。译者郑小芸结合绘本的内容，对该书名采用了重新命名方法，译为《谢尔叔叔的古怪动物园》。这个译名既将原文作者名字有机地融入了译文，又能够起到引起读者注意、激发阅读的作用，尤其是书名中的"古怪"二字，能够吸引读者眼球，引导读者带着疑惑阅读——这个动物园到底有什么古怪的呢？郑小芸翻译美国乔里·约翰（Jory John）的Penguin Problems，书名本义为"企鹅问题"，但是若以"企鹅问题"作为书名，似乎没有能够吸引儿童的地方，反而感觉是较为专业的科普书籍。郑小芸根据书本内容将汉语版本重新命名为《好烦好烦的小企鹅》，既将绘本内容有效地表达了出来，又符合儿童的认知和语言习惯。《好烦好烦的小企鹅》以儿童能够理解的方式说明了企鹅制造麻烦引发了问题，使人厌烦。两个"好烦"连用，符合儿童语言习惯，颇有童趣。

1　https://fengzikaibookaward.org/zh/sarah-ko/，获取日期：2018-10-17。
2　幸佳慧：《儿童图画故事书的艺术探讨》，1998；转引自李君懿，2010：368。

　　曹明伦教授专门讨论过作品名的重新命名问题，他指出了翻译好书名的重要作用，认为"翻译好作品名（书名、篇名、剧名、片名等）的重要性无须赘言，因为我们都知道，好的作品名通常能概括作品主题，突出作品内容，暗示作品寓意，起到画龙点睛、招眼醒目的作用，能使读者对作品本身产生兴趣"（曹明伦，2017：104）。针对翻译研究中将翻译作品名与重新命名两种活动混淆的情况，曹明伦教授从形式逻辑概念的角度出发，条分缕析，辨析了这两种行为，指出"为翻译作品重新命名也是跨文化交流的一种方法或形式，而正如其他各种跨文化交流活动有时会借助翻译一样，翻译也可以借助直接用目标语为翻译作品重命名这种手段，但切不可将这种手段混同于翻译"（曹明伦，2017：106-107）。曹明伦进而探讨了重新命名产生的条件，认为不同民族历史语境和文化语境的差异，导致了重新命名的产生。"通常情况下，如果能够以源语作品名为摹本，通过语符转换而生成译本作品名，而且生成的译名既能保持原作名的语言表达方式，又能概括作品主题，突出作品内容，暗示作品寓意，那么译者一般都会乐意为之。""然而，由于不同民族历史语境之悬隔和文化语境之差异，有些通过语符转换而生成的作品名达不到上述效果，甚至会让译文读者不知所云。"曹明伦通过具体翻译例子说明，"译者在处理作品名时，如果用翻译手段难以充分实现跨文化交流的目的，甚至无法产生跨文化交流的效果，完全可以用目标语直接为作品重新命名"（曹明伦，2017：107-108）。

　　翻译是一种跨文化交流活动，译者作为翻译活动的专家，也是跨文化交流的专家。他们能够评估和判断原文的特点和译文的表达习惯，了解译文读者的认知和喜好，从而在翻译过程中做出相关决定，确保翻译质量。上述例子中，郑小芸在处理一些书名时就充分体现和行使了其作为专家的优势。若直接翻译书名，不能有效地实现跨文化交流的目的，她结合读者的认知和语言习惯，对书名进行了汉语中的重新命名。译者作为跨文化交流的专家，在翻译行不通的时候，就得采用其他跨文化交流的方法，这再次印证了译者作为专家的身份。同时，也正是因为有译者的积极处理，才使外国绘本在汉语中有了喜闻乐见的表达，有效地实现了跨文化交流和翻译目的。

此外，译者作为翻译行为的专家，还要根据中外语言的差异，做出一定的调整，既要符合汉语语言的行文习惯，也要符合儿童的语言习惯，才会激发儿童的阅读兴趣，通过绘本故事对儿童产生一定影响。柯倩华翻译的绘本大部分为英译汉。其中较为著名的当属英国海伦·库柏（Helen F. Cooper）的作品《南瓜汤》（*Pumpkin Soup*）。库柏原作曾获得多个儿童绘本奖项，其中最为重要的奖项当属1998年的英国凯特·格林威奖。读原文第1页便可以窥见译者的专家作用。

Deep in the woods there's an old white cabin with pumpkins in the garden. There's a good smell of soup, and at night, with luck, you might see a bagpiping Cat through the window, and a Squirrel with a banjo, and a small singing Duck. (Cooper，2005：1)

柯倩华的译文如下：

树林里有一间古老的小白屋，园子里种了很多南瓜。那里有闻起来好香的汤。到了晚上，如果你够幸运的话，或许可以透过窗户看见一只猫在吹风笛、一只松鼠在弹斑鸠琴，一只小鸭子在唱歌。（库柏，2001：1）

其英语原文是典型的形合表达，虽然只有两个句子，但是其修饰成分较多，为树状结构。第一句为简单句，其主干为 "there is an old white cabin"，是典型的存在句，也是常见的故事开始模式，当然典型的故事开始模式是 "Long long ago, there was"。句子主干前面有地点状语 "deep in the woods"，存在句主语 "a cabin" 后面有介宾短语（with pumpkins in the garden）。原文第二句是一个 "and" 连接的并列句。第一个分句仍然是典型的存在句，而第二个分句则是一个结构为SVO主谓宾的句子，其主干为 "you might see a Cat, and a Squirrel, and a Duck"。第二个分句的句首有一个时间状语（at night）和一个方式状语

（with luck），三个动物宾语都有定语，"a Cat"的定语是"bagpiping"，为现在分词作定语，表示动作的进行。"a Squirrel"的定语是"with a banjo"，为介宾短语作后置定语，"a Duck"的定语为"small singing"，"small"是表示大小的形容词，"singing"是现在分词，表示动作的进行。

柯倩华的汉语译文不仅充分考虑到汉语的表达习惯，而且还结合儿童的认知和语言习惯，做出翻译决定，实现了相应的改变，充分体现了译者的专家身份。其译文首先将原文形合的句子，改为汉语意合的句子，将原文较长的句子（一共两个句子：一个简单句，一个含有两个分句的并列句），改为汉语的短句（汉语中总共有七个小句）。比如，原文第一句就译为两个汉语句子，第二个句子"园子里种了很多南瓜"，在原文中实际上就是介宾短语。但是原文这个介宾短语较长，表达的内容较为丰富，如果直译为汉语的前置定语，该前置定语会很长，汉语表达会十分欧化，不符合汉语表达习惯，当然，也不符合儿童的语言认知。另外，原文"pumpkins"为复数形式，通过名词词尾的屈折变化表明有很多南瓜。汉语词语没有这样的屈折变化，不能通过词尾变化体现出多个南瓜。译者结合汉语习惯将其译为"很多南瓜"。此外，汉语中第一个句子，通过这样的安排，叙述从远到近，树林里——小白屋——园子里——南瓜，步步推进，合情合理。原文第二个句子中第一个分句中，主语是"a good smell"，"of soup"实际上为介宾短语作后置定语修饰"a smell"，这一部分若直译就会变为"那里有汤的香味"，译者的译文实际上却使用"香"来修饰限定"汤"，整个句子的中心就落在"汤"上面，与书名《南瓜汤》呼应。第二个句子的第二个分句中的地点状语和方式状语都为介宾短语，不宜直接翻译为汉语，译者将地点状语仍然译为地点状语，而方式状语翻译为一个条件句，以符合汉语的行文习惯和儿童的认知。译文还将原文中修饰猫和鸭子的定语译为汉语的谓语，符合汉语表达习惯："一只猫在吹风笛""和一只小鸭子在唱歌"。另外，原文修饰松鼠的后置定语为介宾短语，"with a banjo"，字面意思即"带着斑鸠琴"。倘若按此字面意思翻译，一是不能与上下文中动物正在进行的动作一致，二是会给儿童的理解制造障碍。柯倩华作为译者，将其译为"一只松鼠在弹斑鸠琴"，既能与上下文连贯一致，又能明确讲出故事，使儿童不致猜测"带着斑鸠琴"要做什么。此句译文中明显增加了"在弹",属于增词法,此处增词恰到好处。柯倩华曾经专门讨论过绘本翻译,认为:"高明的译者和次等的译者有一点相似。这两种人都把原文里有的丢掉一部分,添进原文里没有的一些东西。但这样做也有个分别:高明的译者丢的是用不着的,添的是少不了的。次等的译者所干的正好相反!"[1]

虽然译文做出相应的改动,其实译文还是十分照顾原文的字词,将原文修饰动物的现在分词都译为了"在做某事",从语言词汇上体现出了译文对原文的忠实。此外,原文在列出三个动物的时候,在后两个动物即"Squirrel"和"Duck"前面都使用了连词"and"。按照汉语意合的习惯,译者将第一个连词省略,而将第二个连词译出。译者在此处省略,或者按照柯倩华自己的话来说,"译者丢的"也都是译文中用不着的。译者作为专家对于两种语言习惯和差异的掌握炉火纯青,译文地道自然流畅。

当然,柯倩华在此处短短的译文中还是表达了异域风味,如"风笛"和"斑鸠琴"。这两个乐器的术语,或许英语国家的儿童读者能够理解,但是汉语文化语境中的儿童几乎是不知道的,更不了解这些乐器有什么功用。克鲁格(Kruger)进行了相关研究,指出"有如此假设:读者阅读异化的故事版本时,会更多地利用图画来确定外国风味词汇因素的意义"(Oittinen et al.,2018:30)。事实上也是如此,虽然《南瓜汤》中"风笛"和"斑鸠琴"可能会给汉语文化与语境中的儿童和成人读者带来理解障碍,但是在相应页面中的图画中,读者大致可以看到风笛和斑鸠琴的形象。(此页中,由于画面距离较远,又是通过一扇窗户显示出三个小动物的动作,所以关于乐器的画面不是十分清晰,但是至少可以看出这两种乐器大致的模样。)读者看图知道是两种乐器后便可以确定并理解这两个外语文化词语的含义。柯倩华作为儿童文学作家、译者和研究者,曾经指出:"儿童图画书以精简的文字和诠释性丰富的图像,合力经营让儿童能够理解和感受的想象空间,不论文字或图画都要求兼具

1　柯倩华:《柯倩华谈翻译英文图画书》,http://baby.sina.com.cn/12/2409/2012-09-24/1737212929.shtml.2018-10-17。

意义和美感。"[1]她的翻译中是以文字和图像的合力经营让儿童理解和想象绘本内容,其译作颇具美感。

总之,台湾地区绘本译者队伍是一支结合了各个时代成员的成熟翻译队伍。老一辈著名翻译家如林良很早开始翻译绘本,几十年如一日,一直到2017年都有翻译绘本出版。后一批译者有余治莹、区席雅、种衍伦、吴佳绮、郑小芸、宋美心、宋美慧、刘美钦等。而新一代译者数量最多。翻译行为中,译者要沟通两种文化,为两种语言搭建桥梁,促进实现跨文化交流。译者实际上具有专家的身份,不仅熟谙两种文化和语言,了解译文读者的认知和期待视野,做出翻译决定,最终生产出易于被读者接受的译文。台湾地区的绘本译者,不仅在翻译时采用儿童喜闻乐见的语言,而且还采取翻译以外的手段,如重新命名书名,以有效实现跨文化交流。

7.2.2　读者群体

台湾地区绘本的读者大部分是儿童,但实际上大多数绘本读者年龄太小,只看得懂图画,不能阅读文字,这时就要采用亲子阅读的模式,由大人讲解文字,帮助儿童理解绘本内容。所以儿童绘本广义上的读者除了儿童,还有成人。

有研究者专门区分过绘本读者群中这两类读者。奥茵蒂娜指出,儿童文学有双重读者——儿童和成人。"这类文学的译者也通常承认双重读者,并且形成翻译解决方案,以适应不止一种期望读者群的需要。"(Oittinen et al.,2018:6-7)奥茵蒂娜进一步引用相关研究:"贝尔区分了第一类读者角色,即接收者,读者群中最重要的人,直接接收阅读材料的人。奥茵蒂娜和凯托拉(Anne Ketola)声称绘本翻译中,接收者通常都认为是儿童,大人把书阅读给儿童听。对说话者而言,第二重要的读者成员——因而也是第二类可能影响说话者风格的——可以称之为听者。""绘本译者的听者是为接收者生产、营销、购买和表演绘本活动中涉及的成人。"(Oittinen et al.,2018:7)

1　柯倩华:《柯倩华谈翻译英文图画书》,http://baby.sina.com.cn/12/2409/2012-09-24/1737212929.shtml.2018-10-17。

当然，儿童和成人这两类读者中，儿童的重要性毋庸置疑，对儿童的考虑甚至可以影响到译者的翻译。据奥茵蒂娜引用的相关研究："译者总是受到他们对于翻译接收者需求理解的影响。为儿童翻译时，接收者（设想）的需求问题更为重要。儿童文学的翻译受到儿童形象的影响——人理解童年，儿童以及他们需要的方式——既有社会中主要的儿童形象，也有译者独特的儿童形象。"（Oittinen et al.，2018：6）

在台湾地区资深翻译家林良的翻译中，就有儿童形象对其翻译的影响，其中最具个性的当属林良对于原作中"寻死"情节的改写及其体现出的林良个人的儿童观。"林良的'译写'策略背后隐藏着他对儿童的观感。文字要浅化，是因为儿童的语文能力有限；要添加解释，是因为儿童的理解能力有限；删除'寻死'情节，是因为儿童判断能力有限，可能会受到影响而模仿。""他认为如果想为儿童选择优良的儿童文学创作，可以从具有'文学性'的作品中，挑选富有教育价值的。或者从富有教育价值的作品中，挑选那写得最动人的。""由此可看出'自杀'在林良的观念里，是儿童文学里不应该出现的题材。儿童不应该碰触'寻死'的念头。"（陈宏淑，2008：17，19）很明显，林良个人独特的儿童观以及他对儿童的认识影响了他的翻译，这是上文提及的译者独特的儿童观。译者个人的儿童观使得译者在翻译过程中，根据自己对儿童认知和能力的判断，对原文内容做出相应变动，以适应译者所设定的儿童形象。

当然，台湾地区也有社会中主要的儿童形象影响译者翻译的情况。总体而言，台湾社会中，儿童形象大概就是识字少，认知能力有限，不能理解过于复杂的概念，对世界的了解不多。具体到绘本，儿童尤其是那些不识字的儿童阅读绘本时，可能还会更倾向于先看绘本的图片。当然，认为儿童通常情况下对世界了解不多，也是普遍认识（参见Oittinen et al.，2018：33，83）。意大利的出版社认为意大利儿童读者能力更低，并且认为意大利儿童对"他者"不感兴趣，在此认识之上创造出了天真的儿童（Oittinen et al.，2018：36）。盖拉维尼（Garavini）指出，译者和出版社倾向于保护儿童不遇到"他者"（Oittinen et al.，2018：88）。这些社会对儿童形象的普遍认识，对绘本翻译有所影响。这

167

种儿童认识世界和外国文化不多的观念"不可避免地影响到过程中的每一个翻译选择"（Oittinen et al.，2018：36）。比如，译者会针对儿童重图画的形象，在翻译过程中，侧重结合相关图画作出翻译，而不仅仅是直译原文。例如，台湾地区译者小蜜柑翻译英国绘本作家大卫·罗伯茨（David Roberts）的作品 *Dirty Bertie*。该作品分别于2005年和2010年由台北大好书屋（日月文化旗下）和台北日月文化（Heliopolis Culture）出版社股份有限公司出版，其书名意为"脏脏的伯蒂"。按照书名直译，台湾地区儿童读者能够理解"脏"，但"伯蒂"是名字，英语国家儿童自然知道、了解，但是台湾地区儿童未必知道，译者结合绘本封面以及绘本中脏兮兮的小孩形象，将书名改译为《脏小弟》。第一，这种翻译处理符合社会对儿童阅读习惯的理解，阅读绘本时倾向于看图；第二，这种翻译处理也符合台湾社会对儿童对中儿童形象，虽不太清楚"伯蒂"为英语国家中常见的名字，但是却知道"弟""小弟"的意思，也不会造成阅读或者听故事的障碍。此外，台湾地区译者张东君翻译的 *An Egg is Quiet* 也是典型案例。该绘本由美国黛安娜·哈茨·阿斯顿（Dianna Hutts Aston）撰文，希薇亚·隆（Sylvia Long）绘图。书名字面意思是"一个蛋是静悄悄的"。当然，绘本封面也画了一个蛋静静地躺在草丛中。但是，此处直译可能会给儿童带来误解：蛋是静悄悄的，指所有的蛋都是静悄悄的，还是指图画上面的蛋是静悄悄的？译者结合对儿童阅读习惯的理解，即儿童还是倾向于看图，结合书封面形象，将书名译作"静悄悄的蛋"，其好处在于能够结合书封和内容，对原文中的"蛋"进行修饰限定，使儿童在看图和听故事时就能知道和了解书封上的蛋，就是这个静悄悄的蛋，不会造成阅读或者听故事的障碍。

台湾地区绘本读者中有一群读者，他们并不需要通过阅读翻译绘本来扩展知识、了解世界、培养性情、陶冶情操，虽然他们阅读绘本也可以在无意中实现这些目标。他们阅读翻译绘本完全是为了儿童，这一群读者就是翻译绘本的成人读者，主要是儿童家长，或者是老师，甚至是图书馆或者一些绘本阅读活动的主持人。他们在绘本阅读中虽然不是最重要的读者，但是其重要性不容忽视。成人能够决定儿童具体阅读哪些翻译绘本，能够决定儿童阅读翻译绘本的方式，还能够影响儿童对翻译绘本的认识和理解。首先，成人出钱给儿童购买翻译绘本，能够在很大程度上决定买哪一种绘本，进而决定儿童阅读哪种绘本。一般情况下，翻译绘本的读者年龄较小，不能判断自己的需求，需要有成人了解其需求，决定购买符合其年龄和认知水平的绘本。当然不排除年龄稍大的读者可以识字，可以与成人协商购买自己喜欢的翻译绘本。不管怎么样，在这一环节中，成人的作用和影响较大。尤其值得注意的是，有些对奖项方面颇有了解的成人多选择购买各种获奖的外国绘本。其次，成人能够决定儿童阅读翻译绘本故事的方式。当然，儿童可以自行阅读绘本的图画，但是只有稍大且具有一定识字量的儿童才能够阅读绘本上面的文字。实际上，很多时候，儿童都需要成人将绘本的故事读出来，有时还需要成人解释和说明。成人怎样读绘本，儿童就怎么理解绘本。有些绘本涉及多个人物，有的成人在读故事的时候，可能会变换不同的声音，绘声绘色地讲绘本的故事，儿童也能身临其境地了解绘本故事的内容。有些成人读绘本故事，只是将绘本的内容一成不变地读出来，儿童当然也能够理解绘本的内容，但是却少了阅读的乐趣和深刻的认识。所以，成人能够影响儿童对翻译绘本的认识和理解。综上所述，有的成人在讲故事的时候，能够进入角色，对于儿童的不解和疑惑之处，也会较为详细地给出解答，促进儿童对翻译绘本故事的理解。但是有些成人则只是侧重将绘本故事读出来，不分析，不解释，影响儿童对绘本故事的理解。

台湾地区绘本读者中最为重要的当属儿童，儿童是翻译绘本最终的接收者。儿童通过阅读绘本，了解世界，培养习惯，陶冶情操。绘本的教育意义正是体现在儿童身上。凯托拉和马特奥（Robert Martinez Mateo）曾经指出绘本《斐迪南的故事》（*The Story of Ferdinand*）的西班牙译本，"很像当时大多数绘本，面对解决暴力冲突和尊重个体多样性的问题时，具有说教和道德教育功能"（Oittinen et al., 2018：113）。实际上，各种不同的翻译绘本，不论它们要解决什么问题，都有一定的说教功能和道德教育功能。首先，儿童通过阅读翻译绘本，能够了解世界各地的不同文化，初步了解外国的特殊物品。例如，美国绘本作家麦克林托克（Barbara McClintock）有一系列阿黛儿和西蒙在巴黎、美国、中国的故事，由台湾地区译者刘美钦翻译，于2013年由台北水滴文化出版，其中也涉及世界文化。这一系列是了解世界文化的较好的阅读

材料。其次，儿童通过阅读翻译绘本，可以培养良好习惯和品质。其实有些外国绘本旨在介绍良好的儿童品质和习惯，帮助培养儿童良好的品德和习惯。比如柯倩华翻译的《勇敢的莎莎》为美国绘本作家亨克斯（Kevin Henkes）的作品，由新店的三之三（3&3）文化于2001年出版。该绘本讲述了莎莎勇敢解决问题的故事，作者赞赏莎莎勇敢的品质，具有相应的教育意义。另外，荷兰知名绘本大师汉斯·比尔（Hans de Beer）的绘本《别怕，我在你身边》，林良翻译，1999年由台北格林文化（Grimm）出版，也是用绘本故事激励儿童，培养儿童的勇敢品质。另外，有的外国绘本故事旨在培养儿童良好的吃饭、睡觉、运动习惯，在阅读过程中，对儿童产生潜移默化的影响。当然，成人带领儿童阅读绘本，本身就是一个良好的阅读习惯培养过程。儿童的世界需要成人的陪伴，而亲子阅读无疑是较好的陪伴模式。相对于让儿童过多依赖电子产品的陪伴，如手机、平板或者电脑，相信大多数家长还是青睐这种传统的亲子阅读方式。亲子阅读可以增进家长与儿童之间的感情丰富儿童的世界，扩大儿童的认识面，还可以避免儿童沉溺于电子产品。儿童的世界需要成人引导，儿童将会沿着成人的引导方向发展。正如前文所述，绘本定义就是"文字和图像"（Oittinen et al.，2018：16），文字是绘本的组成部分，图像也是绘本更为重要的特征。奥茵蒂娜结合绘本研究的成果，从"绘本"的定义出发强调了绘本中图像的重要性，指出"有些定义微妙地强调了视觉模式的重要性，甚于文本模式。例如，这可以通过强调以下事实得以实现，绘本的图像比文字文本多"；"剑桥字典就将绘本定义为书，尤其是儿童书，图片很多，字不多"（Oittinen et al.，2018：18）。奥茵蒂娜对文字和图像的轻重做出了说明，通过强调绘本中的图像，奥茵蒂娜将之前研究者对绘本的定义又提升了一步。奥茵蒂娜在其专著《翻译绘本：为儿童再现文字、图片和声音》（*Translating Picturebooks: Revoicing the Verbal, the Visual, and the Aural for a Child Audience*）中，多次强调绘本的艺术性，指出"撰写此书，是源于本人对作为艺术形式的绘本的兴趣""人们常说，绘本是儿童首先参观的艺术馆"（Oittinen et al.，2018：xi，4），而博世·安德鲁的绘本概念其中之一就是绘本是"艺术"（Oittinen et al.，2018：16）。值得注意的是，绘本中涉及的艺术形式主要是美术绘画，当然根据绘本类型不同，其侧重点不同。但是美术绘画在各类绘本中，都是极其重要的艺术形式。儿童从小看绘本图书，能够初步培养儿童的艺术欣赏能力，使儿童在耳濡目染中初步具备欣赏艺术作品尤其是美术绘画作品的能力。

鉴于儿童年龄段不同，其认知能力、阅读能力甚至是欣赏能力均有所不同，需要根据儿童不同年龄段的特征，对儿童的阅读能力进行大致分类，以便更为详尽地了解其需要和译者翻译的特点。

在台湾地区，翻译绘本的儿童读者，年龄段可以分为以下两大类：3～6岁儿童和7岁以上儿童。台湾地区翻译出版的外国绘本，有时对适用对象有专门说明。正是基于此部分说明，本章将台湾地区外国绘本的儿童读者分为以上两个大类。

首先，3～6岁的儿童，一般不识字，需要采用亲子共读的形式才能完成外国绘本中图画和文字的阅读。台湾地区翻译绘本中通常图画占了绝对优势，文字较少，意思较为简单，经过成人讲故事，儿童一般能够理解。比如，罗柏·巴利（Robert Barry）的绘本 *Mr. Willowby's Christmas Tree* 由林良翻译为《威洛比先生的神奇树》，于2014年由台北《天下杂志》（Commonwealth Magazine）出版。该书的注除了一般性的说明英语原文的书名，还对该绘本的适用对象做出了说明："3～6岁亲子共读；7岁以上自己阅读"（http://cis. ntl.edu.tw:80. 2018-10-15）。类似的还有英国绘本作家洁西卡·寇特妮–堤可（Jessica Courtney-Tickle）的绘本故事 *Four Seasons in One Day*，吕玉蝉翻译为《韦瓦第四季音乐故事》，由台北水滴文化于2017年出版。该书在适用对象中说明"适读年龄：3岁以上"（http://cis.ntl.edu.tw:80. 2018-10-15）。从上述绘本对阅读对象的提示文字中可以大致了解台湾地区儿童绘本的分类。以3岁和7岁为分界点。3岁以下儿童不"读"绘本，多看一些图片，了解各种物品的名称。而3～6岁的儿童，可以在成人的陪伴下阅读绘本，可以看懂绘本的图画，一般不认识文字，因而无从全面了解绘本故事的意义。7岁以上的儿童是外国绘本另一大类儿童读者。7岁以上儿童，可能已经认识一部分简单的文字，可以在看图的情况下，自行阅读简短的绘本，如《威洛比先生的神奇树》。当然，台湾地区翻译出版的儿童绘本中，还有一类文字更多、内容稍微复杂的绘本，供

年龄较大的儿童阅读，并且有时这类绘本是以诗歌的形式写出，还要求儿童有相关的诗歌、韵律、音乐欣赏能力，才能够阅读并理解绘本内容。绘本诗集中对于诗歌格律、韵律等要求尤其明显，不仅译者要能够欣赏并译出，还要读者具有一定的能力才能阅读欣赏。

此外，有研究者就绘本的朗读作过相应研究："总之，文本的可读性存在于文本和读者之中。通过各种方式，如重复、句子结构、换行、韵律和标点，文本就从读者口中大声朗读而出。如上文所述，不同的表达方式，如声调、速度、重读和节奏，构成读者大声朗读的乐趣。至于可读性，有很多其他复杂的因素，如读者的动机、熟悉程度以及词汇的情绪，都会影响到大声朗读的情况。"（Oittinen et al.，2018：72）其实，文本尤其是诗歌中的节奏、韵律等因素，不仅是读者会面临的，也是译者所面临的。译者要能够欣赏原文这些细微之处，还要在译文之中传达出来。"绘本要大声朗读，这一事实在很大程度上影响了译者的工作。译者应该意识到表达的不同潜力——声调、语气、速度、停顿、重读、节奏、音长——在翻译时需要把上述因素都考虑在内。"（Oittinen et al.，2018：20）其实，若儿童年龄较小，不能识字，朗读的工作还是由成人完成的，若儿童年龄稍大，则可以自己朗读。尤其是绘本诗集这一类绘本，大声朗读，并且琢磨其节奏、音韵等要素，无疑能够带来阅读乐趣。当然，这也就为译者提出了更高的要求和更艰巨的挑战。

值得注意的是，在3～6岁和7岁以上儿童中，还有一类特殊儿童，即视障儿童。台湾地区为视障儿童制作视障专用绘本，既有原创绘本，也有翻译绘本。台湾地区视障儿童专用的翻译绘本，大多是在台湾地区某些图书馆将绘本做成视障专用数位点读书。如英国华德尔（Martin Waddell）著、宾森（Patrick Benson）绘图的绘本《小猫头鹰》，经林良翻译，于2013年由台北上谊文化出版，既有常规版本，也有视障儿童专用版本，即视障专用数位点字书。台湾地区的绘本包括原创绘本和翻译绘本中都有专供视障儿童阅读的书籍，以双视图书、点字书和电子书的形式出现。台湾地区某些图书馆就专门提供视障服务，其业务包括制作出版和供应视障者读物，包括儿童绘本。这种专为视障儿童制作的绘本，无疑为视障儿童打开了一扇窗户，让视障儿童接触到外国绘本、了解外国故事和知识。根据"中国新闻网"报道，2012年台湾地区举办"2012年'视障阅读推广计划'颁奖典礼，全盲的台中市小学视障生杨紫羚，今年暑假两个月一口气读完435本书，平均每天读7本，获得竞赛小学组的阅读达人，也写下视障阅读达人的新纪录"。据了解，台湾地区"每年持续投入5000万元（新台币）提供制作点字书、有声图书等，希望提升视障生的阅读能力"[1]。这种为视障生尤其是视障儿童专门制作的相关图书，对于培养视障生尤其是视障儿童的阅读兴趣、提高其阅读能力都是大有助益的。

7.2.3 出版社

作为翻译行为的参与者之一，台湾地区出版社在绘本翻译和出版活动中也发挥着相应的作用，产生了相关影响。首先，出版社能够将翻译绘本规模化生产，使台湾地区儿童阅读到优秀的外国绘本，有利于其了解外国文化，促进自身的成长和发展；其次，出版社还能充分利用资源和财力，聚集一批有经验、有方法的译者，高质量、高时效翻译系列外国绘本，形成系统的绘本翻译。

与台湾地区绘本译者群发展相对应，早期出版翻译绘本的出版社屈指可数，中期有所发展，到2000年前后，出版翻译绘本的出版社越来越多，出版的翻译绘本也相应增加。较早出版绘本的出版社有台北的纯文学和上谊，前者在1978年出版过林良翻译的英国波特的《老鼠阿斑儿歌集》和《格罗斯特的裁缝》（*The Tailor of Gloucester*），后者在1988年出版过林良翻译美国强森的《阿罗有支色笔》（*Harold and the Purple Crayon*）。

台湾地区出版翻译绘本的出版社数量众多，形成了一个较为庞大的翻译绘本出版社群体。这些出版社不仅出版翻译绘本，还出版台湾地区的原创绘本。

李君懿在2009年12月至2010年1月间对台湾地区8家出版社的资深编辑作了深度访谈，了解到这些出版社的绘本发行开始年以及相关受访者的资历（李君懿，2010：368–369）。本书引用李君懿的表格以说明这些出版社翻译绘本的出版情况。

---

1 《两月读435本书　台湾一视障学生成阅读达人》，http://www.chinanews.com/tw/2012/12-05/4385033.shtml.2012-12-05。

表7-1　访谈对象

受访厂商	绘本发行始于	受访者	相关资历
格林	1993	张文玉	10年
青林	1994	谢依恬	8年
三之三	1998	李昭莹	——
天下	1999	蔡珮瑶	6年
文建会	1999	粘忘凡	10年以上
道声	2000	曾家纬	10年
彩虹	2001	邱子玲	5年
小鲁	2003	周佩颖	4年

（李君懿，2010：369）

　　虽然李君懿这个表格中"绘本发行始于"包括翻译绘本，但是没有翻译绘本和原创绘本的界限。以上述出版社为例，本书追溯了这些出版社出版翻译绘本的时间，发现上述8家出版社有些是原创绘本和翻译绘本同期开始的。

　　当然，台湾地区出版过翻译绘本的出版社不仅限于上述8家，还有台北的水滴文化、台北的玉山社、新店的玉山社、台北的上谊文化、台北的艾格萌、台北的远流（Yuan-Liou）、新竹的和英（Heryin）、台中的晨星（Morning Star）、台北的亲亲文化（Kiss Nature）、台北的典藏艺术家庭（Artco Books）、台北的远见天下（Global Views）、台北的幼狮文化（Youth）、台北的天下杂志、台北的飞宝国际文化、台北的经典传讯文化发行（Classic Communications）、台北的台湾麦克（Tai Wan Mac）、台北的台湾英文杂志社（FMP）、台北的纯文学、台北的方智、台北的维京国际、台北的日月文化、台北的世茂、台北的皇冠、台北的自立晚报等。从这一串长长的名单可以看出，台湾地区出版翻译绘本的出版社绝大多数都是位于台北。台北是台湾地区的经济中心、交通枢纽、文化重镇，也是与外界交流的窗口，台北地区建立多个出版社纯属自然。台北对外交流较多，引进外国资源也比较多，这些台北出版社引进和出版翻译外国绘本也就是情理之中的了。

上述出版社中出版翻译绘本较多的当属格林文化、青林国际、三之三文化、水滴文化、上谊、玉山社、和英等。有些出版社还出版系列翻译绘本，或者在系列绘本中加入翻译绘本。格林文化在2005年前后出版了一套"安徒生200年珍藏绘本"，由林良翻译。这一套丛书一出就是10本，到2016年，这套珍藏绘本又出了林良翻译的第二版。水滴文化在2013年到2017年之间出版了"绘本滴"系列绘本，除了相当数量的原创绘本，还有相当数量的翻译绘本纳入这个系列。而且"绘本滴"中的绘本源自美国、日本、法国等。类似的还有台北和新店的玉山社出版事业股份有限公司，该公司大约在1995年到2018年之间出版了"星月书房"丛书。用丛书计划翻译绘本，无疑可促进翻译绘本数量和质量的提升。

李君懿总结了台湾地区出版社对出版国外绘本与本土绘本的意愿倾向，指出："A业者采取分散平均的原则，尽量在译本与本土创作间取得平衡。B、C、G业者皆表示：早期均以国外得奖绘本作品为出版对象，近年来，逐步拓展本土绘本创作。对于出版国外绘本多有琢磨的G业者则表示，国外绘本并不会带给读者文化落差感，好的绘本反而能刺激国人的阅读思考或创作题材。D业者虽出版绘本起步时间较晚，但以本土绘本出版为主。G、F业者，透过国际书展或其他管道，建立了不少专属的绘本画家与作家，出版选项并不独厚得奖作品。不过较保守的出版业者则仍以国外得奖知名绘本为出版对象。"（李君懿，2010：369-370）

从上述李君懿对台湾地区出版社相关人员的深度访谈而得出的结果可以得知，确实有的出版社偏重外国得过奖的著名绘本。这些出版社的翻译绘本就多一些。同样，有的出版社重视本土原创作品，翻译绘本数量就会少一些。当然，也有出版社在翻译绘本和原创绘本之间取得平衡。这就能够解释为什么有的出版社出版外国绘本颇有体系，而有的出版社较零散。

此外，各个出版社由于规章制度等的不同，其出版流程也有所不同。台湾地区学者李君懿指出，国外绘本翻译过程较短，而台湾地区绘本出版时间难以掌握。"国外绘本一经授权完成，从翻译到装帧完成大约只需一个半月的工作日。"台湾地区的绘本，从故事企划、创作、讨论到修正，往往需要来回重复

流程，出版时程难以掌控。至于印制上，国外绘本无论是纸张、印色或装帧部分的要求都远高过台湾地区绘本（李君懿，2010：370）。此外，每个出版社审稿制度也不同，柯倩华指出："很少出版社如'和英'有正式合理的审稿制度和外籍咨询。"[1]在外国绘本出版流程中，若是加上了合理的审稿、外籍咨询这些流程，无疑可以确保译作质量，提升外国绘本翻译质量。位于台湾新竹的和英出版社，1998年由周逸芬创办。该出版社1999年就开始翻译出版绘本，2002年"开始耕耘本土优良童书绘本"。和英的编辑制度十分亲和，除了柯倩华提及的上述审稿和咨询，还有"编辑工作尽量采特约方式，将译文交给具专业能力的特约编辑，精简公司人事成本。周逸芬指出：'很多合作的译者喜欢跟和英一起工作，因为和英对文字很用心，他们也能有成长空间。'"[2]然而，上述完备的外国绘本出版流程并未在台湾地区的绘本出版社中普及开来。

另外，值得注意的是，台湾地区出版社近年来也会偶尔出版大陆地区有声望的知名译者的译作。2005年台湾麦克就出版了大陆知名儿童文学翻译家任溶溶先生翻译的安徒生童话绘本。当然，这也有一定的背景和原因：为了纪念安徒生200年，台湾地区好多关注儿童文学翻译的出版社都出了安徒生作品的译本。而大陆知名儿童文学翻译家任溶溶的作品是可以与台湾地区林良先生作品媲美的。当年，格林文化出版了林良的译文，台湾麦克则选择了任溶溶的译文。

---

1 柯倩华：《柯倩华谈翻译英文图画书》，http://baby.sina.com.cn/12/2409/2012-09-24/1737212929.shtml.2018-10-17。
2 郭士榛：《周逸芬专访：和英文化的优质文创》，http://www.heryin.com/Writer_6.htm。

7.2.4 原文作者

绘本翻译和其他翻译活动一样，离不了原文作者。台湾地区翻译的外国绘本涉及的外国作者既有国际知名的绘本作家，如安东尼·布朗、汉斯·比尔、海伦·库柏、艾瑞·卡尔（Eric Carle），也有一些不知名的绘本作家，如孟席（Munsch）。

中国台湾地区的绘本翻译开始早，涉及的外国绘本原作者人员众多，国别不一。其中英语国家（尤其是英美两国）的作者最多，其次是日本、德国、法国、澳大利亚等国的作者。台湾地区翻译的儿童绘本中，最知名的作者当属世界著名的丹麦童话作家——安徒生。

来自美国的有黛安娜·哈茨·阿斯顿、艾瑞·卡尔（Eric Carle）、雷米·查利普（Remy Charlip）、亨克斯、希克斯（Barbara Jean Hicks）、伊莉莎·克勒雯（Elisa Kleven）、罗勃·麦罗斯基（Robert McCloskey）、汤米·狄咆勒（Tomic dePaola）、麦可·罗森（Michael Rosen）、托尔·赛德尔（Tor Seidler）、席姆斯·塔贝克（Simms Taback）、麦克林托克、蒂波拉·安德伍德（Deborah Underwood）、奥黛莉·伍德，等等。

来自英国的有安东尼·布朗、约翰·伯宁罕（John Burningham）、蕾贝卡·寇柏（Rebecca Cobb）、海伦·库柏、波莉·邓巴（Polly Dunbar）、米克·英克潘（Mick Inkpen）、强森（Crockett Johnson）、苏妮缇·南西（Suniti Namjoshi）、碧雅翠丝·波特（Beatrix Potter）、大卫·罗伯茨、希尔弗斯坦、华德尔，等等。

来自日本的有安永一正、宫越晓子、谷内钢太、铃木守、山冈光、喜多村惠、小林清之介、熊谷聪，等等。

中国台湾地区翻译的外国绘本中，有些原文作者获得过各类绘本大奖，但有些作者在其作品最初进入台湾地区时名不见经传。像安东尼·布朗、海伦·库柏、亨克斯、汤米·狄咆勒等人都获得过绘本专门奖项。而孟席（Munsch）最初和英出版社引进其作品时还是个不知名的绘本作家。"1999年和英出版第一本童书翻译绘本《永远爱你》时，加拿大作家Robert Munsch对台

湾读者而言几乎没有知名度，当时和英是新公司，译者也是新人，但作品推出不到半个月即热销五千本。"[1]

另外还有来自法国、德国和澳大利亚的作者：克洛蒂德·贝涵（Clotilde Perrin）、克拉维尔（Bernard Clavel）等为法国作者，维薇安·舒瓦兹（Viviane Schwarz）等为德国绘本作者，苏菲·布雷克尔（Sophie Blackall）、史蒂芬·麦可·金（Stephen Michael King）等为澳大利亚作者，汉斯·比尔为荷兰绘本大师。

传统翻译研究中，若原文作者地位较高，译者则需要对原文作者和作品亦步亦趋。对原文作者或作品不忠实的译者，往往被称为"不忠"。中外翻译史上都有相似的表达，如"不忠实的美人"（belle infidèle）、"叛逆者"（Traduttore, traditore），或是"讹"。但是翻译活动从早期的宗教翻译和文学翻译，逐渐发展到了当代社会各种各样的应用翻译，同时社会科学研究领域对文本也有了新的认识，翻译研究中原文作者不再高高在上。后现代影响力巨大的文论家罗兰·巴特就提出了颇具影响的"作者之死"，对此有研究者认为可以从以下五方面理解：第一，作者对于文本的主导权不具有历史必然性。第二，作者从来就不是文本的唯一主体。第三，作者从来就不可能先于文本而存在。第四，消灭作者才能拓开文本的多维空间。第五，作者的死亡意味着读者的诞生（桑明旭，2017：100-101）。在当代翻译活动中，原作者既非高高在上，也非已经"死亡"，原文作者与翻译活动的其他参与者，如译者、出版社、绘图者实际上具有平等和谐、相辅相成的主体间性。在中国台湾地区绘本翻译活动中，原文作者就处于这样一种位置。原文作者既不强求译者要在词汇、句法结构方面都对自己的作品亦步亦趋，而是允许译者根据译入语的语言习惯和特点，在译文中做出相应的增减；同时，原文作者也并非就"死"了，而是与其他翻译活动参与者一起参与翻译活动，只是各自分工不同罢了。

---

1 郭士榛：《周逸芬专访：和英文化的优质文创》，http://www.heryin.com/Writer_6.htm.2018-10-20。

7.2.5　绘图者

有些国际知名的绘本作家也擅长绘图。这种情况下，绘本的文、图可以由同一个人完成，如知名绘本大师汉斯·比尔、罗柏·巴利、安东尼·布朗。但是更多的情况下，绘本作家更专注文字内容，而绘图则交由在图画领域颇有专长的绘图者。绘图者也就成为绘本翻译中一个与众不同的参与者。绘图者与其他参与者都是翻译活动的主体，各个主体之间地位平等、相辅相成。绘图者要理解绘本作者的意思，尊重绘本作者的意图，结合绘本的内容绘出相应的作品。

对于绘本中文字与图画的关系，有研究者做了相关探讨。首先，有研究者认为绘本中的"图画本身就是一种符际翻译，其中意象翻译单词的方式，与单词翻译单词的方式相同"[1]。另外，傅莉莉认为，"某种意义上，儿童绘本中的图画在文本叙述以及意义阐释上扮演着举足轻重的角色"（傅莉莉，2016：61）。把绘本中的图画看作是文字的翻译，是对绘本认识的一种提升。提出符际翻译并产生一定影响的，当属雅各布森。雅各布森认为：任何语言符号的意义就是翻译它的进一步的、替换性的符号，他将阐释语言符号的方式分为三种：语言符号可能译为同一种语言中的其他符号，译入其他语言，或者译入其他非语言符号系统。这三类翻译分别为语内翻译、语际翻译、符际翻译（Jakobson，2012：127）。雅各布森的这三种分类不仅涉及最常见的翻译方式——语际翻译，也涉及不那么普遍的翻译方式——语内翻译，最后还指出，符际翻译也是一种翻译方式，不啻是翻译研究的进一步发展，能够用相关理论阐释社会生产、生活中的现象。曹明伦同样也指出，大多数人从事或研究语际翻译，"长期以来，相当一部分人都认为，翻译这个概念指的就是语际翻译""而雅各布森把翻译划分成语内翻译、语际翻译和符际翻译三类，可以说是言简意赅地概括了翻译概念的外延"（曹明伦，2013：110，112）。很明显，已有傅莉莉等研究者将符际翻译相关理论应用于绘本研究，拓展了研究的

1　Pereira, Nilce M. Book Illustration as (Intersemiotic)Translations: Pictures Translating Words. *Meta*, 53(1): 118. 转引自Oittinen et al.，2018：82。

视野，对绘本中文字和图画的关系做出了颇具学理性的解释。

绘本翻译与众不同之处，在于它不仅涉及文字层面的转化，还涉及图画，或是图画也做出相应的转换，或是图画不作任何转换，但是要求译者翻译的文字不能违背图画。

"尽管译者通常不会改变图画，他们需要了解绘图者绘图背后的原因。"（Oittinen et al.，2018：59）同时被翻译为多种语言的绘本，"其意象不能更改"（Oittinen et al.，2018：71）。绘图者是翻译行为中的一个主体，译者应了解绘图者的意图。

总之，绘图者也是绘本翻译活动中一个与众不同的参与者。绘图者首先需要通过符际翻译将文字转换为图画，译者结合图画翻译文字，不仅要忠实于原文文字，还要忠实于图画信息。绘图者作为绘本翻译活动中的一个主体，与其他主体地位平等。

7.2.6 其他参与者

绘本翻译活动除了上述提到的参与者，还有翻译发起人、译审、绘本推广人等其他人员。各参与方工作不同，互相配合，为了译本能够早日、高质量出版而通力合作。台湾地区比较引人注目的翻译活动参与者还包括绘本推广人。中国台湾地区绘本推广人，有时就是绘本翻译家，如方素珍。方素珍指出："1990年左右，台湾引进了大量的国外绘本，但绘本的单价贵，加上当时应试教育风气比较严重，很多家长认为绘本字少图多，学不到什么东西。'总体来看，绘本的价值没有得到社会的认可。如果没有直接推广，绘本不好卖，就很难被孩子读到，更不用说什么浸润童年了。'"（张贵勇，2014：70）面对台湾地区绘本销售和阅读的现实困境，方素珍在翻译、创作绘本的同时，也走上了绘本推广的道路。"不得已，闲时间一大把的方素珍只好经常到校园、图书馆，给孩子和家长讲故事，培训教师、家长成为故事义工。后来，她当选了海峡两岸儿童文学研究会理事长，她在任内积极开办和阅读有关的研习班，如儿童文学赏析班、说故事培训班、绘本私塾班、创意绘本小书制作班等。"（张

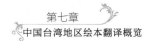
贵勇，2014：70-71）正是在方素珍等绘本推广人的大力推广之下，台湾地区读者对绘本有了新的认识，绘本的销售和阅读量大幅提升。

第八章

中国台湾地区绘本翻译活动

8.1 绘本选译分类

外国绘本种类繁多，根据不同的标准有多种分类方法。

从原作的来源看，以欧美国家为主，尤其是英国、美国，囊括了英美知名绘本作家，包括碧雅翠丝·波特、安东尼·布朗、劳伦斯·安霍尔特（Laurence Anholt）、艾瑞·卡尔等人。另外也有不少法国绘本作家，包括荷莫·弗朗尼（Remo Forlani）、克洛蒂德·贝涵、艾姿碧塔（Elzbieta）、克拉维尔、迪科（Max Ducos）、桑贝（Jean-Jacques Sempe）等人；德国绘本作家，包括芙兰奇丝卡·毕尔曼（Franziska Biermann）、戴安娜·安芙特（Diana Amft）等人；日本绘本作家，包括谷内钢太、山冈光等人。中国台湾地区还翻译有捷克的绘本故事，如汉娜·杜斯克挈洛娃（Hana Doskocilova）、鄂德瓦特·培提斯卡（Eduard Petiska）等人的作品。值得注意的是，上述捷克的故事译自英文。

翻译绘本涉及多种不同主题，主要包括亲情、友情、爱心、习惯、情绪。其中，主题为亲情的绘本包括英国蕾贝卡·寇柏的作品《我好想你，妈妈》，由艾可翻译为汉语，2013年台北水滴文化出版。美国艾瑞·卡尔的作品《袋鼠也有妈妈吗？》，由林良翻译，2002年台北上谊出版。芭芭拉·恩乔丝（Barbara M. Joosse）撰文、芭芭拉·拉维利（Barbara Lavallee）绘图的作品《妈妈，你爱我吗？》，由林良翻译，1997年台北亲亲文化出版。西班牙安娜·贝尔圭（Ana Bergua）的作品《亲亲奶奶》，由苏真颖翻译，2013年台北水滴文化出版。

主题为友情的包括一些知名获奖作品，如英国库柏的作品《南瓜汤》，由柯倩华翻译，2001年新竹和英出版。英国安东尼·布朗的作品《大手握小手》

（*Willy and Hugh*），由林良翻译，2001年台北格林文化出版。柯尔克（David Kirk）的作品《蜘蛛小姐蜜斯白德开茶会》（*Miss Spider's Tea Party*），由林良翻译，1998年台湾麦克出版。

主题为爱心的绘本中，最负盛名的当属美国绘本作家希尔弗斯坦的《爱心树》。《爱心树》讲述了一棵大树和一个男孩的故事。大树很喜欢男孩，几十年来，只要男孩需要大树的任何一个部位都让男孩拿去，最后男孩把树干都砍走去做船。大树对男孩体现出了大度、慷慨和爱心。该绘本在美国及其他国家荣获多个奖项：原著于2001年被美国《出版者周刊》评为"所有时代最畅销童书"（精装本）第14名，入选美国全国教育协会推荐的100本最佳童书，入选美国全国教育协会"教师们推荐的100本书"，入选美国全国教育协会"孩子们推荐的100本书"，入选日本儿童文学者协会编《世界图画书100选》，入选日本儿童书研究会/图画书研究部编《图画书：为孩子选择的500册》。该绘本具有教育意义，故事生动，图画易懂，受到台湾地区多家出版社的青睐，翻译出版了好几次。

另外，台湾地区还翻译有主题为习惯的绘本。英国蕾贝卡·寇柏的作品《谁来吃午餐》，由艾可翻译，台北水滴文化于2013年出版。

台湾地区还翻译有主题为好情绪、自信等的绘本，如美国托尔·赛德尔文、佛烈德·马赛林诺（Fred Marcellino）绘图的作品《一只老鼠的故事》，由陈佳琳翻译，台北的玉山社于2001年出版。美国亨克斯的作品《我好担心》，由新店三之三文化于2000年出版。

台湾地区翻译有主题为宠物的绘本，包括美国蒂波拉·安德伍德著、司各脱·墨衮（Scott Magoon）绘图的作品《顾奶奶和拼图猪》，由林良翻译，台北幼狮文化于2015年出版。

总而言之，英美两国多年的获奖绘本很多都在台湾地区翻译出版。一是因为英美两国绘本作家多，英美两国出版的原创绘本数量众多。二是因为英美两国优秀、出色的绘本作品也多，是选择待译绘本的最佳来源。美国自1922年颁发纽伯瑞大奖（The Newbery Medal for Best Children's Book），自1938年以来颁发凯迪克大奖，而英国自1955年颁发凯特·格林威奖。英美两国这些奖项的颁发，无疑能够肯定绘本作者的成绩，可以极大地激发绘本作者的创作热情，不断创作出优秀的绘本作品。同时，英美两国这些奖项的颁发，也为获奖作品走出国门走向世界打下了良好的基础。

台湾地区翻译的绘本主题众多，有友情、亲情、爱心、习惯、情绪等主题。这些各类主题的绘本，一方面给儿童带来了生动有趣的故事、精美别致的图画；另一方面，这些绘本主题各异，能为儿童成长过程中遇到的各种问题提供解决方案，帮助儿童养成爱护亲人、友爱朋友的好习惯，培养良好的情绪管理能力。

8.2 台湾、大陆、香港、澳门绘本同步出版

台湾地区绘本创作和翻译起步较早，有成熟的翻译家和翻译出版机构，台湾地区翻译的绘本同时也会在大陆、香港、澳门地区出版。

李君懿指出，台湾地区有绘本从业者看准了大陆的绘本出版现状和市场，"早在几年前已在大陆设点，潜心经营当地市场并与当地画、作家配合，深耕华人绘本市场"（李君懿，2010：372）。这里的绘本，既有原创作品，也有翻译作品。

奥沙利文指出："国际合作对出版社来讲很为便利，因为能够减少生产、营销和分销的成本。"（Oittinen et al.，2018：86）其实，不唯国际合作对出版社来讲很便利。中国大陆、台湾、香港的合作对出版社来说也很便利，可以降低翻译、生产、营销和分销的成本。译者可以通过出版社的集中协调，邀请经验丰富、素养深厚的译者，将译者从不必要的复译中解放出来。对出版社而言，同一个译者翻译的作品，在大陆、台湾、香港出版发行，无疑可以在很大程度上节约翻译费用，获取更大利润。对读者而言，则可以欣赏到中国大陆、台湾、香港优秀译者的作品，陶冶情操，修身养性。

台湾地区知名绘本译者林良等人的译作就在大陆、香港、澳门都有发行，而大陆知名绘本译者任溶溶等人的译作也在港澳台地区发行。

值得注意的是，港澳台之间的绘本交流，可以直接进行，台湾地区出版的

绘本可以在香港和澳门发行，香港出版的绘本也可以在台湾地区和澳门发行。事实上，港澳地区翻译的绘本数量少于台湾地区。

不少台湾地区的翻译绘本可授权在大陆出版简体版。例如，台湾地区知名绘本译者林良、余治莹、柯倩华等人的儿童绘本作品就授权给石家庄的河北教育出版社、济南的明天出版社等出版社出版和发行。

8.3 绘本媒介

台湾地区绘本翻译起步较早，不仅有一批训练有素、业务熟练的翻译家队伍，而且还有一批从事原创或翻译绘本的出版社。这些年随着出版科学技术和图书媒介的发展，台湾地区原创绘本和翻译的出版媒介也与时俱进，有了一步步的发展和更新。台湾地区翻译出版不断发展，越来越贴近读者，与读者关系越来越紧密。台湾地区绘本的媒介随着科学技术的发展而发展，经历了诸多阶段，从彩图、3D绘本，到电子点字书，再到电子资源CD，为不同需求的儿童提供贴心的绘本。尤其是3D绘本的产生和发展，使读者获得立体可感的画面。电子点字书则充分考虑到视障儿童的特点及其对知识的渴求，专门制作的绘本。

早在20世纪70年代，台湾地区出版的外国绘本与原作一样，以彩图为主。彩图能够将绘本中的各种人物、事物通过不同的颜色展现出来，以贴近生活真实的颜色，展现绘本世界，在台湾地区绘本翻译史上长期占据极其重要的地位。从20世纪70年代到现在，彩图的形式仍然在台湾地区占压倒优势。如英国碧雅翠丝·波特的作品《老鼠阿斑儿歌集》，林良翻译后，1978年由台北的纯文学出版。到了2018年，郭玉芬、万砡君翻译的英国劳伦斯·安霍尔特的《小阿力的大学校》（第2版）出版，仍旧是采用彩图。彩图是绘本最重要的承载形式之一，过去、现在和将来，彩图都占据重要的地位。但是随着绘本的发展，外国早已出现了立体绘本，这些绘本的某些页一打开就会出现立体的房子、梯子或者其他人或物。阅读这些立体书不仅能够锻炼儿童动手动脑的能力，而且还能极大地提高儿童阅读的兴趣。美国著名绘本作家艾瑞·卡尔的绘本常常采用拼贴图和特殊的立体折页形式。其著名作品*Papa, Please Get the Moon for Me*（《爸爸，我要月亮》），由林良翻译，2007年由台北上谊文化出版。该翻译绘本故事中小主人公小茉莉想要月亮，小茉莉的爸爸就拿了一架很长很长的梯子，要爬上天去摘月亮。这时，绘本可以向两边展开，将梯子拉得很长很长。但是月亮太大，难以取下。接着，绘本带领读者观察月亮由大变小、再由小变大的有趣过程。在此过程之中，月亮会变得很大，绘本中就通过向上下展开折页，把月亮变得很大很大，比书还大。读者可以亲手将月亮变大、变小，还能亲自将梯子拉长、缩短。相对于普通绘本，立体绘本更能激发儿童参与阅读的兴趣，使其在阅读过程中加深对基本概念的认识。立体绘本是绘本将来发展的一大趋势。当然，由于涉及更多细节和制作工序，立体绘本往往价格不菲。此外，台湾地区有少量翻译绘本的媒介是电子点字书。这种电子点字书的读者对象是视障儿童。台湾地区出版的电子点字书绘本有《蜗牛出发了》等。还有一部分以双视图书、点字书和电子书的形式出现，供视障儿童使用。台湾地区某些图书馆就有制作视障儿童专用绘本的业务，让视障儿童接触到外国绘本。电子点字书体现了时代和科技的进步，为视障儿童带来了福音。除了常见的纸质媒介，还出现了电子资源CD等。外国绘本的形式多样，可以满足不同年龄段、不同兴趣爱好读者的需求。英国华德尔著、宾森绘图的绘本《小猫头鹰》，由林良翻译，2013年由台北上谊文化出版，既有常规纸质版本，也有光碟片的电子资源，读者可根据自己的需求挑选。

另外，除了图画形式日新月异的发展，绘本文字的发展，也随着读者需求的增多：从最初的单一中文故事，发展到后来的中英对照。之前绘本翻译注重忠实翻译，重在故事内容的传递以及文本和图画的一致性。但是这些年随着英语学习热潮的来临，儿童家长并不仅仅满足于儿童知道外国故事了，还重视通过讲故事这种轻松的方式让儿童接触英语，培养语感，为英语听说打好基础。而且有些家长英语基础较好，给儿童读英语故事完全不成问题。这些现实的需要促使了外国绘本"中英对照"版的诞生。当然，面对学习英语的需要，出版社也不限于仅仅出版外国绘本"中英对照"版，甚至直接出版英文版。早在1985年，台湾地区译者区席雅翻译出版的《阁楼上的光》就采用了中

英对照的形式。进入21世纪，中英对照的外国绘本有所增加。英国绘本作家罗伯茨的作品*Dirty Bertie*，小蜜柑翻译为《脏小弟》，分别于2005年和2010年出版，该绘本即是中英对照版。当年日月文化出版社出版了一系列中英对照的绘本，除了上述《脏小弟》，还有以下几种：艾利克·库拉夫特（Erik Kraft）撰文、丹妮丝·布朗克斯（Denise Brunkus）绘图的*Chocolatina*，许隽译为《巧克力女孩》，2006年台北日月文化出版；安娜·罗拉·康德妮（Anna Laura Cantone）的著作*Una storia ingarbugliata*，方锡华、郭安健译为《迷糊妹》，2006年、2010年两次由台北日月文化出版。另外，还有三本希薇·吉哈德（Sylvie Girardet）作、皮亚·罗沙德（Puig Rosado）绘的作品，*Planet Earth, My Love!*，*Jachete!*，*Past, My Treasure!*，由赖怀宇分别译为《地球，我的小宝贝》《买东西》《老东西，我的小宝贝》，于2011年由台北日月文化出版。上述绘本均是中英对照，有的绘本如《脏小弟》《迷糊妹》还都出过两版。

　　总而言之，几十年来，台湾地区绘本翻译发展迅速，随着出版科学技术以及图书媒介的发展变化和日新月异，台湾地区外国绘本的出版媒介也与时俱进，从彩图、3D绘本，到电子点字书，再到电子资源CD。另外，除了图画日新月异的发展，台湾地区绘本也随着读者需求的增多，从最初的单一中文版，发展到后来的中英对照版。

8.4 绘本翻译方法

　　台湾地区绘本翻译与其他地区绘本翻译一样，主要是从文字层面进行翻译，图画不变。

　　从整体上考察，可以发现台湾地区绘本翻译有两种方法，翻译和译写。翻译，即将原文内容全部翻译为汉语，译文忠实原文的文字和图画。台湾地区绝大多数译本都是翻译，如英国安东尼·布朗文、图的作品《大手握小手》（*Willy and Hugh*），美国蒂波拉·安德伍德著、司各脱·墨衮绘图的作品《顾奶奶和拼图猪》，英国海伦·库柏的作品《南瓜汤》。事实上，翻译不仅是跨文化交流活动中最常见的，也是翻译研究界较为认可的翻译模式。较早提及翻译种类及其相关特征的当属德莱顿。德莱顿将翻译分为三类：字当句对的翻译（metaphrase）、意译（paraphrase）和拟作（imitation）。字当句对的翻译是从一种语言到另一种语言词对词、行对行的翻译。意译即有自由度的翻译，作者在译者的视野范围内不会消失，作者的意思会被严格遵守。拟作中，译者（如果还能称为译者的话）得到许可，不仅可以改变词语和意义，还可以根据情况舍弃词语和意义。当然，德莱顿认为拟作和字当句对的翻译是两个极端，应该避免，应折中处理（Dryden，2012：38-40；参见陈丹，2016：80），即意译。不管是字当句对的翻译，还是意译，都是属于翻译。然而，拟作因为对词语和意义做出改变，连德莱顿都在考虑拟作者是否还能被称为译者。拟作虽然受到研究界的质疑，而且翻译实践中也不多，但是确实存在，台湾地区绘本翻译中就有这样的拟作，在台湾地区称为"译写"。如林良对安徒生童话的译写。格林文化2005年前后出版了"安徒生200年珍藏绘本"，由林良译写。这一套丛书包括10本，2016年这套珍藏绘本又出了第二版，丛书注明是译写。陈宏淑总结了林良译写这10本安徒生童话的方法："1. 重视图画的诠释功能，文字力求口语化，要让中低年级小朋友容易听懂看懂。2. 适当删节或改写，使故事更好看。绘本形式无法承载大量文字，所以需删去细节描述而保留故事主干即可。另外，太多描写反而阻碍读者自己的想象。3.有时需要为了插画而增添原作中没有的文字，这是为了让大家注意到精彩的画面。4.民间故事中的刻板印象应该淡化处理，例如避免让故事中继母的形象典型化为坏人。5.考虑到儿童的理解能力而筛选词汇，把比较陌生的字眼改为比较熟悉的字眼，例如'披甲'改为'外套'。"（陈宏淑，2008：6）而且林良译写中"浅化的不仅是文字，安徒生作品细腻的场景描述，隐晦不明的深层意涵，对死亡主题的碰触，似乎也都随着林良的译笔而浅化了"（陈宏淑，2008：12）。林良翻译绘本作品极多，唯独对安徒生作品进行译写，有其特殊的原因和道理。其"目的是希望儿童能更理解更懂得欣赏作品，这样的'译写'行为，背后或许隐含成人想要'教育'儿童的一种心态"（陈宏淑，2008：6）。

综上所述，台湾地区绘本翻译活动，仍然是以翻译为主，翻译作品占有绝对优势。一是因为翻译是长期以来跨文化交流活动主要的形式，二是因为翻译

也受学界认可。但是，台湾地区也有少数译者基于特定的目的和心态出版了一些作品。

哈丝娜（Hasnna Chakir）和迪欧尼（Samir Diouny）研究了《三只小猪》和《小人鱼》由英语原文译为阿拉伯语的过程。他们从两个层面探讨了译文："文字层面和图画层面。文字层面包括书名、人物名字和/或人物特征，以及文化概念的翻译。图画层面，我们主要对比了图画设计及其与文字叙述的互动。"（Oittinen et al.，2018：122）本章对台湾地区绘本具体翻译的研究也大体是从这些层面进行的。

文字层面主要从书名、人物名字、文化概念三方面对台湾地区绘本翻译进行详细研究。书名是绘本故事内容的浓缩，是绘本故事的话题，对书名的翻译进行研究，尤其能够体现出译者的翻译考虑和选择。

台湾地区绘本书名的处理主要由以下三种方法：直译、意译和重新命名。另外，绘本书名翻译中还有增词翻译、省略翻译、改变意象翻译等诸多翻译技巧。不管采用哪一种翻译方法，译者无非是想让原文书名的形式、意义，甚至是绘本的内容能够快速、直观地展现给小读者。

直译即是把原文字面上的意思直接翻译为汉语。直译的优点在于能够忠实地传达原绘本标题的形式和内容，能够最大限度地将异域文字和文化引入汉语。台湾地区译本中，书名直译的有美国托尔·赛德尔文、佛烈德·马赛林诺绘图的作品《一只老鼠的故事》（陈佳琳翻译，台北玉山社，2001年）。原文书名为"A Rat's Tale"，译名《一只老鼠的故事》，连原文中不定冠词"a"都翻译出来，确实是不折不扣的直译。另外，美国贝芙莉·唐诺费欧（Beverly Donofrio）的绘本 *Where's Mommy?*（陈庆祐翻译，台北水滴文化，2015年），译者将书名直译为《妈咪在哪里》，也是从声音到内容都直译原文，英语书名中的"mommy"即指妈妈、妈咪，译者注意到原文使用的单词"mommy"，因而采用了汉语中"妈咪"翻译，译文在很大程度上再现了原文的音和义。美国吉姆·艾莉斯沃斯（Jim Aylesworth）的绘本 *My Grandfather's Coat*（柯倩华翻译，台北水滴文化，2016年），译者也是用直译法翻译书名：《外公的大衣》。当然，由于英语习惯在单数可数名词前面使用限定词，中文无此用法，所以原文中"my"结合中文的行文习惯，实际上并没有译出。

台湾地区绘本书名翻译还较多采用意译。意译基于原文内容，又不拘泥于原文的形式，采用汉语喜闻乐见的形式，传达原文的意思。如林良采用"莎莎摘浆果"意译"Blueberries for Sal"。该绘本由美国罗勃·麦罗斯基（Robert McCloskey）撰文、绘图，1997年在台北出版。译者林良结合封面图片和绘本内容，在书名中加上汉语动词"摘"，符合汉语言多使用动词的语言习惯。

此外，台湾地区处理外语绘本书名时，还会重新命名。如"Time of Wonder"为1958年凯迪克金奖绘本，是经典儿童绘本之一。林良将原书名"Time of Wonder"重新命名为《夏日海湾》。当然，这里重新命名也不是随心所欲、自由发挥，而是译者结合封面图片重新命名的。将汉语译文的书名《夏日海湾》，合情合理，符合上下文。另外，英国安东尼·布朗的作品Willy and Hugh，林良用《大手握小手》重新命名。书名本义为"威利和休"（两个人名），但是结合封面图画和故事内容，小个子黑猩猩威利和大个子猩猩贾休成为朋友并且成功逃离坏人。大手指代贾休，小手指代威利。林良将碧莉特·米勒（Birte Muuer）的绘本Farley Farts重新命名为《皮皮放屁屁》。英语书名的意思实际上是"法利放屁"，英语原文充分利用了英语的语音特点，"Farley farts"为头韵，[f]音重复出现，从声音和字形上给读者以回环往复的感觉，呼应皮皮忍不住放屁屁的事情。译者结合汉语的语言习惯和文字声音特点，将故事中小青蛙法利的名字改为了"皮皮"，使得译文中"皮皮"和"屁屁"两个词语的声音相同，前呼后应，在声音特点上照应原文。而且译者采用了中国儿童较为习惯和喜欢的语言形式，叠词"皮皮"和"屁屁"，儿童读来十分亲切。这里也可以看出著名翻译家林良先生在翻译中用心之良苦。

此外，台湾地区绘本书名翻译中还使用了各种翻译技巧，如增词法、省略法、改变意象法。

增词法是台湾地区翻译绘本书名时常用的技巧。有时原文本来就一词多义，翻译的时候需要增加原文虽无其词但有其义的词语。如美国安妮·丝薇妥（Annie Silvestro）的绘本Bunny's Book Club，由赖嘉绫翻译，2017年台北的水滴文化出版。译者在翻译书名"Bunny's Book Club"时就将邦尼的身份，一只

小兔子明确译出——《小兔子邦尼的读书会》。有趣的是，英文的"Bunny"有两层意思，一层意思即是小兔子，是儿童用语；而另一层意思是指人名，邦尼。柯尔克的绘本*Miss Spider's Tea Party*由林良翻译，1998年由台北的台湾麦克出版。林良将书名译为《蜘蛛小姐蜜斯丝白德开茶会》，是将"Miss Spider"先直译为"蜘蛛小姐"，然后再音译为"蜜斯丝白德"，最后还结合汉语多使用动词的特征，将原文的名词结构"Tea Party"译为"开茶会"，增加了动词"开"。这一书名翻译中，译者增词较多，给蜘蛛小姐赋予了名字。音译的蜘蛛小姐的名字颇具异国风情，使人一读就知道是外国的名字，从而知道故事为外国故事。实际上，在英语原文绘本中，蜘蛛小姐也是没有名字的，直接使用"Miss Spider"指故事中的主人公。汉语译文中增加的动词，符合汉语多用动词的特点，标题读来流畅自然。很明显，上述各种增词翻译，可在一定程度上使书名更为明晰，表达出绘本的中心人物和中心内容，使儿童更易理解。另外，将绘本故事内容加入书名之中，就可以更为清晰透彻地表达绘本的中心内容。刘美钦翻译美国绘本作家麦克林托克的*Adèle & Simon*系列故事时，就较多地采用了增词翻译法，将各个故事的中心内容在汉译书名上面表现出来。如《阿黛儿与西蒙巴黎放学记》（*Adèle & Simon*）、《阿黛儿与西蒙美国旅游记》（*Adèle & Simon in America*）、《我的娃娃朋友妲莉雅》（*Dahlia*）、《阿黛儿与西蒙东方历险记：找找看，什么东西不见了》（*Lost and Found: Adèle & Simon in China*），上述一系列的书名翻译中，译者就分别加入了"巴黎放学记""旅游记""我的娃娃朋友""历险记""什么东西不见了"等词语从各个翻译绘本书名即可看出其故事的大致内容，读者一看书名就知道故事的主题。

省略翻译法是将原文书名中冗余的信息省略掉。美国贝芙莉·唐诺费欧的绘本*Mary and the Mouse, the Mouse and Mary*由柯倩华翻译，台北水滴文化2013年出版。译者柯倩华将原文书名中重复的意思即"the Mouse and Mary"省略，只译出了"Mary and the Mouse"——《玛莉与老鼠》。

改变意象翻译就是改变原文书名中的意象，这样的是文字改变是为了与封面图画相符，更好地表达出原文的重点，符合汉语的行文习惯。美国绘本作家

亨克斯的名作 *Lily's Purple Plastic Purse*（《莉莉的紫色小皮包》），获得多种奖项，如美国年度畅销童书大奖、美国出版人周刊年度最佳童书、美国图书馆杂志年度最佳童书、美国编辑人评选最佳绘本、美国蓝缎带好书奖、美国号角杂志最受欢迎童书、美国图书馆协会优良童书奖。该书由李坤珊翻译，2001年新竹和英出版。译者李坤珊并没有拘泥于原文书名字面上的意义"莉莉的紫色小塑料包"，而是将塑料包的意象变为"皮包"。当然，这里考虑到汉语的习惯用法，大家都习惯说"小皮包"，没有人说过"小塑料包"，后者听起来较为别扭，而是汉语"小皮包"三个字可以一口气读出，构成一顿。"小塑料包"四言，要分成两顿读出来，听觉效果不及"小皮包"好。另外，译作采用了原文的图画。原作封面和译作封面上的绘图就是莉莉拿着小包时不同造型的特写。原文和译文读者都只能看出包的颜色，看出包的大小，却看不出包的材质，这也就为将"小塑料包"转换为"小皮包"提供了可能，译作"小皮包"也不会与绘本的图画相违背。另外，*Goodnight, Goodnight Construction Site*（《晚安，工程车晚安》）为美国绘本作家雪莉·达斯基·林克（Sherri Duskey Rinker）作、汤姆·立特德（Tom Lichtenheld）图，林良翻译，2013年由台北天下远见出版。原文封面图画和译文封面图画均是一辆很卡通的挖土机，周围是楼房，挖掘机下面是小土坡，看不出来是在建筑工地上面。但是原文内容却是讲各种"工程车"收工睡觉的故事。这些工程车有起重机、混凝土拌合车、倾卸卡车、推土机、挖土机等。译文采用"工程车"一词，实际上是上述各种机器的上义词。另外，不直译原文的"建筑工地"，是结合了封面图画和绘本内容故事，做出了更适合儿童接受和理解的转换。

台湾地区绘本书名的处理主要采用了直译、意译和重新命名法。实际上，绘本书名翻译中还有增词翻译、省略翻译、改变意象等诸多翻译技巧。采用哪种翻译方法和技巧也是译者匠心的体现，其目的是让原文书名的形式或意义，甚至是绘本的内容能够快速、直观地展现给小读者，使小读者能够轻松、快乐、直观地通过书名了解绘本的内容。

台湾地区绘本翻译中，除了书名的翻译颇具特色和研究价值，人物名字的翻译也有其特点和研究价值。台湾地区译者在处理外国绘本中的人物名字时，

常采用音译、保留原文人名第一个音节、重新取名等方法。采用不同的翻译方法，一是因为外国人名各有差异，有的名字适合音译，有的适合重新取名，这就需要译者从原名字音义、故事情节、人物性格等多方面进行综合考虑，最后做出专业而合理的翻译决定。

其中使用较多且颇有成效的方法当属音译。音译即是指将原文名字单词的发音移植到汉语中，汉语采用与之有相似发音的汉字来代替原文的单词。音译的好处在于保留了外国人名的原汁原味，读者一听到人物名字就知道是外国人物。唐代著名僧人、佛经翻译家玄奘，讲到翻译佛经时提到五种情况不翻，实际上就是用音译法。周敦义的《翻译名义序》中记载了这五种不翻：一、秘密故，如"陀罗尼"。二、含多义故，如"薄伽梵"，具六义。三、此无故，如"阎浮树"，中夏实无此木。四、顺古故，如"阿耨菩提"，非不可翻，而摩腾已来，常存梵音。五、生善故，如"般若"尊重，"智慧"轻浅（罗新璋、陈应年，2009：93）。台湾地区儿童绘本翻译采用音译翻译人名，虽然不像上述佛经翻译那么严肃，但是可以较好地保留原文名字的原汁原味。如有一系列Aditi故事，*Aditi and the Techno Sage*，*Aditi and the Thames Dragon*，*Aditi and the Marine Sage*，*Aditi and the One-Eye Monkey*，由英国的苏妮缇·南西撰文，莎芙蕾·洁恩（Shefalee Jain）绘图，台湾地区译者郭郁君和李毓昭翻译，2007年由台北玉山社出版。这一系列绘本又叫"印度式的爱丽丝历险记"，其主人公就是名叫Aditi的小朋友。两位译者均采用音译法把名字译为"爱蒂缇"，几乎在每一个声音上面都注意将原文的声音移植到译文中，用"爱"对应"a"，用"蒂"对应"di"，用"缇"对应"ti"，译文采用音译的方法，细致地再现了原文的声音。"爱蒂缇"这个译名汉语中读来稍微拗口，充分体现了其外国风味。这既是因为译者要从声音上面再现原文，同时也是译者结合绘本图画形象做出的恰当的翻译选择。绘本中，爱蒂缇的形象极具异域情调，采用音译法翻译这个名字，当然是因为汉语里面没有这样的表达，属于"此无故"；同时，由于采用了音译，声音上听起来就更符合爱蒂缇的外国形象，实现了文字和图像的一致性。美国安妮·丝薇妥的绘本*Bunny's Book Club*，由赖嘉绫翻译（台北的水滴文化，2017年）。绘本中，小兔子的名字叫"Bunny"，译者赖嘉绫采用音译，将"Bunny"译作"邦尼"，洋味十足。同时，由于"Bunny"还有一个意思是"小兔"，所以译者翻译书名时，也增加了"小兔子"一词，即《小兔子邦尼的读书会》。另外，柯倩华翻译美国一些绘本作家的作品，故事中的人名往往都是常见的英文名字，译者也是直接采用音译的方法来翻译。美国贝芙莉·唐诺费欧的绘本*Mary and the Mouse, the Mouse and Mary*由柯倩华翻译为《玛莉与老鼠》（台北水滴文化，2013年）。译者柯倩华将主人公"Mary"的名字直接音译为"玛莉"。美国麦克林托克的绘本*Emma and Julia Love Ballet*，由柯倩华翻译为《艾玛和茱莉亚都爱芭蕾舞》（台北水滴文化，2017年）。译者柯倩华采用音译法将主人公"Emma"和"Julia"的名字，分别译为"艾玛"和"茱莉亚"。

除了采用上述全名音译的方法，台湾地区译者在翻译绘本中人物名字时，还往往将原文中人名第一个音节音译为相应的汉语中常见人物的姓名或称呼。这种归化的翻译方法，读者听起来感觉较为亲切。如，美国罗勃·麦罗斯基的作品*Blueberries for Sal*，林良译为《莎莎摘浆果》。外国绘本中人物Sal的翻译就是将其声音[sɑ:l]音译为"莎"。莎莎是汉语中常见的小女孩名字，中国读者读起来倍感亲切，同时，这样的翻译也没有完全摒弃英文名的声音，体现了译者细腻的心思和高超的语言驾驭能力。美国蒂波拉·安德伍德著、司各脱·墨衮绘图的作品*Granny Gomez & Jigsaw*，林良翻译为《顾奶奶和拼图猪》（台北幼狮文化，2015年）。故事主人公为Granny Gomez。林良将外语原文中人名Gomez的第一个音节音译，译为汉语中常见的姓，"顾"，然后直译Granny。Granny Gomez在林良归化的笔下就译为"顾奶奶"，读来亲切自然。此外，英国约翰·伯宁罕文、图的作品*Mr. Gumpy's Outing*，林良翻译为《和甘伯伯去游河》（台北台湾英文杂志社，1994年）。人名的处理也是采用了上述翻译方法，保留了Gumpy这个单词中第一个音节声音，将其音译为汉语常见姓氏"甘"，结合故事内容将Mr. Gumpy译为"甘伯伯"，译入语读者听来既熟悉又亲切，感觉就是身边的熟人。总而言之，保留原文中人名第一个音节，将其音译为汉语常见姓氏的方法，较为归化。当然，这种方法也是译者根据上下文和具体情况而定，也有译者个人喜好的因素在内。这种翻译方法尤其为台湾地

区著名儿童文学翻译家林良所青睐。

最后，台湾地区译者在处理外国人名时，还常重新取名。重新取名，指译者出于其他考虑完全摒弃原文名字的声音和意义，为故事的人物重新取名，以便能够更好地再现原文整体上的修辞特征或者实现其他目的。碧莉特·米勒文、图的绘本*Farley Farts*，由林良翻译为《皮皮放屁屁》（新店三之三文化，2003年）。其中，主人公Farley人名就没有使用音译法，也没有采用保留名字第一个音节的方法，而是重新为主人公取名"皮皮"。译者林良这样处理，显然是出于对整个绘本修辞特色的总体把握而做出的翻译决定。"Farley farts"押头韵，读起来[f]音会有反复和重复。译者结合汉语的语言习惯和文字声音特点，摒弃了"法利"这个名字，而为主人公重新取名"皮皮"，如此一来汉语译文中"皮皮"和"屁屁"两个词语的声音相似，实现声音的反复，从而在整体上收到英语原文中的声音和修辞效果。

另外，有些外国绘本中原作者并没有给动物取名字，只是按照这种动物的名称来称呼他们。有时译者会为这些动物加上名字。例如，柯尔克的绘本*Miss Spider's Tea Party*由林良翻译为《蜘蛛小姐蜜斯丝白德开茶会》（台北台湾麦克，1998年）。原绘本故事中的主人公就是一只蜘蛛，称为"Miss Spider"，即"蜘蛛小姐"的意思，但是译者林良在翻译时不仅将主人公的称呼直译为"蜘蛛小姐"，而且还音译了"Miss Spider"为"蜜斯丝白德"，用"蜜斯丝白德"作为主人公的名字，这是译者独创的一种翻译方法。因为原文主人公没有名字，只是采用动物的名称，绘本故事读来会显得主人公不明确。译者为主人公取名为"蜜斯丝白德"，绘本中的蜘蛛就有了名字。这个名字采用了汉语中较多美好形象的词语，如"蜜""丝"，"蜜"给人的印象就是甜蜜、美好、幸福，而"丝"在汉语文化语境中是珍贵的物品。这些美好词语的应用，使得蜘蛛小姐成为别具一格的个体，个性鲜明，与图画中美丽的形象呼应。绘本中，蜘蛛小姐形象美丽可爱，通体嫩黄，长着八只纤细的腿，大大的眼睛充满笑意，眼睫毛又长又翘，美丽可爱。译者为蜘蛛小姐增加的名字"蜜斯丝白德"能够将其美丽可爱的形象融汇于名字之中，有利于将绘本中角色生动鲜活地展现在读者面前，拉近与读者的距离。

台湾地区译者在翻译外国绘本中的人名时会进行综合考虑。柯倩华指出："《威威找记忆》里名为Wilfrid Gordon McDonald Patridge的小男孩译为'威威'，符合这本书温馨亲切的气氛，家常写实的情境，小男孩给人随和自然的感觉。而《迟到大王》里名为John Patrick Norman McHennessy的小男孩译为'约翰派克罗门麦肯席'，则符合该书迷离诡异的气氛，超现实主义的情境，小男孩给人奇幻、似真似假的感觉。"[1]

值得注意的是，译者在翻译人名时，采用哪一种翻译方法，既有译者自己的偏爱，也有译者的考虑。如既有对原文人名声音和意义的考虑，也有对绘本故事内容和绘本整体修辞特征的考虑，还有对绘本文字和图画之间关系的考虑。总而言之，台湾地区译者在处理外国绘本中的人物名字时采用的方法有音译、保留原文人名第一个音节翻译、重新取名等方法。这些方法的具体使用，都是译者综合考量各种因素而做出的专业选择。

台湾地区绘本翻译中，一个较难处理的方面就是外国文化词汇的翻译。绘本中文化词汇的翻译尤其难以处理，一是因为绘本读者年龄一般偏小，对外国文化知之不多，外国的文化词汇翻译需要以小读者能够接受的方式进行。二是绘本翻译还需要保持文图一致，外国的文化词汇若在图画中有所体现，译者翻译的难度就更大了。

英国库柏的作品《南瓜汤》，曾获得过多个奖项。故事以三个小伙伴的友谊发展为脉络，从一起煮汤喝汤的好朋友，到友谊破裂，再到友谊和好如初，故事情节简单，其友谊主题也是世界性普遍的主题，各国儿童读者对整个故事脉络和发展的理解应该都没有问题。不过库柏还有一个身份，她曾经当过音乐老师，她的绘本《南瓜汤》的开头和结尾都涉及英国音乐文化的乐器词汇。以原文开头为例（原文请见7.2.1"译者群体"）。

"bagpipe"（风笛）和"banjo"（斑鸠琴）是英国常见的乐器。库柏所在的英国语言文化语境中的儿童读者或成人读者要理解这两个词语应该障碍不大，是常规的词汇，况且该绘本的图画也画出了这两种乐器。但是，这两个词

1　柯倩华：《柯倩华谈翻译英文图画书》，http://baby.sina.com.cn/12/2409/2012-09-24/1737212929.shtml.2018-10-17。

语在译文中，汉语读者未必知道和了解这两种乐器（译者柯倩华的译文请见 7.2.1"译者群体"）。

"bagpipe""banjo"在柯倩华的译文中，也是十分具有异域风味，分别译为"风笛"和"斑鸠琴"。这两个乐器"风笛"和"斑鸠琴"，确实会给汉语文化语境中儿童和成人读者带来理解障碍。好在有与文字对应的图画，读者大致可以看到斑鸠琴和风笛的外形，知道是两种乐器，因而能够大致确定这两个外国文化词语的所指，并结合图画理解这两个外语文化词语的含义。但是无论如何，"风笛"和"斑鸠琴"仍然还是整个绘本中较难翻译和理解的。

总而言之，本部分从书名翻译、人物名字翻译和文化词汇的翻译三个方面探讨了台湾地区儿童绘本翻译，试图通过对上述三个层面翻译的考察，揭示出台湾地区绘本翻译一般性的规律，展示台湾地区绘本翻译中译者的具体翻译方法，对台湾地区绘本翻译做出客观的描述和分析。

8.5 林良儿童绘本翻译个案研究

早年，台湾地区翻译的外国绘本还主要是在台湾地区发行。台湾地区译者林良翻译了大量外国绘本，为台湾地区绘本的翻译发展做出了重大贡献。他的绘本不仅享誉台湾地区，而且大陆地区也有不少简体版。本部分将专门探讨林良翻译绘本的个案及其翻译观。此处选择研究的绘本为美国著名绘本作家艾瑞·卡尔的绘本*Papa, Please Get the Moon for Me*。艾瑞·卡尔十分擅长采用拼贴图和立体折页形式展开故事，给读者以十分形象可感的画面。*Papa, Please Get the Moon for Me*就是典型的立体折页绘本。该绘本不仅在台湾地区颇受欢迎，还进入了大陆市场，有一定影响力，是较为理想的研究对象。大陆简体版由济南明天出版社于2011年出版。以下笔者将对该绘本翻译以文本细读方式进行分析。原文和译文对照如下。

Before Monica went to bed she looked out of her window and saw the moon. The moon looked so near.

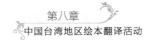
小茉莉正要去睡觉，往窗外一看，看到了月亮。月亮看起来好近。

"I wish I could play with the moon," thought Monica, and reached for it.

小茉莉心里想：能跟月亮玩一玩该多好！就伸手去抓月亮。

But no mater how much she stretched, she could not touch the moon.

但是不管她把胳膊伸得多长，就是抓不到月亮。

"Papa," said Monica to her father, "please get the moon for me."

小茉莉对爸爸说："爸爸，请你把月亮拿下来给我。"

Papa got a <u>very</u> long ladder.

爸爸找来一架好长好长的梯子。

He carried the <u>very</u> long ladder towards a very high mountain.

他把好长好长的梯子，抬到好高好高的高山前面。

Then Papa put the very long ladder on top of the very high mountain.

爸爸又把好长好长的梯子，架在好高好高的高山顶上。

Up and up and up he climbed.

他不停地往上爬、往上爬。

Finally, Papa got to the moon. "My daughter Monica would like to play with you," said Papa, "but you are much too big. "

最后，爸爸爬上了月亮，对月亮说："我女儿小茉莉想跟你玩，可是你太大了。"

"Every night I get a little smaller," said the moon. "When I am just the right size you can take me with you."

月亮说："我每天晚上都会变小一点，等我变得合你的心意，你就可以把我带走了。"

And, indeed, the moon got smaller and smaller

月亮真的越变越小、越变越小。

and smaller.

越变越小……

When the moon was just the right size, Papa took it.

月亮变得大小正合适的时候，爸爸就把他带走了。

Down and down and down he climbed.

爸爸不停地往下爬、往下爬。

"Here," said Papa to Monica, "I have the moon for you."

爸爸对小茉莉说："拿着，我帮你把月亮拿下来了。"

Monica jumped and danced with the moon.

小茉莉拿着月亮，一蹦一蹦地跳起舞来了。

She hugged the moon and threw it into the air.

她搂着月亮，又把月亮扔向空中。

But the moon kept getting smaller and smaller and smaller, and finally it disappeared altogether.

可是月亮不停地在变小，越变越小、越变越小，后来，就整个儿不见了。

Then, one night, Monica saw a thin sliver of the moon reappear.

有一天晚上，小茉莉又看到了薄薄的一小片月亮。

Each night the moon grew...

每天晚上，月亮就变大一点。

and grew

他越变越大。

and grew.

越变越大……

(Carle，2004；卡尔，2007，2011)

　　艾瑞·卡尔的这部绘本深受中外读者喜爱。但是中国读者最初接触该绘本时，一般都有文化上的冲击：汉语中"为某人摘星星或摘月亮"实际上表达了极为宠溺某人，什么事情都愿意为此人做，但不是说真的就能够摘到星星或者月亮。但是，艾瑞·卡尔的故事想象丰富、合情合理，对于儿童而言，还是符合逻辑、有条理的。

原作书名为*Papa, Please Get the Moon for Me*，意思为"爸爸，请你把月亮拿下来给我"。其中"papa"一词，为儿语。"Please Get the Moon for Me"是较为正式的祈使句，"Please"的出现，使得这个祈使句显得有礼貌。林良的译文为《爸爸，我要月亮》，译文将"Papa"一词，直译为"爸爸"，忠实于原文的意思。原文祈使句在译文中变为了陈述句，"我要月亮"，较为贴近儿童的用语习惯，读起来朗朗上口，"爸爸，/我要/月亮"，一共三顿，每顿二字，音韵效果好。作为书名，"爸爸，我要月亮"，简洁、紧凑，意义明确，能够吸引读者。事实上，在故事中还出现过一次小主人公提出要月亮的表达，她伸手够不到月亮时，就对她爸爸说："Papa," said Monica to her father, "please get the moon for me.""小茉莉对爸爸说：'爸爸，请你把月亮拿下来给我。'"此时，译者林良完全是用直译的方法来翻译"please get the moon for me"，译文即"请你把月亮拿下来给我"。此处同样也使用了简单易懂的表达，保留了原文的祈使句形式，语句较长，在故事叙述中较为合适。由此可知，林良在翻译过程中，处理绘本细节相当细致。同样的句子出现在不同的地方，林良采用了不同的语句来翻译。

绘本一开始使用了主从复合句："Before Monica went to bed she looked out of her window and saw the moon."原文各分句之间关系紧密，通过表示时间的连词"before"明确了睡觉和看月亮之间的先后顺序。之后使用了SVC句型"The moon looked so near."说明月亮近。林良的译文是将原文的主从复合句，根据汉语的行文习惯和语言特征，翻译为没有任何连词的短句、小句，而且后面的小句承接前文省略了主语："小茉莉正要去睡觉，往窗外一看，看到了月亮。"林良将原文主人公的名字"Monica"（即莫妮卡）译为"小茉莉"，实际上是将"Monica"这个单词的第一个音节[mɒ]音译，然后结合汉语为主人公取名"小茉莉"。茉莉在汉语中是美好的形象，用来指故事中可爱的小主人公。况且正如前文所述，这种方法也是林良常用的，既照顾到了原文单词部分音节，又采用了汉语常见的名字，效果较好。第二句依照原文译为"月亮看起来好近"。值得注意的是，原文通篇采用动词过去时，表明动作发生在过去，但是由于汉语中的动词并不能体现时态，只能将原文的

动词翻译为汉语相应的动词，却不能体现原文动词的过去时态；同时结合图画，汉语译文一一对应每一幅图画，让读者感觉动作是读者阅读时发生的。

原文第二处为一个句子，其中wish后跟有宾语从句，该宾语从句为虚拟语气。"'I wish I could play with the moon,' thought Monica, and reached for it."原文中"thought"这个动作的发出者Monica位于"thought"之后，这是常见的英语结构：表示某人说或某人想的时候，可以将主语放在"说"或"想"动词之后。此外，原文句子中还有一个由and引出的并列谓语"and reached for it"。译文结合汉语的行文习惯，首先将"thought Monica"调整为"小茉莉心里想："的结构，然后将该结构放在句首。"小茉莉心里想：能跟月亮玩一玩该多好！就伸手去抓月亮。"由于汉语没有与英语对应的虚拟语气，译者采取了变通的方法，即"能……该多好！"这样的结构，虽然不能体现原文虚拟语气的句法特征，但是能够体现虚拟语气的意思，是恰当的翻译选择。由于译文"小茉莉心里想："的内容十分明确，译者在"能……该多好！"后面使用了感叹号，表示一句话的结束。原文里面与"thought"并列的谓语就只能在汉语中单独译为一句话"就伸手去抓月亮"。此句承接前文省略了主语，符合汉语的语言特征和行文习惯。

原文第三处结合图画，说明小主人公去摸月亮的尝试失败了。"But no matter how much she stretched, she could not touch the moon."原文为主从复合句，含有由no matter how引导的让步状语从句和相应的主句，其字面意思即为"但不管她伸了多少，她都不能摸到月亮"。原文"stretched"，结合图画可以知道实际上指的是小主人公的爸爸抱着她，她尽量向上伸出手去摸月亮。译文为"但是不管她把胳膊伸得多长，就是抓不到月亮"，就能够将原文虽无其词但有其意的"不管把胳膊伸得多长"翻译出来，让读者能够结合图画快速理解。林良对儿童文学的认识，其中重要的一条便是使用"浅语"。这里他结合图画，对译文进行了增词处理，既符合汉语的习惯，也符合儿童的认知。作为著名的儿童文学专家，林良提出了自己对儿童文学语言独到而深刻的见解：儿童文学是"浅语的艺术"；"儿童文学是为儿童写作的。它的特质之一是'运用儿童所熟悉的真实语言来写'""儿童所使用的，是普通话里跟儿童生活有关的部分，用成人的眼光看，也就是普通话里比较浅易的部分。换一句话说，儿童所使用的是'浅语'。这'浅语'，也就是儿童文学作家的展露才华的领域"（林良，2017：17，20）。林良结合儿童的认知和语言特点，在翻译中使用儿童能够理解的浅语，增加了原文虽无其词但有其意的词语，译文简单易懂，具体可感。

接下来，就是小主人请爸爸拿月亮了。"'Papa,' said Monica to her father, 'please get the moon for me.'"林良译文为："小茉莉对爸爸说："爸爸，请你把月亮拿下来给我。"由于此句的翻译在书名翻译中已经讨论过，此处不再赘述。

小主人的请求提出以后，她爸爸便采取了实际行动要拿月亮下来。"Papa got a very long ladder."原文为陈述句，时态是过去时，符合整个故事叙事。但是原文对梯子的长度有所强调，使用了副词"very"去修饰"long"，而且"very"使用了下划线，对其有所强调。事实上，该绘本中的梯子很长，绘本还设计了折页。打开折页，梯子可以向左右展开，变得更长了。"爸爸找来一架好长好长的梯子。"其中就强调了梯子长。"好长"，本来就是在"长"前面增加了"好"加以强调，译文还两次使用"好长"，进一步强化了梯子的长度。况且，"好长好长"这样的表达，也符合儿童的语言习惯。儿童对于常听到的保姆语词，"在学习语言的阶段里，喜欢重复使用罢了。我们在儿童文学作品中可以适当地加以运用，增加'语言的趣味'"（林良，2017：19）。在翻译中，结合原文的意思和图画，林良采用儿童喜闻乐见的表达方式，充分表达了原文的意思，体现出成熟儿童文学翻译家翻译的深厚功力。类似的翻译也用在了紧接着的后文强调梯子长以及山高的表达之中。英语原文"He carried the very long ladder towards a very high mountain."原文为一个简单句，句型结构为SVO，主语为"He"，谓语动词为"carried"，宾语为"the very ladder"。此外，原文还有一个状语"towards a very high mountain"。林良译文为："他把好长好长的梯子，抬到好高好高的高山前面。"首先，与上一处相同，林良将表示强调的两处"very"，都译为"好"，并且各自重复一次，实现了对"长"和"高"的强调。同时，使用"好长好长"和"好高好高"这种重复的

表达，也符合儿童语言习惯，充满童趣。其次，译文处理个别词语的细节也十分到位。"carried"的字面意思有很多个，如"拿""搬运"等等。结合图画，梯子很长，自然也有有一定的重量，译者将"carried"翻译为"抬"，表现出了梯子的长度和重量。此处中文译文后面还有一页折页，相应的文字为："他把好长好长的梯子，抬到好高好高的高山前面。"

之后，故事发展到爸爸爬梯子。"Up and up and up he climbed."原文三次重复副词"up"，词语的重复也可以表现梯子长、距离远。译文为"他不停地往上爬、往上爬"，两次重复动词"往上爬"，然后用副词"不停地"来表现"往上爬"的动作持续性。后文也有类似的表达，爸爸拿着变小的月亮回去时，也用了一样的结构："Down and down and down he climbed."通过重复副词"down"再现梯子长、距离远，需要爬很久才能下去。译文采用完全一样的结构："爸爸不停地往下爬、往下爬。"

爸爸爬上去后，就和月亮商量带她走的事情。"Finally, Papa got to the moon. 'My daughter Monica would like to play with you,' said Papa, 'but you are much too big.'"原文含有两个句子，第一个是简单句，表明爸爸"到达"（got to）月亮。实际上，图画上面是爸爸爬到距离月亮很近的地方，还站在梯子上面，就挥手对月亮说话了。第二句为含有宾语从句的复合句，宾语从句为but连接的两个并列句，此句为爸爸说话的内容，英文将说话者放在句中。这两句的译文为："最后，爸爸爬上了月亮，对月亮说：'我女儿小茉莉想跟你玩，可是你太大了。'"首先，译文中"爬上"有待商榷。因为原文和译文的图画一样，都没有出现过爸爸爬上月亮在月亮上面的情景，而是爸爸站在离月亮很近的地方。"爬上"一词传达原文意思不够准确，与图画也不完全匹配。从这里也可以窥知，绘本翻译的限制确实很多，不仅有原文语言方面的限制，还有图画方面的限制，一个词语的不准确都有可能造成译文与原文或图画不符。其次，第二句话的翻译，林良也是采用了他常用的方法，将某人说，或者某人想放在句首，开门见山，然后再具体讲出说话的内容，便于儿童读者理清思路。若儿童识字多，能自己看绘本的字，懂得引号的用法，那么某人说、某人想放在句首、句中或句尾都不会造成阅读障碍。但是实际上，大多数阅读该绘本的儿童不识字，更不知道引号的用法，所以林良的译文显然是为了让儿童能够快速、准确地听懂到底是谁在说话或者是谁在想事情，而把相应的主谓语放在了该句的句首。此处就是将"对月亮说"放在了具体说话内容的前面，虽然"说"这一句的主语"爸爸"承接前文省略了，但这是汉语中常见的使用习惯，况且，原文的两个句子译为汉语的两个分句，两个分句关系密切，后文承前省主语，但是没有省略意思，通顺可读。

月亮告诉爸爸，自己会变小，爸爸就可以把自己带走了。"'Every night I get a little smaller,' said the moon. 'When I am just the right size you can take me with you.'"原文为两个句子。第一个句子是月亮说自己会每天晚上变小，原文仍然是将说话内容放在说话者前面。第二个句子为主从复合句，含有时间状语从句和主句，意思就是"我大小合适时，你就可以把我带走了"。林良的译文是："月亮说：'我每天晚上都会变小一点，等我变得合你的心意，你就可以把我带走了。'"此处译文如同前文一样，也是将原文位于句尾的"某人说"放到了译文的句首，便于儿童知道后面的话是谁说的，不致产生误解。短短的绘本中，多处句尾或句中这样的"某人说"放到译文句首，体现了林良对儿童认知能力的了解以及对儿童的特别关照。另外，由于将"某人说"置于句首，译文就将原文的一、二句合译为一句。后来，爸爸把月亮带回了家，原文"'Here,' said Papa to Monica, 'I have the moon for you.'"译文依然是将句中的"某人说"放到句首。"爸爸对小茉莉说：'拿着，我帮你把月亮拿下来了。'"原文"When I am just the right size"，即"我大小合适时"，林良译为"等我变得合你的心意"，原文说明了客观的大小，而译文却强调合爸爸心意，原文和译文在表意上差异较大。然而，后文还有一处类似的表达，林良的译文又极其忠实于原文。"When the moon was just the right size, Papa took it."林良译为："月亮变得大小正合适的时候，爸爸就把他带走了。"值得注意的是，原文使用的是中性代词"it"来指代月亮，然而译文却采用了阳性代词"他"。另外，译文在意义和形式上都十分忠实于原文，与上一处类似表达的翻译形成对比，同一译者两处不同的翻译发人深思，是译者要避免相同表述，还是出于其他什么原因，有待进一步研究。

接着，月亮开始变小。"And, indeed, the moon got smaller and smaller and smaller."原文采用SVC结构，其主语补足语为三个"smaller"连用。这种语法结构再现了月亮一步步变小的过程，当然与之配合的图画也是月亮越来越小。此部分对应的汉译文为"月亮真的越变越小、越变越小，越变越小……"，译文连用三个"越变越小"来翻译原文的三个"smaller"。故事接近尾声时，也讲到月亮持续变小。"But the moon kept getting smaller and smaller and smaller, and finally it disappeared altogether."译者翻译为："可是月亮不停地在变小，越变越小、越变越小，后来，就整个儿不见了。"

爸爸取回月亮以后，女儿十分高兴，跳了起来，跳起舞来："Monica jumped and danced with the moon."原文中谓语含有两个动词，由并列连词"and"连接，"jumped and danced"，字面意思应该是拿着月亮"跳了起来，还跳起了舞"，但是直译的译文有点别扭。林良的译文为"小茉莉拿着月亮，一蹦一蹦地跳起舞来了"。译文将原文含有动作意味的介词"with"根据汉语的行文习惯转译为了动词"拿着"，然后将原文并列的两个动词"jumped and danced"译为汉语的偏正结构"一蹦一蹦地跳起舞来了"，此处改动使得译文更为符合逻辑，利于儿童理解。

小茉莉与月亮玩耍的描述还有，"She hugged the moon and threw it into the air."原文含有由并列连词"and"连接的两个谓语动词，译者林良将其直译为"她搂着月亮，又把月亮扔向空中"，忠实而准确地传达了原文的意义。

后来，月亮变小不见，但是有一天，小茉莉又看到了月亮。"Then, one night, Monica saw a thin sliver of the moon reappear."原文结构简单，就是一个SVOC结构，但是该句的表达却很美，"a thin sliver of the moon"，描述月亮小小的，银色的，意象优美。"有一天晚上，小茉莉又看到了薄薄的一小片月亮。"译文采用直译，但是原文美好的意象"薄薄的一小片月亮"，似乎并没能充分在汉语中再现出来。

在书最后三页讲月亮慢慢变大的过程："Each night the moon grew...and grew...and grew."林良相应的译文为："每天晚上，月亮就变大一点。他越变越大。越变越大……"原文重复了三次动词"grew"，译文的处理更为自然，将

第一个 "grew" 译为 "就变大一点"，后面两个 "grew" 都翻译为了 "越变越大"。译者这种翻译方法老道、自然，流畅通达，符合儿童读者的认知习惯和能力。

上文结合林良的翻译观和儿童文学观，选择研究了林良翻译的《爸爸，我要月亮》。总体而言，译文既忠实于原文的文字内容，又忠实于图画，体现了译者深厚的功力。同时，林良的儿童文学观也在其绘本翻译中得到了体现。上述绘本翻译中，林良巧妙地使用了增词、改变语序等方法。林良结合对儿童的认知以及语言特点，在翻译中使用浅语，增加原文虽无其词但有其意的词语，确保了翻译效果。另外，林良还多次调整语序，将 "某人想" 或 "某人说" 等结构调整至句首，既符合汉语的习惯，也符合儿童的认知。

第九章

绘本翻译研究综述与展望

9.1 翻译研究概览

任何学科从诞生到成熟大致都会经历前学科、准学科、独立学科几个阶段。翻译学科的发展轨迹也不例外。翻译研究历经语文学范式主导的前学科阶段、语言学范式主导的准学科阶段、霍姆斯（James Holms）翻译研究框架为标志的独立学科阶段，如今已经进入多元范式与"技术转向"并存的学科边界拓展期（杨荣广，2018：6）。本节拟梳理翻译研究的发展脉络并分析研究现状，为下文的绘本翻译研究综述做好铺垫。

1972年8月21至26日，美国裔荷兰学者霍姆斯在哥本哈根召开的"第三届国际应用语言学会议"上发表了著名的《翻译学的名与实》（"The Name and Nature of Translation Studies"）一文，被视为翻译学科正式创立的标志。在这篇文章中，他构想了翻译研究的主要范围与学科框架。1995年，描述翻译学派的代表人物图里（Gideon Toury）在 *Descriptive Translation Studies and Beyond* 一书中把霍姆斯的翻译学科构想绘成了清晰明了的结构图（如图9.1所示）。

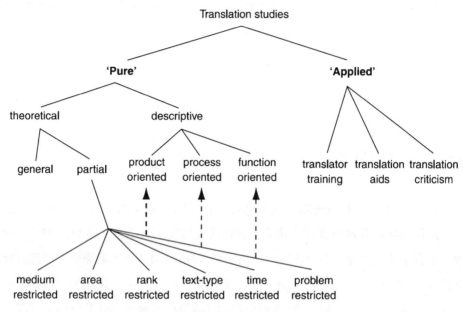

图9.1　霍姆斯的翻译学科结构图（Toury，1995：10）

　　如图所示，整体而言，霍姆斯将翻译学科划分为纯研究与应用研究。细化来看，翻译学有三大分支：翻译理论、描写翻译研究、应用翻译研究。而应用翻译研究下面又有三个分支：翻译教学及培训、翻译辅助手段、翻译批评。虽然各个分支有明显的界线，但是自20世纪70年代以来，它们的发展互有交集。应用翻译研究借用了许多理论研究的概念与术语，理论研究也不断吸收应用研究的范式和方法。

　　自20世纪80年代以来，全球范围内的翻译研究逐渐兴起。从地域来看，欧洲、中国、大洋洲和北美无疑是翻译研究的主要区域。据笔者了解，重要的研究机构（以研究产出为主要考量）如下：蒙特利尔大学、赫尔辛基大学、格拉茨大学、巴塞罗那自治大学、哥本哈根大学、巴黎新索邦大学、鲁汶大学、康考迪亚大学、图库大学、维也纳大学、渥太华大学、海梅一世大学、格拉纳达大学、美因茨大学、阿默斯特大学、爱丁堡大学、曼彻斯特大学、利兹大学、巴斯大学、伦敦大学学院、诺丁汉大学、赫瑞-瓦特大学、杜伦大学、伯明翰大学、贝尔法斯特女王大学、格拉斯哥大学、阿斯顿大学、纽卡斯尔大学、麦考瑞大学、悉尼大学、昆士兰大学、香港中文大学、香港岭南大学、香港浸会大学、香港理工大学、香港大学、香港城市大学、澳门大学、澳门理工大学、台湾辅仁大学、北京外国语大学、上海外国语大学、复旦大学、四川大学、广东外语外贸大学、厦门大学、南京大学、上海交通大学、西南大学、中山大学、南京师范大学、四川外国语大学、福建师范大学、河南大学、南开大学、暨南大学等。从研究主题来看，可谓百花争艳，其中最引人注目的领域在于翻译理论、翻译史研究、文学翻译研究和翻译技术研究。

　　翻译理论研究方面取得了许多重要成果，如多元系统理论（Polysystem theory）。这套理论由以色列学者埃文-佐哈尔（Itamar Even-Zohar）最早提出，并由图里、张南峰等学者不断拓展，发扬光大。"埃氏多元系统理论的一个核心内容就是把各种社会符号现象，具体地说是各种由符号支配的人类交际形式，如语言、文学、经济、政治、意识形态等，视作一个系统而不是一个由各不相干的元素组成的混合体。而且，这个系统也不是一个单一的系统，而是一个由不同成分组成的、开放的结构，也即是一个由若干个不同的系统组成的多元系统。"（谢天振，2003：60）许多学者认为，埃文-佐哈尔的多元系统理论博采众长，至少吸收与借鉴了以下理论：索绪尔的结构语言学理论、俄国形式主义文学理论，以及波波维奇、列维等的翻译理论。应该说，多元系统理论的诞生与发展对于翻译研究的对象革新和范式转换具有不可估量的意义：它一方面直接推动翻译研究从"内部研究"转向"外部研究"，另一方面为翻译研究的文化学派、描述翻译学、翻译操纵学派等打下了良好的理论基础，并提供了有力的借鉴。再如国内由胡庚申创立的生态翻译理论。"生态翻译学立足翻译生态与自然生态的同构隐喻，是一种从生态视角综观翻译的研究范式。这一生态翻译研究范式以生态整体主义为理念，以东方生态智慧为依归，以适应/选择理论为基石，系统探讨翻译生态、文本生态和翻译群落生态及其相互关系和相互作用，致力于从生态视角对翻译生态整体和翻译理论本体进行综观和描述。"（胡庚申，2013：xxiv）经过十几年的发展，生态翻译学在国内外产生了较大影响力，其理论也被广泛应用于文学翻译文本批评、翻译培训与教学、广告语翻译、公示语翻译、外宣翻译策略、口译模式研究等方面。根据陈圣白

（2017）的统计，2001年至2015年期间国内有关生态翻译学研究的期刊论文总共达到1091篇。生态翻译学进展的另一个重要标志是全国已有多所高校的翻译专业研究生运用生态翻译学的理论和研究范式来撰写学位论文；多部相著相继出版：《生态翻译学：西方学者之声》《生态翻译学视阈下的文学翻译研究》《公示语生态翻译论纲》《生态翻译学视域下彝族文化的外宣翻译研究》《生态翻译批评体系构建研究》《生态翻译学与文学翻译研究》等；还有由吴志杰提出的"和合翻译学"和由陈东成提出的"大易翻译学"。南京理工大学吴志杰博士自2011年提出"构建和合翻译学的设想"以来已经在多家学术期刊发表《中国传统译论研究的新方向：和合翻译学》《和合翻译研究刍议》《和合翻译学论纲》《和合翻译学视野中的翻译价值观》等论文。2018年吴志杰更是推出了专著《和合翻译学》。韩国釜山大学教授金承龙评价这本专著"系统化地整理古典翻译论，旨在解决当前翻译学中出现的问题，通过翻译实现东方和西方的交流，而且通晓古今。本书实现了中国翻译学从'以西解中'向'以中解中'的发展，这表明日后将出现'以中解西'"。山东大学威海分校教授孙迎春教授指出："《和合翻译学》以中国传统文化为根基，意在创立独立的译学话语体系。这一选题具有重大理论意义和宽广发展前景。该著作构思缜密，结构合理，学术性强，值得推荐。"和合翻译学的创建尝试显示了作者深厚的学术功底和广博的学术视野，有利于东西方理论的交流与融合。深圳大学陈东成创立的"大易翻译学"也是一种本土理论。2016年，他出版了《大易翻译学》一书。"该书援易入译，以易治译，力图构建大易翻译学话语体系。全书共十三章，主要从哲学上探讨翻译本质、翻译标准、翻译原则、翻译审美、翻译伦理、翻译风格、翻译距离、翻译批评、翻译生态环境等问题。"（陈大易，2018）该书虽立意深远、体系宏大，但缺少严密的逻辑推理和理论演绎，暴露了国内目前普遍存在的急于构建自身理论的草率心态和焦虑情绪。

谈到翻译史研究，不得不提到安东尼·皮姆（Anthony Pym）。他是西班牙洛维拉维吉利大学教授、博士生导师、跨文化研究小组协调人、欧洲翻译研究协会主席、西班牙加泰罗尼亚高等研究院研究员、蒙特雷国际研究院访问学者、南非斯坦陵布什大学特职教授。1998年安东尼·皮姆出版的《翻译史研究方法》（*Method in Translation History*）旨在系统探索翻译史书写和理论建构的方法与模式，堪称译史理论研究的奠基之作。该书的前半部分介绍了翻译史研究方法中的一些重要原则和概念，主要包括定义翻译史研究，翻译史研究的简要历史，如何确定研究话题，如何以图表的形式来描述译者和译本情况，如何整理译本资料，如何建立研究框架等。后半部分着重构建作者自己的理论框架，主要探讨了描写翻译学的核心概念规范和系统，随后结合翻译史料阐释了与译者和间性文化有关的种种问题。香港地区的翻译史研究也贡献了许多重要的成果。由复旦大学出版社出版、香港中文大学/中国文化研究所/翻译研究中心主办、王宏志教授主编的学术论文集《翻译史研究》已经出版七本，集结了中国大陆和港澳台地区翻译史研究学者的优秀论文。王宏志教授是亚洲翻译史研究首屈一指的学者，他是香港大学文学士及哲学硕士，英国伦敦大学亚非学院哲学博士，主修翻译及现代中国文学。他是香港中文大学人文学科讲座教授、翻译研究中心主任、翻译系主任并兼任上海外国语大学高级翻译学院和复旦大学中文系教授及博士生导师。王教授曾担任新加坡南洋理工大学文学院院长、人文与社会科学院院长、人文学科研究所所长、香港中文大学文学院副院长、人文学科研究所所长、中国文化研究所副所长、香港文化研究中心主任、国际交换处副处长。他的主要研究兴趣包括晚清以来中国翻译史、20世纪中国文学及政治、香港文化研究等。至今出版的专著及文集有《翻译与近代中国》《翻译与文学之间》《重释"信达雅"：二十世纪中国翻译研究》《鲁迅与"左联"》等十余种，发表重要学术论文《斯当东与广州体制中英贸易的翻译：兼论1814年东印度公司与广州官员一次涉及翻译问题的会议》《律劳卑与无比：人名翻译与近代中英外交纷争》《通事与奸民：明末中英虎门事件中的译者》《"我会穿上缀有英国皇家领扣的副领事服"：马礼逊的政治翻译活动》《马戛尔尼使华的翻译问题》《毕竟是文章误我，我误文章：论卞之琳的创作、翻译和政治》《京师同文馆与晚清翻译事业》《权力与翻译：晚清翻译活动赞助人的考察》《文言与白话：晚清以来翻译语言的考察》《"专欲发表区区政治"：梁启超与晚清政治小说的翻译和创作》等。《翻译史研究》的论文供稿人还包括邹振环、杨承淑、黄克武、胡志德、沈国威、朱志瑜、顾钧等海内外

知名学者。邹振环教授现任职于复旦大学历史学系，担任香港中文大学中国文化研究所翻译研究中心名誉研究员，主要研究领域是翻译史、中国古代史（明清文化）、历史文献学（明清文献）、明清以来西学东渐史等。他在中国近现代翻译史研究方面成绩卓著，已出版著作如下：《疏通知译史》《晚明汉文西学经典：编译、诠释、流传与影响》《西方传教士与晚清西史东渐——以1815至1900年西方历史译著的传播与影响为中心》《20世纪上海翻译出版与文化变迁》《译林旧踪》《晚清西方地理学在中国——以1815至1911年西方地理学译著的传播与影响为中心》《江苏翻译出版史略》《影响中国近代社会的一百种译作》等。此外，邹振环教授还发表了多篇学术论文，如《近代"百科全书"译名的形成、变异与文化理解》《近五十年来台湾的翻译史研究》《台湾早期的语言接触与近现代的翻译出版》《20世纪50至70年代香港翻译史研究举隅》《张元济与"韦伯斯特辞典"的编译与出版》《最早有关澳大利亚的汉文译著——〈澳大利亚新志〉及其增订本〈澳大利亚译本〉》《张謇与清末宪政史知识的译介与传播》《东文学社及其译刊的〈支那通史〉与〈东洋史要〉》《清代前期的外语教学与译员培养上的制度问题——与俄国、日本的比较》《翻译大师笔下的英文文法书——严复与〈英文汉诂〉》等，产生了很大的学术影响。杨承淑教授为台湾辅仁大学翻译学研究所所长，是权威的口译研究专家，出版专著《口译的信息处理过程研究》，同时在翻译史研究方面也多有成就。发表的重要学术论文如下：《小野西洲的汉诗文媒体披露与日台艺文圈形成》《译者与他者：以佐藤春夫的台闽纪行为例》《译者与赞助人：从日治时期警察通译试题中的对话见端倪》《译者的角色与知识生产：以台湾日治时期法院通译小野西洲为例》《日治时期的法院高等官通译：译者身份的形成及其群体角色》《台湾日治时期法院通译的群体位置：以〈语苑〉为范畴》等，学术影响较大。

文学翻译研究方面，中国的文学外译研究尤其令人瞩目。根据李琴、王和平（2018）的研究，2007至2016年中国文学外译研究的三大热点如下：中国文学海外接受与传播研究、中国文学翻译出版研究和中国文学外译译介模式研究，尤以中国现当代文学外译研究数量最多。他们认为这十年恰逢国家实施文化"走出去"战略，中国文学外译进入繁荣期，外译的中国文学作品以现当代文学为主，译介效果最为显著，因而成为研究的重点。在这方面的研究中，有一个话题受到了许多学者的关注，也引起了巨大争论，即文学外译应由谁来译？针对这一问题国内学界主要有三种不同的声音。第一种声音主张应当由海外译者和汉学家翻译。例如胡安江（2010）认为，以葛浩文（Howard Goldblatt）为代表的海外汉学家，是中华文学外译最理想的译者，而汉学家译者模式以及归化式翻译策略理应成为翻译界在中国文学"走出去"战略中的共识。谢天振（2013）认为文学外译不妨借用外援。张秀峰（2015）指出，"汉学家在了解中国文化、外文的创作功力和市场认可度方面占优势……其译文往往更能吸引国外读者"。第二种声音提出中国文学外译理应由中国译者完成。第三种观点则是上述声音的居中调和，以中国文学外译为主题的学术会议也是屡见不鲜。2018年9月28日，由上海外国语大学英语学院主办，美国俄克拉荷马大学"中国文学翻译档案库"、《今日中国文学》编辑部、上海外语教育出版社协办的"中国现当代文学在海外的译介与接受"国际研讨会在上海外国语大学举办。包括国际知名汉学家葛浩文教授在内的一百三十余名海内外翻译学、中国现当代文学、外国语言文学等领域的专家学者济济一堂，探讨了中国现当代文学在海外的翻译、传播和接受现状，共商中国现当代文学海外经典化的有效途径。葛浩文教授、金介甫教授、石江山教授、林丽君教授、陈德鸿教授、美国阿巴拉契亚州立大学涂笑非教授、中国文化典籍翻译研究会会长王宏印教授等出席了研讨会开幕式。开幕式由上海外国语大学英语学院院长查明建教授主持，上海外国语大学副校长张峰、美国翻译家与汉学家葛浩文教授致辞。会议还宣布上海外国语大学"中国现当代文学翻译研究中心"揭牌成立。而第三届国际作家、翻译家、评论家高峰论坛也将于2018年12月在广东外语外贸大学举行，论坛以"从文化传播看文学创作、翻译与评论的互生与互动"为主题，邀请到了美国布朗大学讲座教授、诗人、翻译家弗雷斯特·甘德（Forrest Gander），法国国立东方语言文化学院汉语语言与文学教授、翻译家何碧玉（Isabelle Rabut），加拿大皇家科学院院士、上海交通大学首席教授乔纳森·洛克·哈特（Jonathan Locke Hart），美国加州大学洛杉矶分校教授、加州大学驻中国中心主任张敬珏（King-Kok Cheung），美国圣路易斯华盛顿大学教授、诗人、小说家、翻译家裴小龙，美国加州大学洛杉矶分校/纽约城市大学教授、诗人梁志英（Russell Charles Leong），加拿大华人作家、陕西师范大学人文社科高级研究院驻院作家张翎，中国海洋大学外国语学院教授、翻译家林少华，《文艺报》总编辑、评论家、作家梁鸿鹰等知名学者作主旨发言。

翻译技术（translation technology）指"应用于人工翻译、机器翻译和计算机辅助翻译的不同类型的技术手段，包括文字处理软件（word processors）和电子资源（electronic resources）等计算机信息处理工具，语言库分析工具（corpus-analysis tools）和术语管理系统（terminology management systems）等专用翻译工具"（Bowker，2002：5）。翻译技术研究发轫于20世纪50年代。1946年2月14日，全球第一台计算机ENIAC问世，计算机学家和语言学家们开始利用计算机进行翻译探索。19世纪90年代以来，随着计算机科学、认知语言学、大数据、云技术和人工智能的快速发展，翻译技术突飞猛进，与之同时，翻译技术研究也正在成为显学。刁洪（2017）指出，翻译研究目前正在经历"技术转向"，他认为："机器翻译、计算机辅助翻译、大数据、云翻译等概念以及它们承载的翻译技术正猛烈地冲击着以人为主体的传统作坊式翻译，甚至翻译的定义也面临重构。"2015年，香港中文大学（深圳）人文社科学院教授、知名翻译技术研究专家陈善伟（Chan Sin-wai）编著的《翻译技术百科全书》（*The Routledge Encyclopedia of Translation Technology*）由劳特利奇出版公司出版，是该领域第一本百科全书。本书的正文共三部分，分别以计算机辅助翻译与机器翻译、翻译技术在世界各国/地区的发展现状与成绩和具体的翻译技术研究为主题。全书体系宏大、编排合理，专业性、权威性强，是研究翻译技术的必备工具书。此外，陈善伟还是翻译技术研究专门期刊《翻译科技学报》（*Journal of Translation Technology*）的创始主编。加拿大渥太华大学的Lynne Bowker教授也是翻译技术研究的重要学者，她出版了*Lexicography, Terminology and Translation* (2006)，*Computer-Aided Translation Technology* (2002)，*Working with Specialized Language* (2002)等多部专著，并且在*Translation and Interpreting Studies, Localisation Focus, Canadian Journal of Library and Information Science,*

*TTR-Traduction, Terminologie, Rédaction, The Interpreter and Translator Trainer*等期刊发表数篇翻译技术研究的论文。

近五年来，翻译研究更是空前繁荣，主要表现在以下几个方面：（1）研究领域不断拓展，研究视角不断创新。除了传统的文学翻译、翻译理论、翻译史、翻译教学与培养外，机器翻译、网络翻译、视听翻译等也吸引了大批研究者；"在现代信息技术、神经学、心理学等不断介入的背景下，翻译研究的跨学科性、与实证性综合性愈发突出"（刁洪，2017）。（2）翻译研究专著/文集数量庞大。例如，John Benjamins出版社的*Benjamins Translation Library*系列至今已出版了145本专著，主题多样，内容庞杂，且该系列丛书还会不断扩大。据笔者统计，出版巨头劳特利奇近五年里平均每年出版的翻译研究专著/文集多达二十来种，远超语言学其他研究领域[1]。（3）专门的翻译研究期刊数量不断上升。据笔者估算，目前全球的翻译研究期刊总量至少有200种，其中SSCI/A&HCI索引期刊如下：*Across Languages and Cultures, Babel, Interpreting: International Journal of Research and Practice in Interpreting, Language And Intercultural Communication, Linguistica Antverpiensia, New Series-Themes In Translation Studies, META, Perspectives: Studies in Translation Theory and Practice, Target, The Bible Translator, The Interpreter and Translator Trainer, The Journal of Specialised Translation, The Translator, Translation and Interpreting Studies, Translation and Literature, Translation review, Translation Studies*。国外发行的非核心翻译研究期刊也很多，其中较为知名的有：*1611: Revista de Historia de la Traducción, AALITRA Review, Acta Linguistica Asiatica, Asia Pacific Translation and Intercultural Studies, Babilónia:Revista Lusófona de Línguas, Culturas e Tradução, Challenges in Translation, CLINA: An interdisciplinary journal of Translation, Interpreting and Intercultural Communication, Compilation and Translation Review, Cultus: The Journal of Intercultural Mediation and Communication, FORUM: Journal of Interpretation and Translation, Hermeneus, In Other Words, LIVIUS. Revista de*

1　笔者的统计数据来自劳特利奇出版公司官网https://www.routledge.com/
linguistics，Translation为Linguistics的分支。

*Estudios de Traducion, New Voices in Translation Studies, Norwich Papers: Studies in Literary Translation, Redit-Revista Electrónica de Didáctica de la Traducción y la Interpretación, Rivista internazionale di tecnica della traduzione, SKASE Journal of Translation and Interpretation, Translation Spaces: A multidisciplinary, multimedia, and multilingual journal of translation, TTR —Traduction, Terminologie, Rédaction, Viceversa: Revista Galega de Traducción*等。大陆与港澳台地区专门的翻译研究期刊包括《中国翻译》《上海翻译》《中国科技翻译》《东方翻译》《翻译界》《复旦谈译录》《译苑新谭》《翻译论坛》《亚太跨学科翻译研究》《翻译教学与研究》《翻译学报》《翻译季刊》《翻译史研究》《广译》等十余种。近年来国外许多新创办的期刊往往侧重于翻译研究的某一领域，特色鲜明。如2017年由欧洲屏幕翻译协会（European Association for Studies in Screen Translation）创刊的*Journal of Audiovisual Translation*关注视听翻译，2018年创刊的*Chronotopos*则以翻译史为重。（4）以翻译为主题的学术会议层出不穷。自2001年以来，国际翻译与跨文化研究协会（International Association for Translation and Intercultural Studies）已举办六次协会会议，吸引了来自世界各地的大批学者，推动了翻译研究的快速发展。比利时鲁汶大学翻译研究中心的研修夏令营已经举办了30次，该项目每年都会邀请世界著名翻译学者作为讲席教授开讲座，听众多为年轻学者和博士研究生。2017年的讲席教授为来自香港岭南大学的陈德鸿教授。在欧洲、亚洲、大洋洲举办的各种规模、主题、形式的翻译学术会议更是不计其数。（5）翻译人才培养发展迅速。据统计，截至2016年年底，中国内地已有230所高校获得教育部批准设置本科翻译专业。拥有翻译专业的院校有五类：外语类院校、综合性大学、理工科院校、师范院校和其他专科类院校（王天予，2018）。2016年11月，世界翻译教育联盟（World Interpreter and Translator Training Association，WITTA）在广东外语外贸大学成立，包括英国伦敦大学学院、威斯敏斯特大学、杜伦大学、利兹大学、新加坡南洋理工大学、墨尔本大学、麦考瑞大学、香港城市大学、香港浸会大学、香港中文大学、澳门大学、上海外国语大学、北京外国语大学、北京语言大学、对外经济贸易大学、西安外国语大学、黑龙江大学、南京师范大学、吉林华桥

外国语学院、西交利物浦大学等在内的40所高校成为创始单位。世界翻译教育联盟第一届理事会理事长由澳门大学李德凤教授担任，副理事长由加拿大渥太华路易丝·冯·弗洛图（Luise von Flotow）教授、香港城市大学朱纯深教授、英国赫瑞瓦特大学克劳迪娅·安吉莱莉（Claudia V. Angelelli）教授、欧洲法律翻译协会主席莉塞·卡茨琴卡（Liese Katschinka）博士、俄罗斯莫斯科国立大学尼古拉·加尔博夫斯基（Nikolay Garbovskiy）教授、克罗地亚里耶卡大学苏珊·沙切维奇（Susan Šarčevic）教授等担任。联盟秘书处设在广东外语外贸大学，赵军峰教授担任秘书长。世界翻译教育联盟聘请国际期刊*The Interpreter and Translator Trainer*主编多萝西·凯利（Dorothy Kelly）教授、国际大学翻译学院联合会终身名誉主席汉娜·莉阳凯（Hannelore Lee-Jahnke）教授、欧洲翻译协会现任主席阿恩特·雅可布森（Arnt Lykke Jakobsen）教授、欧洲翻译协会前主席安东尼·皮姆（Anthony Pym）教授、国际翻译工作者联合会主席刘崇杰（Henry Liu）博士、欧洲翻译协会副主席吕克·范多斯拉尔（Luc van Doorslaer）教授、香港浸会大学道格拉斯·罗宾逊（Douglas Robinson）教授、国际大学翻译学院联合会前秘书长马丁·佛斯纳（Martin Forstner）教授、香港中文大学王宏志教授、广东外语外贸大学校长仲伟合教授、上海外国语大学柴明颎教授和中国翻译协会常务副会长黄友义担任战略顾问。在翻译研究高层次人才培养方面值得一提的是2017年欧洲翻译研究协会（European Society for Translation Studies）发起成立了"国际翻译研究博士论坛（ID-TS）"，旨在提高博士生培养质量，推动全球范围内的人才交流与合作。

毫不夸张地说，这是一个翻译的时代，更是一个翻译研究的时代。那么，作为翻译研究的一个分支，绘本翻译研究自始至今经历了哪些发展阶段？重要的研究者有哪些？哪些是核心研究领域和热门话题？国内外的关注焦点有何差异？又有哪些研究话题值得期待？接下来笔者将以前文为基础，爬梳文献，展望未来，以勾勒出绘本翻译研究的一条清晰脉络，以引起学界的关注与讨论。

9.2 国外绘本翻译研究综述

印刷术发明之前，儿童文学的发展很难追溯，即使在印刷术普及之后，许多经典的"儿童"故事最初也是为成年人创作的，后来才被改编为儿童读物。15世纪以来，许多针对儿童的读物往往带有浓厚的道德或宗教色彩。20世纪初被称为"儿童文学的黄金时代"，当时出版了许多经典儿童书籍，影响至今。当然，儿童文学翻译与研究的历史远不及儿童文学本身。简·范·科利、沃尔特·维索尔伦（Jan Van Coillie & Walter P. Verschueren，2014：vi）指出：在过去的几十年里，儿童文学翻译研究从理论的发展中受益匪浅，特别是文学研究和翻译研究的理论。以下三点特别值得一提，因为它们已被证明具有相当大的影响力。第一，由佐哈尔在20世纪70年代创立的多元系统理论对解释儿童文学译作在创作过程中受到各种要素的制约十分有用，有助于研究者深入解读儿童文学原著与译著的互动关系。第二，吉迪恩·图里的翻译规范概念对学术界产生了相当大的影响，将重点放在目标文化系统中的文本和翻译的流变上，推动了儿童文学翻译的描述性研究。第三，劳伦斯·韦努蒂的翻译与意识形态论对阐释儿童文学翻译中的翻译策略提供了新的视角。

由简·范·科利和沃尔特·维索尔伦主编的*Children's Literature in Translation: Challenges and Strategies*一书最早于2006年在圣·杰罗姆出版社（St. Jerome Publishing）出版，并于2014年在劳特利奇再版，其影响力可见一斑。简·范·科利目前是比利时国家儿童文学研究中心执行主任，她发表了多篇儿童诗歌、童话故事、儿童文学历史研究论文。自1999年至2004年期间，她担任*Encyclopaedia of Children's Literature*的主编。沃尔特·维索尔伦任职于布鲁塞尔科学艺术大学学院应用语言系，也是该大学英语文学荷兰翻译研究中心的主任。*Children's Literature in Translation: Challenges and Strategies*一书聚集了当时儿童文学翻译研究的许多重要学者，体系庞大、结构清晰，涉及儿童文学翻译的方方面面，是研究包括绘本翻译在内的儿童文学翻译的必读书。在序言里，两位主编阐释了儿童文学译者的多重复杂角色，介绍了儿童文学翻译的现实情况，并扼要地说明了本书的结构和主要内容。正文的第一篇由吉莉安·拉蒂（Gillian Lathey）撰写，题目是 "The Translator Revealed Didacticism, Cultural Mediation and Visions of the Child Reader in Translators' Prefaces"。作者的关注点是儿童翻译读物的前言。她首先回顾了英国历史上出版的儿童翻译文学的序言史，然后以安·劳森·卢卡斯（Ann Lawson Lucas）、玛丽·沃斯通克拉夫特（Mary Wollstonecraft）、玛丽·豪伊特（Mary Howitt）、琼·艾肯（Joan Aiken）等译者的序言为例阐述了序言对了解翻译过程、译者心态及文化身份、译本选择、翻译策略和读者反应等方面的重要意义。丽塔·盖斯奎尔（Rita Ghesquiere）是第二篇文章 "Why Does Children's Literature Need Translations?" 的作者。丽塔·盖斯奎尔是比利时鲁汶大学的文学理论和比较文学教授，她的研究范围包括儿童文学与成人文学之间的关系、儿童文学翻译与意识形态的互动等。她讨论了译本帮助原作成为文学经典的历程。在很多情况下，优秀的译本有助于原作更好地被传播与被接受，从而成就经典之作。作者视野广阔，详尽地梳理了儿童文学的全球格局，探讨了一个重要话题，即西方儿童文学的出口（译出）是否对非西方世界的本土儿童文学的发展构成威胁。她认为，为了儿童文学更健康的发展，有必要搭建一个供译者交流互动的国际化平台。更为重要的是，除了出口西方文学作品，还应当采取各种措施推动非西方世界本土儿童文学的发展。也只有如此才能保证儿童文学翻译的可持续发展（Van Coillie & Verschueren，2014：43）。

著名绘本翻译研究专家奥茵蒂娜撰写了 "No Innocent Act: On the Ethics of Translating for Children" 一文。她分析了儿童文学作品的翻译是如何受制于特定社会的规范和价值观的，特别关注译者的儿童形象对翻译策略的影响。此外，她还探讨了儿童文学翻译过程中的道德准则、意识形态、操控等因素。下一篇文章是盖比·汤普森-沃尔格穆特（Gaby Thomson-Wohlgemuth）撰写的 "Flying High: Translation of Children's Literature in East Germany"。她研究了儿童文学翻译在塑造理想社会形态中的角色并且强调了其在提高大众文化水平和文明程度方面的重要作用。瓦内萨·约森（Vanessa Joosen）在 "From Breaktime to Postcards: How Aidan Chambers Goes (Or Does Not Go) Dutch" 一文里介绍了英国和荷兰之间的儿童文学交流情况。下一篇论文是 "A Prototypical

Approach within Descriptive Translation Studies?: Colliding Norms in Translated Children's Literature"。比利时根特大学的伊莎贝尔·德米特（Isabelle Desmidt）研究了塞尔玛·拉格勒夫（Selma Lagerlof）所著《尼尔斯骑鹅旅行记》（*Nils Holgersson's Wonderful Journey throughout Sweden*）不同译本之间的冲突。她的研究兴趣包括儿童文学的阅读、接受与翻译，以及文学的教育功能。她尝试用现有理论模式去调和不同译本的冲突，在这一过程中她用到了著名翻译理论家安德鲁·切斯特曼（Andrew Chesterman）的原型法。通过文本对比分析，作者提出现有的模式必须经过修正才能更好地调和上述矛盾。在 "Translating Cultural Intertextuality in Children's Literature" 一文里，贝伦·冈萨雷斯·卡斯卡拉纳（Belen Gonzalez Cascallana）的研究重点是当代英国奇幻文学翻译成西班牙语的文化互文性。她拥有西班牙莱昂大学翻译学博士学位，目前的研究重点是儿童文学翻译的多元文化。她总结说，译者并未偏向于归化翻译或者异化翻译，而是致力一方面忠实于原文本，另一方面充分照顾译入语读者对文化互文性的理解能力和阅读需求。最后，作者指出，当前正在进行的国际化进程必将对儿童文学的翻译造成重大影响。具体而言，非英语儿童文学在翻译成英语的过程中，文化负载词并未得到充分合理的阐释。这一方面体现出了英语作为强势语言的事实，另一方面凸显了盎格鲁–撒克逊文化的霸权地位，不利于世界上不同文化之间的平等交流。因此，只有减少儿童文学翻译中的操纵行为，才能使多元文化在英语文化中更好地被接受。

西班牙加那利群岛拉斯帕尔马斯大学的伊莎贝尔·帕斯卡–费布尔斯（Isabel Pascua-Febles）是 "Translating Cultural References: The Language of Young People in Literary Texts" 一文的作者。她的研究兴趣包括儿童文学翻译和儿童文学的多元文化。她在翻译研究和儿童文学研究方面发表了很多研究成果。2002年和2005年，她组织了两次"翻译、儿童文学及儿童教育"国际会议。她研究了一本德语青少年小说*Greg. Eine rätselhafte Verwandlung*的英译本和西班牙语译本，重点放在译本的社会意义和教育功能以及一些文化标记词的翻译问题上。作者在文末得出了三个很有意义的结论：（1）翻译的最大难度被证明是搜索到与特定交流情况和正确的角色标记相符的表达（特别是涉及年轻主角的情况），从而选择常用且正确的短语和感叹词。事实证明，儿童文学翻译中的拟声词也是一个复杂的问题，但同时也能不断刺激并提升翻译人员的创造力。（2）原始的德语文本，是口语体，非正式和特定场合的粗俗体，在年轻人的对话中体现得最为明显。相比而言，英语翻译文本正式，译者显然选择了语言和文化归化策略。虽然这样可能牺牲原文本，但是因为儿童文学翻译更多地要考虑教学需要和社会规范，所以上述做法是可取的。当然，译者的做法也可能是受到某种“权力”影响而导致的，这就是笔者提到的社会规范和意识形态限制对翻译的影响。相比之下，西班牙文本优先考虑文字忠实和自然流畅，使年轻读者能够更容易地认同文本，并与之建立必要的对话。（3）最终，分析表明翻译人员选择的语言和交际策略会影响到读者的文本阅读体验。西班牙文本的主要目标是年轻的西班牙人，因此文本是非正式的甚至是粗俗的。这意味着寻找最多自然而富有表现力的方式可使西班牙语版本对西班牙年轻读者有足够的吸引力（Van Coillie & Verschueren，2014：120）。在“Character Names in Translation: A Functional Approach”一文里，比利时学者简·范·科利从功能主义的角度研究了一个有趣的话题，即人名的翻译。作者首先以不同语言、不同体裁和不同时代的译本为考察对象，梳理了译者在翻译人名中可供选择的策略，而每种选择都会给人名翻译版本带来不一样的功能。这些功能包括信息的、规范的、情感的、创造性的和审美的。接下来，作者探究了译者的人名翻译动机以及影响他们策略选择的四个要素，它们分别是人名性质、文本因素、译者的参考资料和文本之外的因素。丹麦教育大学儿童文学研究中心的安妮特·奥斯特（Annette Öster）撰写了 *Hans Christian Andersen's Fairy Tales in Translation*。博洛尼亚大学的梅特·鲁德文（Mette Rudvin）和弗朗西斯卡·奥拉蒂（Francesca Orlati）撰写了 *Dual Readership and Hidden Subtexts in Children's Literature: The Case of Salman Rushdie's "Haroun and the Sea of Stories"*。

根据芭芭拉·贝德（Barbara Bader，1976：2）的阐释，绘本是一种文本、插图和附带设计的综合体，一种面向市场的工业产品，一种承载社会、文化和历史价值的文档，一种孩子的体验方式。作为一种艺术形式，绘本依赖于图画与文字的互动，依赖于在翻动书页之间产生的戏剧性，它为读者带来了无限的

可能性。绘本阅读和儿童的认知、性格的发展关系密切。学会理解和欣赏儿童发展的不同阶段对教育工作者、图书馆馆员和家长都是有益的。认知发展理论的基础之一便是了解孩子们的思维方式。最近二十年，幼儿教育工作者和图书馆馆员已经认识到了早期识字对儿童发展的重要性。较早地接触绘本有助于儿童发展识字、识图的技能，从而培养他们通过口头和视觉图形进行交流的能力，进而促进儿童们的整体认知和情感发展。

世界上最早的绘本之一当属1658年出版的夸美纽斯编写的《世界图绘》（*Orbis Sensualium Pictus—The Visible World in Pictures*）。该书最初在纽伦堡以拉丁文和德文出版，很快传播到德国和其他国家的学校。第一个英文版于1659年出版，而第一部四语版（拉丁文、德文、意大利文和法文版）于1666年出版。第一部捷克语版于1685年在位于勒沃卡（Levoča）的布罗伊尔（Breuer）出版社出版。在1670年至1780年间，新版本以各种语言出版，并改写了图片和文字内容。在那之前，用于娱乐消遣的儿童文学读本几乎不存在，更多的是用于教学的读本。法国哲学家卢梭和英国哲学家洛克都注意到当时的儿童缺乏优质文学，但他们只是提出了问题，并未试图寻找解决途径。著名的印刷商和书商约翰·纽伯瑞（John Newbery，1713—1767）最终确定了儿童文学读物市场的可能性。尽管纽伯瑞没有专门的图画书，但它们确实引领下一代出版商打开了儿童读物的大门，并帮助孩子们达到一个新的认知水平。他因出版第一批真正的童书而受到赞誉。1744年，纽伯瑞出版《一本漂亮的袖珍书》（*A Little Pretty Pocket-Book*），这是第一次尝试用书籍娱乐孩子。纽伯瑞并不害怕说出这样的实情，并且公开表示他要用"娱乐"的主题作为卖点来推销这本书（Weinstein，2005：25）。进入21世纪，绘本生产与传播的途径发生巨变。一方面，技术改变了绘本的创作和制作方式。作者在为绘本编写文本时，很大程度上依赖计算机。在作家以数字方式创作绘本的同时，出版商也在提供电子格式的绘本书籍。电子书和其他数字格式也突破了界限，为绘本作者提供了一种全新的探索和创作方式并为读者提供了体验故事的新途径。另一方面，绘本从最初的想法到它出现在图书馆或书店需要经历一个漫长复杂的过程。该过程可能因出版公司而异。简而言之，从开始到结束至少有五个阶段：规划设计、创作、修改完稿、生产和营销。此过程涉及作家、插画家、编辑、艺术总监、设计师、制作人员和营销团队。有趣的是，电子版儿童书籍还没有受到与成人出版物同等程度的关注。2000年，ipicturebooks.com成立，这是一家专门为儿童设计电子图画书的公司，不幸的是由于资金短缺该公司于2008年停止运营。2008年，Lookybook公司成立，它为读者提供数百本数字版绘本读物，目前发展状况良好。

在对绘本翻译研究展开讨论之前，我们不妨引用儿童文学翻译研究者玛丽亚·冈萨雷斯（María González，2008：118）的一段论述："在大多数国家，童话及其译本并未受到重视，它们被认为是难成经典的边缘文学。"虽然玛丽亚·冈萨雷斯指向童话翻译，但这在很大程度上反映了绘本翻译研究的处境。目前，全球范围内并无儿童文学翻译（包括绘本翻译）研究的专门期刊，虽然*Meta, Children's Literature Association Quarterly, Bookbird: A Journal of International Children's Literature, New Review of Children's Literature and Librarianship, Papers: Explorations into Children's Literature, Journal of Children's Literature*等期刊偶尔会刊发绘本翻译研究的文章，不过，国外高校翻译专业课程设置里没有相关内容，也没有影响力大的绘本翻译研究会议。可以说，当前的绘本翻译研究是十分"非主流"的。

我们进一步回溯历史，不难发现直到2004年第一本绘本翻译研究专著才问世。这本开山之作是由芬兰语写就的，名为*Kuvakirja kääntäjän kädessä*（《译者手中的儿童绘本》），而作者便是该领域最为卓越的学者莉塔·奥茵蒂娜。由于不通芬兰语，笔者无从了解该书的详细内容，然而一个大胆却合理的猜测便是：此书并未产生广泛的学术影响，毕竟芬兰语的传播范围十分有限。奥茵蒂娜的另一本著作便是2017年由劳特利奇出版公司出版的*Translating Picturebooks：Revoicing the Verbal, the Visual, and the Aural for a Child Audience*。该书的另外两位作者是安·凯托拉和梅丽莎·加拉维尼（Melissa Garavini），全书共六章。第一章相当于引言，介绍了写作背景和全书结构。第二章首先梳理了"绘本"的不同定义，然后分析了绘本创作的过程与特点，作者将视线聚焦于绘本的副文本元素，而这些元素恰好是翻译转换过程中改动最大的。接下

来的部分探讨了绘本翻译过程中文化镜像（cultural referent）的处理方式以及绘本的数字化趋势。第三章的研究重点是绘本翻译的流程以及译者的角色。作者探讨了译者基于理论视角和图文分析视角的绘本阅读（包括文字与图画的阅读）过程，并阐释了插图对翻译过程的协助或阻碍作用。本章的结尾部分研究了出版商与译者的互动及文化负载词的翻译问题。第四章介绍了绘本翻译的几个案例，语言涉及英语、芬兰语、瑞典语、卡累利阿语、西班牙语、阿拉伯语、中文、日语等，主题涉及《费丁南德的故事》《花木兰》《野兽出没的地方》等。第五章关注绘本译者的翻译日记，包括作者及翻译专业本科生在绘本翻译过程中的记录。最后一章是结语。本书视角新颖，层次清晰，内容丰富，体系庞大，既有深厚的理论基础，又密切联系翻译实践，既关注文本图画本体，又将触角伸向绘本翻译的社会文化因素，是研究绘本翻译的必读之作。专著之外，奥茵蒂娜也翻译出版了多部儿童绘本。她在*Meta, Early Child Development and Care*，*Perspectives*等期刊上发表了多篇绘本翻译研究的论文。她在"On Translating Picture Books"一文中指出："绘本在很多方面与戏剧和电影相似，这就意味着绘本翻译近似于戏剧与电影翻译。"（Oittinen，2011）她在"Where the Wild Things Are: Translating Picture Books"一文的结语中又写道：作为职业读者，绘本翻译者应当能够以十分专业的方式阅读绘本中的图画材料。也就是说，他们需要区别绘本的不同类型，了解文字与图画之间微妙的关系。他们还必须充分认识到不同颜色和阅读方向背后的文化差异。更为重要的是，他们可以做出正确的判读：何时需要归化翻译，何时需要增译，何时又需要节译。如果译者无法满足上述条件，他们的译文就很有可能对绘本原文作出过分解读，或者忽略重要的细节，结果便是糟糕的译作（Oittinen，2003）。应该说，以上论述很好地总结了绘本翻译者的职业素养和优质译本的前提条件。此外，奥茵蒂娜还担任许多国际儿童文学翻译大赛评委。总之，作为绘本翻译研究的发起人和最重要的学者，奥茵蒂娜多年的努力大力地推动了绘本翻译研究的发展。

另一位研究者吉莉安·拉蒂（Gillian Lathey）也具有较大影响力，她目前在英国罗汉普顿大学的英国儿童文学研究中心任研究员。多年来，她在伦敦北部从事婴幼儿教育工作，并且致力儿童文学翻译史的研究工作。她2006年出版 *The Translation of Children's Literature: A Reader*，2010年出版 *The Role of Translators in Children's Literature: Invisible Storytellers*。两本书虽不是绘本翻译研究的专门著作，但其中很大篇幅与绘本翻译相关。她在2016年又出版专著 *Translating Children's Literature*，在该书的第三章她对业界普遍存在的编辑人员充当绘本译者的妥当性提出质疑。她认为这些译者仅掌握外语而对绘本文字与图画之间的平衡关系毫无认知，因而在翻译过程中不可避免地歪曲原文本的多模态性，从而对读者的审美感受带来负面影响（Lathey，2016：62）。在本书的最后一章，作者提出了数字化时代绘本App的翻译问题。如今，电子绘本数量激增，而其翻译过程中的译者合作、翻译版权等议题并未引起研究者注意。

英国学者、卡迪夫大学儿童文学名誉教授彼得·亨特（Peter Hunt）的研究中绘本翻译也是一个重要话题。彼得·亨特的著作包括批评作品、小说和儿童故事。他在卡迪夫大学开设的儿童文学课是第一个将儿童文学视为英国大学学术研究的课程。他曾在20个国家的120多所大学讲授儿童文学研究，所到的国家从北欧的芬兰到大洋洲的新西兰。国际艺术幻想协会于1995年颁发给彼得·亨特杰出学者奖金。2003年，他因对大阪国际儿童文学研究所的贡献而获得格林兄弟奖。他编辑出版或正在编辑的世界经典儿童读物包括《贝维斯》《爱丽丝梦游仙境》《柳林中的风声》等。他的作品被翻译成阿拉伯语、中文、丹麦语、波斯语、希腊语、日语、韩语和葡萄牙语。

此外，某些绘本研究者从翻译或者双语研究等角度撰写了期刊论文。为了更好地展现国外绘本翻译研究的面貌，我们对泰勒-弗朗西斯在线（Taylor & Francis Online）收录的相关论文做了统计：我们以"picture book translation"为关键词检索，然后在检索结果中进行人工甄别筛选，得到相关论文106篇，然而经过进一步仔细阅读，我们只得到21篇完全以绘本翻译为主题的研究论文。泰勒-弗朗西斯出版集团（Taylor & Francis Group）是一家理论和科学图书出版商，每年出版多种期刊和多种新书，是全球规模最大的学术出版商之一。泰勒-弗朗西斯在线收录了十余种翻译期刊，因此，上述检索虽然不是穷尽性的，但其结果具有相当的代表性。接下来，我们将梳理相关论文的研究主题和研究方

法，着重关注重要的研究者。

彭尼·科顿（Penni Cotton，2000）对比了欧洲大陆和英国本土的绘本翻译现状并探讨了绘本译本作为小学生课堂读物的益处及复杂性。他特别研究了一个著名的绘本翻译与传播机构——European Picture Book Collection（EPBC）。EPBC旨在通过让孩子们阅读精心挑选的图画书，帮助他们更多地了解他们的欧洲邻居的文化与社会。在这里可以了解项目的运行方式，欧洲儿童文学中提供的理论论文，以及这些绘本材料最初是如何在学校中使用的。莱因·莫勒·加德和马丁·布洛克·约翰森（Line Møller Daugaard & Martin Blok Johansen，2014）研究了掌握多语言能力的小孩阅读后现代绘本的情况。他们首先以丹麦和芬兰为例，分析了多语言小孩作为绘本阅读者的一般情况，接下来，他们进行了一个案例研究，研究对象是丹麦某一中学十一二岁的初中学生。研究内容是分析这些孩子在阅读*Before the Law*，*The Honest Thief*等绘本时的反应。上述两本绘本难度较大，一般认为不适合十一二岁的小孩阅读。但是研究发现，小孩子们并没有被难倒，而是深深被文字和图画吸引。他们在结论中指出：后现代类型的绘本应当被列入多语能力小孩的书单。通过研究发现，后现代类型的绘本虽然难度较高，但是并不会对多语种小孩带来很大的认知困难，反而会促进他们的认知发展，对他们的成长是十分有益的（Daugaard & Johansen，2014）。安娜·玛丽·狄龙（Anna Marie Dillon，2018）等研究了儿童文学特别是绘本在儿童识字技能发展中所起的作用。双语学习者从绘本阅读中受益，以促进理解公式化的语言习得和词汇习得。他们在论文中探讨了阿拉伯联合酋长国儿童早期英语、阿拉伯语双语绘本的可用性和质量。这是一项定性研究，作者检查了24种英语/阿拉伯语双语绘本的文本质量。为了拥有高质量的双语图画书，准确的翻译是至关重要的。

通过以上分析，我们可以看出，欧洲特别是北欧是研究儿童绘本翻译的重镇。那么背后的原因何在？笔者分析如下：（1）绘本本身起源于欧洲，而北欧各国特别重视儿童文学，有深厚的儿童文学创作与阅读传统，产出了多位举世闻名的儿童文学家和多部一流的儿童文学作品，如最著名的丹麦童话大师安徒生，他的主要作品包括《卖火柴的小女孩》《小克劳斯和大克劳斯》《古教堂的钟——为席勒纪念册而作》《最难使人相信的事情》《老栎树的梦——一个圣诞节的童话》《波尔格龙的主教和他的亲族》《老约翰尼讲的故事》《荷马墓上的一朵玫瑰》《一个贵族和他的女儿们》《穷女人和她的小金丝鸟》《请你去问牙买加的女人》等。此外还有瑞典的拉格洛夫、挪威著名的儿童文学作家普廖申、芬兰的儿童文学之父托佩琉斯等。挪威、芬兰、丹麦、瑞典、冰岛五国加上内部自治的法罗群岛构成的北欧地区都处在中高纬度地区，拥有茂密的原始森林、常年结冰的湖泊与终年积雪的高山。如此这般的自然条件为儿童文学的创造和流行奠定了基础。（2）北欧各国重视儿童文学的推广。如儿童文学的最高荣誉"国际安徒生文学奖"，是由国际儿童图书评议会（International Board on Books for Young People）所设立的奖项，由丹麦女王玛格丽特二世赞助，奖励"对儿童文学做出持久贡献的作家或插图画家"。1956年初设时只有文学奖，1966年增设插图奖，每两年颁发一次，前者被某些媒体称为"诺贝尔儿童文学奖"。国际安徒生文学奖是以丹麦童话作家汉斯·克里斯蒂安·安徒生的名字建立的，获奖者会从丹麦女王手中接过奖牌，奖牌的正面是安徒生半身像。2016年曹文轩成为第一个获得该奖的中国作家，2014年的获奖者是日本作家上桥菜穗子（Nahoko Uehashi），2012年的获奖者是阿根廷作家玛瑞拉·特蕾莎·安德鲁（Maria Teresa Andruetto），2010年的获奖者是英国作家大卫·阿尔蒙德（David Almond），2008年的获奖者是瑞士作家于尔克·舒比格（Jürg Schubiger）。可见，"国际安徒生文学奖"的获奖者来自各个国家，其获奖作品也涉及各种语言，这中间必然会有许多翻译工作，也为研究者们提供了一手的研究素材。根据胡朗（2001）的研究，"国际安徒生文学奖"的评奖过程中，"如果是少数语种，还要附有英译本和英语的摘要。这份材料要寄给每一个评奖委员会的成员、评奖委员会主席、国际少年儿童读物联盟主席、执行主任以及下属杂志《书讯》的编辑。不同语言的几百本书到达评阅者手中后，评委阅读的任务就开始了"。（3）北欧地区多所大学都设立了儿童文学或者儿童文学翻译研究机构，注重该领域的学术交流，极大地推动了儿童文学翻译研究的发展。如芬兰的坦佩雷大学、赫尔辛基大学、图尔库大学，瑞典的乌普萨拉大学、林雪平大学，挪威的卑尔根大学、奥

斯陆大学，丹麦的哥本哈根大学、奥胡斯大学等。

9.3 国内绘本翻译研究综述

目前，国内还未见绘本翻译研究专著。许多儿童文学研究专著会提及绘本翻译问题，但大多是蜻蜓点水。以下笔者简要介绍几位比较知名的研究者以及他们的作品。王泉根是国内著名的儿童文学研究者，现任北京师范大学文学院教授，博士生导师，中国儿童文学研究中心主任，中国作家协会儿童文学委员会副主任，亚洲儿童文学学会副会长，中国儿童文学研究会副会长，中国当代语文教学专业委员会学术委员会副主任，著作有《王泉根论儿童文学》《现代中国儿童文学主潮》《新世纪中国儿童文学新观察》《优秀儿童文学精选·美好阅读系列》《代代相传的中国童话：叶限姑娘》《民国幼稚园老课本》《民国儿童文学文论辑评（上、下）》《世界儿童文学研究丛书：中国儿童文学概论》《20世纪中国儿童文学经典》《世界华文优秀儿童文学精选：海市蜃楼》等。梅子涵是儿童文学作家，上海师范大学教授，上海作家协会儿童文学委员会主任。他曾出版多部专著和儿童文学作品集，包括《我的故事讲给你听》《女儿的故事》《相信童话》《儿童小说叙事式论》《阅读儿童文学》《轻轻的呼吸》《子涵童书（九卷本）》《戴小桥和他的哥儿们》等。其中，《李拉尔故事系列》获全国少儿读物奖，《女儿的故事》获全国儿童文学奖，《儿子哥们》获冰心文学奖。汤素兰，著名儿童文学作家，湖南师范大学文学院教授，获得过全国优秀儿童文学奖、冰心儿童文学新作奖大奖、宋庆龄儿童文学奖、张天翼儿童文学奖、陈伯吹儿童文学奖、湖南省青年文学奖等奖项，儿童文学代表作有《笨狼的故事》《阁楼精灵》《奇迹花园》《中国幽默儿童文学创作》《小朵朵和半个巫婆/汤素兰童话小朵朵非凡成长系列》《红鞋子》等，研究著作有《湖南儿童文学史》《汤素兰童话论集》等。李丽现任澳门理工学院语言暨翻译高等学校教授，主要研究方向为翻译学及儿童文学。她曾参与《儿童文学百科全书》的编撰，翻译儿童文学理论著作《唤醒睡美人：儿童小说中的女性声音》，曾在 *The Journal of Children's Literature Studies*，*Papers:*

Explorations into Children's Literature，*Journal of Children's Literature*，《中国科技翻译》等期刊上发表文章多篇。2010年，李丽出版《生成与接受：中国儿童文学翻译研究1898—1949》。该书在吸收儿童文学研究、描述性翻译研究和比较文学的研究方法的基础上，考察了民国时期儿童文学翻译活动的生成、接受与影响。为了更加系统地展开研究，作者自己编制了《清末民初（1898—1919）儿童文学翻译编目》和《民国时期（1911—1949）儿童文学翻译编目》。作者首先"对1898—1949研究时段内的儿童文学概貌展开描述。然后从诗学、赞助者、语言和译者性情等四个视角对儿童文学翻译活动的生成过程进行描述与分析。接受部分则以谢弗莱尔的比较文学接受学的研究模式为基础，选取了夏丏尊译的《爱的教育》、鲁迅译的《表》和俄罗斯/苏联儿童文学在中国等三个具体的个案，对儿童文学翻译作品在中国的接受进行考察"（李丽，2010：1）。本研究思路清晰、资料丰富、注解翔实，是目前较为系统的研究中国儿童翻译活动的首部著作。

徐德荣是目前活跃在儿童翻译研究领域里最重要的研究者之一，他担任中国海洋大学外国语学院博士生导师、中国海洋大学国际处翻译室主任、中国儿童文学研究会理事、国际儿童文学研究会（IRSCL）会员，翻译出版《马拉拉：一个勇敢的巴基斯坦女孩 伊拜尔：一个勇敢的巴基斯坦男孩》《杜莱给孩子开艺术工作坊》《迈克斯睡前表演秀》《大猪和小虫》《孩子们的守护者（雅努什·科扎克的故事）》《罗伯·比达尔夫与众不同的故事》等儿童读物。他于2017年出版《儿童本位的翻译研究与文学批评》，这本书是作者15年儿童文学和翻译研究的汇总，体现着作者作为研究者的使命感和生命诉求。本书贯穿始终的是"儿童本位"的儿童文学观，详尽地分析了经典儿童文学翻译作品的翻译策略、文体风格、社会规范和译者素养等问题，以及儿童文学翻译批评研究的框架和模式。作者还试图"对儿童观历史演进的内在逻辑进行梳理和中外比较，并透视儿童文学翻译背后译者的儿童观，继而以儿童本位为思想武器对图画书、幻想小说和少年小说等体裁中的突出问题进行批评实践，从而构建了儿童文学翻译研究与文学批评的有机体系"（徐德荣，2017：3）。目前为止，徐德荣已经发表了三十多篇儿童文学翻译研究的文章，内容涉及儿童文

学翻译批评、伦理研究、人物形象再造、游戏精神再造、经典重译研究、文学反抗主题、文字突出语相、翻译者修养、译者儿童观、结构衔接问题等。早在2004年，徐德荣就在《中国翻译》上发表《儿童文学翻译刍议》一文，探讨了儿童文学翻译的语体问题、儿童文学翻译的"童趣"问题以及文化翻译问题，是该领域最早的学术论文之一。CNKI数据库显示，该篇论文至今已被下载5340次，被引用467次，足见其重大的学术影响力。徐德荣、江建利分析了《爱丽丝漫游奇境记》中双关语的翻译策略，并在此基础上探讨了翻译者的儿童文学翻译观。他们认为：儿童文学译者应该"解放自己的儿童文学观和儿童文学翻译观，进而尊重并信任儿童，以译作与儿童建立起亲密、和谐的人际关系，实现儿童本位的翻译"（徐德荣、江建利，2012）。徐德荣、何芳芳研究了图画书文字突出语相的翻译问题，分析了图画书文字突出语相的表现形式和作用，以图画书《小兔彼得的故事》《小俏妞希希》《爱心树》《三只小猪的真实故事》等为例分析了文字突出语相翻译过程中的主要问题，提出了翻译原则，以期推动图画书翻译研究的纵深发展。他们指出："图画书译者要增强文图意识、提高图画欣赏能力、深刻理解作品主题，怀揣强烈的责任心，以敏锐的洞察力认识到图画书文字突出语相中符码的存在，在译文中用突出语相保留、转化或再现原文具有的符码，最大程度实现儿童本位的等效翻译"（徐德荣、何芳芳，2015）。徐德荣、姜泽珣（2018）研究了儿童文学翻译中的风格再造问题，他们以《远古传奇》《五个孩子和一个怪物》《爱丽丝漫游奇境记》《夏洛的网》《别放手！》等儿童文学为研究对象，探讨了语音风格再造、语相风格再造、对话的语用风格再造、语篇的认知风格再造等问题。他们得出的结论是：儿童文学翻译过程中，译者能够借助多模态文体学、语音文体学、认知文体学、语用文体学等文体学的最新发展，辨识原作文本的文体模式和功能，从而为儿童文学翻译提供新的工具和视角，进而再造原作的思想、情感和审美特质，实现风格对等的儿童文学翻译（徐德荣、姜泽珣，2018）。徐德荣、何芳芳（2018）以《爱丽丝漫游奇境记》为案例，讨论了儿童文学翻译中游戏精神的再造。他们首先从儿童认知发展和心理的角度分析了游戏精神与儿童的思维特点，然后梳理了游戏精神在儿童文学文本中的表现。接下来，作者以赵元任版《爱丽丝漫游奇境记》为考察对象，从认知视角解读了儿童文学游戏精神文本的表现及其再造过程。接下来，作者根据赵元任译本和陈复庵、杨静远译本建立了语料库，对两个译本游戏精神的再创造进行了实证分析。徐德荣、王翠转从语言前景化的视角分析了创作童话翻译的审美再造问题。作者认为："创作童话具有独特的美学特质，前景化是实现作品美学特质的最重要文学手段。儿童读者具有特有的审美意识与判断，译者应充分认识与肯定儿童的审美能力，在创作童话翻译中，译者应充分辨识前景化的表现手段与目的效果，以期再造原作之美，这是创作童话翻译的关键所在。"（徐德荣、王翠转，2018）

为了更好地展现国内绘本翻译研究的面貌，我们对CNKI收录的相关论文做了统计：（1）以主题词"绘本"并含"翻译"或主题"图画书"并含"翻译"为检索条件，检索时间不限，论文级别不限，对全部期刊论文进行检索，初步得到57条数据。（2）初步分析数据条目，剔除简讯、目录等7条无关数据，共得到50条数据，即截至目前，国内绘本翻译研究共有50篇学术论文。（3）我们进一步缩小检索范围，以"核心期刊"论文为检索条件，共得到7条数据，即50篇相关论文中，只有7篇论文是核心期刊刊载的论文。由此可见，国内绘本翻译研究数量十分有限，高水平论文更是屈指可数。接下来，我们将梳理相关论文的研究主题和研究方法，着重关注重要的研究者。

李宏顺对国内外儿童文学翻译研究进行了综述。他认为，国外的相关研究主要集中在以下方面：多元系统论视角下的儿童文学翻译研究、以国别为基础的儿童文学翻译史研究、译本偏离原文的情况、儿童文学翻译和意识形态及出版审查之间的关系、插图与文字等。相对而言，"国内的儿童文学翻译研究刚刚起步，而且基本上不受中国主流翻译学界的重视，这当然是因儿童文学翻译的双重边缘性地位而导致的"（李宏顺，2014）。总体而言，国内的研究主要集中在以下领域：儿童文学翻译现象的整体性地描述和研究、国内儿童文学翻译断代史研究、翻译家研究、儿童文学翻译的多学科视角讨论等。他总结道："总之，进入21世纪以来，西方儿童文学翻译研究发展十分迅速，而中国翻译学界还没有对此领域给予应有的重视。还有大量的学术空白点有待填补。"（李宏顺，2014）

刘冲亚从图里的翻译规范出发，通过分析儿童绘本英译本，探讨翻译规范对译本形成的影响，明确译者翻译过程的限制因素，并提出了解决策略。她指出："儿童绘本语言的特殊性要求译者在翻译时充分考虑源语和目的语两种语言文化的碰撞，采取适当的翻译策略保留绘本语言特色。译者翻译策略的选择必然会受到许多规范的制约，有来自源语文化的规范，也有来自目的语文化的规范。"（刘冲亚，2018）她进一步以《小赛尔采蓝莓》《母鸡萝丝去散步》《小蓝和小黄》《小猫咪追月亮》《驴小弟变石头》《逃家小兔》等绘本为研究案例，探讨了预备规范、初始规范和操作规范对译者翻译过程的影响。最后，作者强调了图里的翻译规范对儿童绘本翻译的指导作用。

蔡石兴的研究则更加宏观，属于翻译对策研究，他通过分析绘本翻译（特别是外译）面临的机遇和挑战，阐释了绘本外译在丰富世界文化、提升中国软实力方面具有的独特价值。在他看来，绘本外译的独特价值在于："中文和中国文化的学习在国外仍处于起步阶段，海外普通读者中能阅读专业中国文学书籍的并不在多数，相比之下，绘本图文并茂、深入浅出的特点，很容易吸引对中国文化缺乏了解的群体，有利于扩展在海外文化系统内的潜在传播空间。"（蔡石兴，2018）笔者认为，绘本译本的主要读者是儿童，而中国绘本外译的数量模糊，影响力也未有定论。在这种背景下，绘本翻译的价值几何值得进一步研究。蔡石兴在文末指出："通过中国绘本，海外读者能从各个角度感受中华民族的优秀文化、中国人民的精神风貌，这不仅对世界文化多样性做出了贡献，而且有助于提升中国软实力。从受众面来讲，高质量外译绘本的影响力一点也不比学术论文差。"（蔡石兴，2018）不得不说，以上论述在缺少案例佐证的情况下只能算是一种美好的愿望和憧憬。

戴婧雅（2018）运用接受美学理论，以任溶溶翻译的儿童绘本《咕噜牛》《谁要一只便宜的犀牛》《戴高帽的猫》等作品为例，分析翻译策略与技巧。她认为："任溶溶综合运用口语化的表达、适宜的节奏感、统一的句式结构等策略，尽量保持其原有的语言韵味和感情色彩，使译本忠实原文、语言生动、音韵优美、节奏适宜，易于儿童接受，并进一步丰富和提高儿童的想象力和理解力、拓展儿童的期待视野。"（戴婧雅，2018）。任溶溶，原名任根鎏，中国著名儿童文学作家、翻译家，上海人，祖籍广东省高鹤县。任溶溶1945年毕业于大夏大学（今华东师范大学），毕业后以翻译儿童文学为业，1952年开始，在少年儿童出版社主持外国文学编辑。之后任溶溶任译文出版社编审，负责编辑《外国文艺》。任溶溶通俄语、英语、意大利语和日语，翻译的主要作品有《洋葱头历险记》《木偶奇遇记》《彼得·潘》《长袜子皮皮》，以及普希金、安徒生等人的童话集等。除了翻译，任溶溶也创作过一些童话，如《没头脑和不高兴》。同时，戴婧雅也发现并试图改进任溶溶翻译中一些有待商榷的部分。

傅莉莉以符际翻译为视角全面深入地考察了儿童绘本翻译文本的特殊性。作者首先解读了儿童绘本的文本属性并梳理了前期的译介研究，然后引出了绘本翻译分析的符际翻译视角。接下来，作者以《小黑鱼》《鲍伯做美食》《花婆婆》《和甘伯伯去游河》《母鸡萝丝去散步》《好奇猴乔治》《小俊妞希希》《小猪奥利维亚》等绘本为例，探讨了符际翻译视角下儿童绘本翻译中的"忠实"问题，包括标题翻译中的"忠实"、一般信息阐释的"忠实"和文化信息阐释的"忠实"。文末，作者指出，从符际翻译视角研究儿童绘本翻译文本，可以帮助研究者更加全面地认识与儿童绘本相关的翻译现象，同时为译者的翻译实践提供某种程度的决策依据。此外，在人类全面迎来"读图时代"的背景下，把符际翻译视角引入翻译研究应该是翻译研究者们需要认真关注和思考的问题（傅莉莉，2016）。

袁宏、王海鹏分析了国外儿童绘本在中国译介带来的启示。他们首先综述了儿童绘本译介年份分布情况、来源国情况、绘本原作者情况和国外绘本译者情况，然后分析了国外儿童绘本在中国的接受情况。他们指出："引进的国外儿童绘本得到了中国儿童绘本读者的普遍认可，并在中国童书市场得到了成功的传播。"（袁宏、王海鹏，2018）最后，他们提出了绘本引进对中国儿童文学走出去的主要启示，包括"从国家层面关注中国文化走出去的大格局""培养儿童文学创作人才，提高儿童文学外译质量""拓宽儿童文学国外推广渠道，减少儿童文学国外传播障碍"等（袁宏、王海鹏，2018）。

袁宏关注绘本翻译的语言层面，从语言的简易性、形象性和童趣性三个

方面讨论了儿童绘本翻译的语言技巧和方法。她认为，绘本翻译人员必须洞悉儿童的心理状态，了解儿童的思维方式，才能运用儿童的语言翻译出真正适合儿童阅读的译作。在儿童绘本翻译过程中，首先应当明确译本在译语文化环境中所要达到的目的，将儿童读者放在第一位置，遵循平易性、形象性及童趣性的原则，采取灵活多样的翻译方法，才能将更多国外优秀的儿童绘本介绍给国内的儿童读者（袁宏，2013）。周俐的关注点在于绘本中图、文、音的关系，译者的角色，以及绘本翻译过程中的权力问题。她认为："翻译理论系统中的诸多理论也与儿童绘本翻译的研究产生共鸣，功能翻译理论、符号学理论、女性主义理论、解学理论都将为绘本翻译提供理论支持和实践指导。"（周俐，2013）薄利娜的研究重点在于绘本翻译过程中图文关系的处理方式。她首先梳理了儿童绘本的定义，然后比较了莫里斯·桑达克中英文绘本中的图文关系。她认为，儿童绘本的语言应该做到浅显易懂却又不失活泼。简单清晰的图文关系更能增加绘本的可读性，从而更容易被小朋友读者们喜爱，所以翻译人员有时候会在翻译过程中对较为复杂的图文关系加以改写简化，从而迎合目的语读者——儿童，这其实是一种十分有效的翻译策略（薄利娜，2017）。唐尔龙、涂王贝以《威斯利王国》《鳄鱼怕怕，牙医怕怕》《爷爷一定有办法》《霍金斯的恐龙世界》《你看起来好像很好吃》《小皮斯凯的第一个朋友》等绘本译本为研究对象，研究了儿童绘本翻译中的双重读者问题。他们梳理了我国儿童绘本翻译研究现状，阐释了绘本翻译中双重读者的特殊性，分析了双重读者背景下的儿童绘本翻译策略，最后提出，"儿童绘本翻译要本着在儿童和成人双重读者背景的原则下，翻译出适合双重思维和品位的作品，使得广大读者能够享受快乐的亲子共读，情感共识，潜移默化地共同成长"（唐尔龙、涂王贝，2017）。史媛以《戴高帽子的猫》为案例，以读者反应理论为视角，研究了绘本翻译的策略。她认为："无论是战争年代还是和平年代，翻译儿童文学作品时，译者总是将读者放在第一位，正是因为译者心中的儿童形象，才会出现符合时代特点，能为时代读者所接受的作品。"（史媛，2018）

9.4 绘本翻译研究展望

通过以上梳理与分析，我们发现儿童绘本翻译研究目前有以下特点：（1）研究内容多样，但研究视角和方法较为单一，目前还未见学者采用计量分析等方法，从儿童认知、心理等角度来探讨相关问题；（2）儿童绘本翻译研究并未占据翻译研究的一席之地，属于边缘话题，国内外主流的翻译期刊和文学期刊很少刊载相关文章；（3）国内的原创性研究数量十分有限，整体的研究质量也不高，研究语种过于集中，英汉翻译是绝对焦点，日语、俄语、法语与汉语的对译关注度低，另一方面，规范性、对策性研究数量大大超过描述性研究；（4）世界范围内的儿童绘本翻译研究分布也十分不均，特别是北欧地区是研究重镇，而许多欠发达地区根本没有儿童绘本翻译研究，甚至连儿童绘本都不存在，这显示出该研究领域与经济社会发展的高度正相关性。

笔者认为，就研究方法而言，绘本翻译研究应当积极吸收多门学科的研究方法和学术理论，更好地将量化与质化研究结合起来，以此来解决目前方法论上的欠缺以及科学性的缺位；应当强调书写绘本翻译史的重要性，正如上文所言，目前只有某一特定时段的绘本翻译史研究，还没有对整个绘本翻译历程的梳理与深入分析；从区域来看，应当加强大陆地区、港澳台地区的绘本翻译研究合作与交流，也应拓展世界范围内的学术交流，充分利用各个地区已有的研究成果；电子绘本翻译、网络众包绘本翻译、绘本翻译读者接受情况、绘本译者意识形态、跨国绘本翻译合作等话题将受到学术界越来越多的关注，成为未来的研究重点。

笔者呼吁更多的研究者关注绘本翻译，因为这是一个十分重要却又常被忽视的研究领域。正如奥茵蒂娜、安·凯托拉和梅丽莎·加拉维尼在*Translating Picturebooks: Revoicing the Verbal, the Visual, and the Aural for a Child Audience*一书的结尾所说的：绘本翻译是翻译实践中最难的一种，而它们的质量将产生深远的影响。一个糟糕的绘本译本不但毁了一本原著，更破坏了孩子们阅读文学的冲动和探知广阔世界的欲望。相反，一个好的绘本译本不但让孩子们快乐，更让他们获得知识、健康成长（Oittinen et al., 2018：204）。是的，毫不夸张

地讲，绘本翻译及其研究关乎孩子们的未来，也关乎整个人类的前途和命运。

最后，笔者引用冰心《繁星》中的诗句作本章的结尾：

人类啊！相爱吧，我们都是长行的旅客，向着同一的归宿。

参考文献

薄利娜，2017. 绘本翻译中图文关系的处理——以莫里斯·桑达克的中英文绘本对比为例[J]. 重庆师范大学学报（社会科学版）（6）：59-64.

蔡石兴，2018. "走出去"背景下的绘本外译探究[J]. 上海翻译（1）：89-94.

曹明伦，2013. 翻译之道：理论与实践（修订版）[M]. 上海：上海外语教育出版社.

曹明伦，2017. 作品名翻译与重新命名之区别——兼与何自然、侯国金等教授商榷[J]. 解放军外国语学院学报（3）：104-112.

曹新哲，2002. 中国连环画出版今昔谈[J]. 图书与情报（4）：56-59.

车文秋，2006. "蜡笔小新"惹出纠纷[N]. 中国知识产权报，05-26（005）.

陈大易，2018. 《大易翻译学》简介[J]. 周易研究（1）：1.

陈丹，2016. 翻译研究中三元论之哲学探索[J]. 广东外语外贸大学学报（3）：78-83.

陈海峰，2014. "暴走漫画"的传播学解析[J]. 东南传播（8）：24-26.

陈宏淑，2008. 论林良的翻译观与儿童观——以译作《丑小鸭》为例[J]. 台北教育大学语文集刊（13）：1-22.

陈圣白，2017. 中国生态翻译学十五年文献计量研究[J]. 上海翻译（5）：6-10.

陈思和，1996. 写在子夜[M]. 上海：上海人民出版社.

陈思和，2001. 试论90年代文学的无名特征及其当代性[J]. 复旦学报（社会科学版）（1）：21-26.

戴婧雅，2018. 从接受美学角度探析任溶溶儿童绘本翻译策略[J]. 名作欣赏（3）：139-141.

刁洪，2017. "翻译研究的心理语言学与认知科学视角"述评[J]. 翻译论坛（1）：109-113.

刁洪，2017. 刍议翻译研究的"技术转向"[J]. 语言教育（4）：73-79.

董士昙，2000. "灰色文化"与青少年犯罪[J]. 公安大学学报（4）：65-68.

傅莉莉，2016. 符际翻译视角下的儿童绘本翻译[J]. 北京第二外国语学院学报（3）：61-73.

高洁，2003. 20世纪上半叶中国手风琴艺术的传播[J]. 黄钟（1）：53-60.

葛岱克，2011. 职业翻译与翻译职业[M]. 北京：外语教学与研究出版社.

顾铮，2015. 跨越三个世纪的摄影图书功能的变迁[N]. 文汇报，05-22（T14）.

管倚，2015. 从《娃娃画报·绘本馆》中的法国绘本谈起[J]. 出版广角（1）：98-100.

哈群斯，2009. 母鸡萝丝去散步[M]. 信宜编辑部，译. 济南：明天出版社.

河合隼雄，松居直，柳田邦男，2011. 绘本之力[M]. 朱自强，译. 贵阳：贵州人民出版社.

胡安江，2010. 中国文学"走出去"之译者模式及翻译策略研究——以美国汉学家葛浩文为例[J]. 中国翻译（6）：10-16.

胡庚申，2013. 生态翻译学：建构与诠释[M]. 北京：商务印书馆.

胡朗，2001. 欧美主要儿童文学奖项简介[J]. 外国文学动态（4）：43-44.

胡佩诚，2003. 中瑞合作性健康教育读本[M]. 长春：北方妇女儿童出版社.

胡萍，2018. 成长与性[M]. 北京：科学出版社.

黄广哲，朱琳，2018. 以蔡志忠典籍漫画《孔子说》在美国的译介谈符际翻译[J]. 上海翻译（1）：84-89，95.

黄若涛，2006. 绘本书的传播功能研究[D]. 北京：中国传媒大学.

黄忠廉，1999. 变译（翻译变体）论[J]. 外语学刊（3）：80-83.

季民，2003. 此连环画非彼小人书[N]. 中国档案报，02-21（004）.

贾图壁，张景胜，2003.《蜡笔小新》少儿不宜？[N]. 华夏时报，02-13（006）.

姜方，2016. 纸上电影聚焦"海上吉普赛人"童年[N]. 文汇报，03-16（010）.

姜洪伟，2013. 美国绘本题材对我国绘本生产的启发与思考[J]. 中国出版（15）：44-47.

姜焕琴，2005. 对成人动画片的分析和思考——从《蜡笔小新》谈起[J]. 声屏世界（1）：35-36.

卡尔，2007. 爸爸，我要月亮[M]. 林良，译. 台北：上谊.

卡尔，2011. 爸爸，我要月亮[M]. 林良，译. 济南：明天出版社.

库珀，2001. 南瓜汤[M]. 柯倩华，译. 新竹：和英.

雷宇洁，2017. 中国儿童绘本：不仅"引进来"，更要"走出去"[N]. 国际出版周报，06-12（010）.

蔡芙荷，2007. 英国绘本：重燃激情[N]. 中国图书商报，05-25（012）.

李宏顺，2014. 国内外儿童文学翻译研究及展望[J]. 外国语（5）：64-72.

李劼，2018. 火了!小猪佩奇何以成全网"带货女王"[N]. 南方日报，04-19（B01）.

李立宏，2010. 译制片中的配音创作[J]. 当代电影（5）：127-129.

李丽，2010. 生成与接受：中国儿童文学翻译研究 1898—1949[M]. 武汉：湖北人民出版
社.

李利芳，2015. "画本"：打造最美中国童书[N]. 中国出版传媒商报，06-02（11）.

李明，卢红梅，2010. 语言与翻译[M]. 武汉：武汉大学出版社.

李琴，王和平，2018. 国内翻译与中国文学走出去研究：现状与展望——一项基于CSSCI
源刊的共词可视化分析（2007~2016）[J]. 解放军外国语学院学报（1）：134-141.

李诠林，2012. 当代台湾绘本：图文交汇的创意典范[N]. 中国社会科学报，04-27
（A04）.

李杨，2012. 浅析数字时代的动漫画产业转型[J]. 中国报业（22）：9-11.

李颖清，谭旭东，2010. 论日本绘本的发展历程[J]. 中国出版（11）：62-64.

林良，2017. 浅语的艺术[M]. 福州：福建少年儿童出版社.

凌至善. 国民小学国语课本"改写作品"研究——以南一、康轩、翰林三版本高年级为
例[D]. 台中：中兴大学台湾文学研究所.

刘成科，2014. 多模态语篇中的图文关系[J]. 宁夏社会科学（1）：144-148.

刘冲亚，2018. 翻译规范论视角下儿童绘本的英译探析[J]. 成都大学学报（社会科学版）
（3）：95-99.

刘然，2006. 小人书：昨天、今天和明天[N]. 人民日报（海外版），03-17（4）.

刘智勇，2017. 绘本在本土人文精神下该如何创作[N]. 美术报，05-20（017）.

柳田邦男，唐一宁，2018. 在荒漠中遇见一本图画书[M]. 王国馨，译. 桂林：广西师范大
学出版社.

鲁宁，2017. 建国十七年宣传画研究[D]. 北京：中央美术学院.

路涛，2018. 国内儿童绘本产业现状及对策[J]. 中外企业文化（3）：23.

罗新璋，陈应年，2009. 翻译论集[M]. 北京：商务印书馆.

马库斯，2017. 图画书为什么重要：二十一位世界顶级插画家访谈集[M]. 阿甲，等译. 南
京：江苏凤凰美术出版社.

马图卡，2017. 图画书宝典[M]. 王志庚，译. 北京：北京联合出版公司.

穆雷，方梦之，1997. 翻译[M]//林煌天，主编. 中国翻译词典. 武汉：湖北教育出版社.

诺德曼，2018. 说说图画：儿童图画书的叙事艺术[M]. 陈中美，译. 贵阳：贵州人民出版社.

彭懿, 1983. 西天目山捕虫记[M]. 南京: 江苏人民出版社.

彭懿, 2010. 智者的童言: 曹文轩和他的图画书[N]. 中华读书报, 09-08（019）.

皮尔斯, 2014. 皮尔斯: 论符号[M]. 赵星植, 译. 成都: 四川大学出版社.

齐童巍, 2016. 论改革开放后两岸童书出版交流的历史脉络[J]. 四川省干部函授学院学报
　　（3）: 11-16.

桑明旭, 2017. 如何看待"作者之死"[J]. 哲学研究（5）: 99-108.

山本直英, 2012. 小鸡鸡的故事[M]. 佐藤真纪子, 绘. 蒲蒲兰, 译. 北京: 连环画出版社.

山本直英, 2015. "学会爱自己"性教育绘本[M]. 和歌山静子, 绘. 王伦, 译. 北京: 北
　　京科学技术出版社.

申慧英, 2010. 儿童百问百答7: 屎屁[M]. 苟振红, 译. 北京: 二十一世纪出版社.

申思, 2018. 别侵犯我的身体[M]. 梁志军, 绘. 北京: 北京联合出版有限公司.

沈其旺, 2012. "语—图"的矛盾与融合——中国古代连环图画的历史演变探微[J]. 中国
　　美术研究（3）: 66-72, 91.

沈石溪, 2016. 在动物世界里寻觅——沈石溪儿童文学论集[M]. 合肥: 安徽少年儿童出
　　版社.

石一冰, 2014. 传统手风琴的产生及其历史意义[J]. 中国音乐（4）: 218-222, 227.

史媛, 2018. 读者反应理论视角下的绘本翻译策略研究——以《戴高帽子的猫》为例[J].
　　兰州教育学院学报（6）: 129-133.

斯贝蔓, 2007. 我的感觉[M]. 帕金森, 绘. 黄学妍, 译. 北京: 电子工业出版社.

松居直, 2017. 我的图画书论[M]. 郭雯霞, 徐小洁, 译. 王林, 编. 乌鲁木齐: 新疆青少
　　年出版社.

宋丽娟, 2017. 中国古典小说西译本插图的生成与演变（1761—1911）[J]. 文学遗产
　　（5）: 146-159.

宋维, 2018. 任溶溶汉译英语儿童文学经典化研究[D]. 成都: 四川大学.

苏米, 方李, 2009. 新中国宣传画艺术的兴起与嬗变[J]. 江西社会科学（4）: 148-151.

孙黎, 2012. 青年亚文化视角下的网络字幕组文化[J]. 编辑之友（4）: 58-60.

谭晓丽, 2008. "改写"和翻译本质[J]. 西安外国语大学学报（3）: 54-57, 90.

唐尔龙, 涂王贝, 2017. 双重读者背景下的儿童绘本翻译研究[J]. 宿州学院学报（12）:
　　60-63.

唐晓育, 2011. 美术类毕业生就业困境及困境突破对策[J]. 琼州学院学报, 18（6）: 74-
　　75.

土屋麻由美，2012. 乳房的故事[M]. 相野古由起，绘. 蒲蒲兰，译. 北京：连环画出版社.

汪菲，2010. 我国引进版少儿图画书出版的实证研究（1978—2008）[D]. 上海：华东师范大学.

王东波，2010. 当代审美文化视域中的绘本[D]. 扬州：扬州大学.

王建华，2015. 中外动漫史[M]. 北京：中国建筑工业出版社.

王军，2016. 二十一世纪出版社集团三十年版权之路[N]. 中华读书报，08-24（15）.

王天予，2018. 我国本科翻译专业课程设置现状研究[J]. 外语学刊（2）：110-114.

吴东玲，2012. E平台下的影视字幕组翻译语的网络口语化现象[J]. 电影文学（21）：141-142.

吴晓芳，2011. 字幕组：美剧"汉化"的背后[J]. 世界知识（1）：52-55.

吴轶博，2007. 毛泽东时代宣传画[J]. 吉林艺术学院学报（6）：3-22.

谢海潮，2018. 明朝的"读图时代"与"快速阅读"——涂秀虹教授点评《水浒传》简本的价值与意义[N]. 福建日报，04-23（10）.

谢天振，2003. 多元系统理论：翻译研究领域的拓展[J]. 外国语（4）：59-66.

谢天振，2013. 译介文学作品不妨请外援[N]. 中国文化报，01-10（12）.

徐德荣，2017. 儿童本位的翻译研究与文学批评[M]. 南昌：二十一世纪出版社.

徐德荣，何芳芳，2015. 论图画书文字突出语相的翻译[J]. 外语研究（6）：78-82.

徐德荣，何芳芳，2018. 论儿童文学翻译中游戏精神的再造——以《爱丽丝漫游奇境记》为例[J]. 外国语言与文化（2）：115-127.

徐德荣，江建利，2012. 从双关语的翻译检视译者的儿童文学翻译观[J]. 中国海洋大学学报（2）：98-104.

徐德荣，姜泽珣，2018. 论儿童文学翻译风格再造的新思路[J]. 中国翻译（1）：97-103.

徐德荣，王翠转，2018. 前景化与创作童话翻译的审美再造[J]. 外国语文研究（5）：93-100.

许衍凤，2014. 以蒲蒲兰绘本馆为例谈儿童书店营销[J]. 出版发行研究（7）：45-48.

严珍妮，2018. 社交媒体时代的群体性孤独——基于微信用户的研究[J]. 青年记者（11）：17-18.

杨纯芝，2018. 漫画翻译研究：回顾与前瞻[C]. 外语教育与翻译发展创新研究（第七卷）：6.

杨荣广，2018. 定名与求实：翻译学的学科演进再反思[J]. 上海翻译（2）：6-11.

英国快乐瓢虫出版公司，2013. 小猪佩奇（第二辑）[M]. 圣孙鹏，译. 合肥：安徽少年儿

童出版社.

虞建华，2008. 文学作品标题的翻译：特征与误区[J]. 外国语（1）：68−74.

袁宏，2013. 从语言层面谈儿童绘本的翻译[J]. 淮海工学院学报（人文社会科学版）
　（5）：87−89.

袁宏，王海鹏，2018. 国外儿童绘本在中国的译介分析与启示[J]. 出版广角（17）：58−
　60.

张贵勇，2014. "阅读推广是种花的事业"——对话著名阅读推广人"花婆婆"方素珍
　[J]. 人民教育（10）：68−71.

张汩，米凯拉·沃尔夫，2017. 翻译研究中的"社会学转向"——米凯拉·沃尔夫教授
　访谈及启示[J]. 东方翻译（6）：46−52.

张南峰，2005. 从多元系统论的观点看翻译文学的"国籍"[J]. 外国语（5）：54−60.

张妮，2016. 中国插画师的窘境与尴尬[N]. 中国文化报，06−01（7）.

张秀峰，2015. 汉学家文学翻译对中国文学外译引发的思考[J]. 文化学刊（9）：178−
　181.

张熠如，2018.《小猪佩奇》：动画故事如何以价值观取胜？[N]. 文学报，03−29（24）.

张玉洁，2011. 解读凯迪克奖获奖图书之特点[J]. 出版参考（24）：12−13.

张志刚，2011. 热闹阅读背后的隐忧[J]. 当代教育科学（2）：60，63.

郑二利，2012. 米歇尔的"图像转向"理论解析[J]. 文艺研究（1）：30−38.

郑智泳，郑惠泳，2013. 东方儿童性教育绘本[M]. 北京：北京理工大学出版社.

周红民，程敏，2012. 论译者隐身——一个社会性视角[M]. 上海翻译（4）：18−22.

周俐，2013. 儿童绘本翻译研究的理论评述及展望[J]. 英语研究（3）：65−70.

周喆，2016. 彭懿摄影图画书的诞生：拒绝猎奇，拒绝俯视[N]. 中华读书报，03−02
　（16）.

周子渊，2018. 图像与声音：少儿绘本创作的叙事范式探究[J]. 编辑之友（6）：24−28.

朱俊彪，2015. 欧洲二十世纪初童话绘本三巨头的艺术特色[D]. 南昌：南昌大学.

BADER B, 1976. American picture books from Noah's Ark to the Beast within [M]. New York:
　Macmillan Publishing Co.

BOURDIEU P, 1991. Language and symbolic power [M]. Cambridge: Polity Press.

BOWKER L, 2002. Computer-aided translation technology: a practical introduction [M].
　Ottawa: University of Ottawa Press.

CARLE E, 2004. Papa, please get the moon for me [M]. New York: Simon & Schuster Children's Publishing Division.

COILLIE, VERSCHUEREN, 2014. Children's literature in translation challenges and strategies [M]. New York: Routledge.

COOPER, HELEN F, 2005. Pumpkin soup [M]. New York: Farrar Straus Giroux.

COTTON P, 2000. European children's literature: translating words and pictures [J]. New review of children's literature and librarianship (1): 67-75.

DAUGAARD M, MARTIN B J, 2014. Multilingual children's interaction with metafiction in a postmodern picture book [J]. Language and education (2): 120-140.

DILLON A M, et al., 2018. Examining the text quality of English/Arabic dual language children's picture books [J]. International journal of bilingual education and bilingualism (1).

DRYDEN J, 2012. From the preface to Ovid's epistles [M] // VENUTI L, ed. The translation studies reader. 3rd ed. London and New York: Routledge: 38-42.

GONZALEZ M, 2008. Fairy tale retellings as translation: developing verbal and visual intercultural competence [M] // DAVIES M G, OITTINEN R, eds. Whose story? Translating the verbal and the visual in literature for young readers. Newcastle: Cambridge Scholars Publishing: 115-129.

HUTCHINS P, 1971. Rosie's walk [M]. New York: Simon & Schuster.

JAKOBSON R, 2000. On linguistic aspects of translation [M] // VENUTI L, ed. The translation studies reader. London and New York: Routledge: 113-118.

JAKOBSON R, 2012. On linguistic aspects of translation [M] // VENUTI L, ed. The translation studies reader. 3rd ed. London and New York: Routledge: 126-131.

LATHEY G, 2016. Translating children's literature [M]. London: Routledge.

LEE H-K, 2009. Between fan culture and copyright infringement: Manga Scanlation [J]. Media, culture, and society (6): 1011-1022.

LEFEVERE A, 1992. Translation, rewriting and manipulation of literary fame [M]. London: Routledge.

LIU W-Y, 2012. What changes have been made? A textual comparison of Chinese translations and English texts of thirteen picture storybooks [J]. 高应科大人文社会科学学报, 2012(1): 73-98.

NORD C, 2001. Translating as a purposeful activity—functionalist approaches explained [M].

Shanghai: Shanghai Foreign Language Education Press.

OITTINEN R, 2001. On translating picture books [J]. Perspectives: studies in translatology (2): 109-125.

OITTINEN R, 2003. Where the wild things are: translating picture books [J]. Meta (1-2): 128-141.

OITTINEN R, KETOLA A, GARAVINI M, 2018. Translating picturebooks: revoicing the verbal, the visual, and the aural for a child audience [M]. London: Routledge.

STEPHENS J, et al., 2018. The Routledge companion to international children's literature [M]. London: Routledge.

TOURY G, 1995. Descriptive translation studies and beyond [M]. Amsterdam and Philadelphia: John Benjamins.

TRIVEDI H, 2006. In our own time, on our own terms: translation in India [M] // Theo HERMANS T, ed. Translating others. Manchester: St. Jerome: 102-119.

WEINSTEIN A, 2005. Once upon a time: illustration from fairytales, fables, primers, pop-ups, and other children's books [M]. Princeton: Architectural Press.

ZANETTIN F, 2008. Comics in translation: an overview [M]// ZANETTIN F, ed. Comics in translation. London: Routledge: 1-32.